U0675352

BIG

CITY

大城小室

姜立涵

著

SMALL

ROOM

作家出版社

这么多年过去，

我好像还似少年一般

倔强、叛逆、不羁，

所幸有你们的包容和爱；

而我在心底里，

也总是想把最珍贵、最美好的，

都留给你们。

谨以此书献给

我的父亲姜延宁，母亲樊逸泓。

我和我的城

2018年，是我到北京城的第十三个年头。

上高中的时候，一心一意要来北京读书，现场作文比赛的题目都是《向北，向北，向北》。然而机缘巧合，真正驻留在北京这片土地，已经是五六年后，自国外读完硕士归来。

2005年的冬天，和一个完全陌生的安徽女孩蜗居在外经贸大学附近一栋20世纪90年代电梯高层的小两居里，她是父亲某个同事转了好多圈的朋友的亲戚，在外地很普通的大学读完本科后，来北京漂着。记忆中她仅长我一岁，得益于先来北京两年，彼时的北漂生活已经十分如鱼得水。每天早上，她匆匆忙忙地赶去大钟寺的快递公司上班，出门前会反复叮嘱我：关好热水器，锁好门；去哪里面试要坐几路车，再倒几号线；小区门口第一家煎饼用的是地沟油，第二家鸡蛋灌饼实惠又干净……

那时候，我常美慕她有份自食其力的工作，和自由自在的人生。彼时的我，对未来还十分茫然，一边靠父母的供养有一搭没一搭地复习考博，一边流连于各大招聘网站，每次都能从一张张枯燥的招聘启事中读出画面来，那画面里包含的是未来和期望。

同住的女孩叫我"小海龟"，每天下班回来便匆匆忙忙地烧菜做饭，南方女孩贤惠勤快，先拨出一份第二天中午带的，剩下的就请我一起大快朵颐。我很喜欢听她在饭桌上讲办公室里的八卦，虽然讲得跳跃，对我来说却是个神秘的新世界。那是一家很大的快递公司，每当有电视广告，或是在小区门口看到他们公司的送货车驶过，她都会兴奋地喊我留意。那是我对职业荣誉感最初的认识。她在那间公司做行政，不忙。每天晚上吃完饭洗完碗，冲完澡洗完衣服，就是属于自己的休闲时间。她穿着厚厚的棉睡衣，敷着面膜窝在沙发里看赵薇演的《京华烟云》，投入得跟着又哭又笑。

我也想看。却总觉得自己这样前途未卜，还靠父母支援过活的人没资格享受人生，于是就默默退回到属于我的那个小房间，看书，写文章，投简历。那是2005年的初冬，暖气还没来，披着毯子坐在书桌前，依然觉得手脚冰凉。我不喜欢开大灯，就着盏昏黄的小台灯，看着窗外呼啸的北风卷起树梢的枯叶，穿过高楼林立的大都市，吹得万家灯火通明。我凝视着夜幕下的北京，不知道自己能不能留下来，能留多久，会遇到什么人，未来的日子将怎样开始。

一切，都是未知数。

时至今日，每当回想起这个场景，依然能感受到彼时周身暖不过来的冷，和心中对于未来热烘烘的期待。

在面试过几十个五花八门的工作之后，我终于等到了人生中第一个重要的机会。接到那家中国顶级的律师事务所的面试邮件时，我狂喜不已。还记得向父亲报告"喜讯"后，他在电话里叮嘱我：面试的时候不要问待遇，只要人家要你，不给钱咱都去，刚毕业，好平台的学习机会比什么都重要！

经过了几轮不算容易的中英文笔试面试后，我的职业生涯，终于像春草一样，在土地里拱出了头。时隔多年，已经有点记不清接到录取电话时的场景和心情，大概是期待太重，用力也太猛，真到了结果那一刻，反倒模糊了。只记得遵照着父亲的叮嘱，几轮面试都没好意思问"价码"，一直到接到入职通知，还不知道自己能挣多少钱。同屋合租的女孩对这个问题也很好奇，她一个月挣两千，想知道我这样的"小海龟"，在CBD高大上的律师事务所工作是什么价位。可惜，我自己也不清楚。不管怎么说，趁着职业生涯正式开始前最后的假期，我抓紧回了趟兰州，看望外公外婆、爸妈姨妈，还要去青海塔尔寺还个愿。

那时已快过新年，在兰州开往西宁的绿皮火车上，我接到一个陌生电话。是大学高我几届的师姐，我与她并不相识，只有些共同的朋友。她本科毕业后来北京读研，曾在这家律所实习过，虽然最终没能留下来，但了解些内部情况。我趁机问她，一年级的小律师待遇如何？她在电话里很肯定地告诉我：研究生毕业，试用期每月4500，三个月转正后5500。火车上信号不好，我跟她反复确认几次，终于放心地挂了电话。抬头放眼绿皮硬座车厢内，多是灰头土脸春运返乡的农民工，突然涌起个念头：想来我是这一车人里，月薪最高的吧！于是只觉得自己周身血液沸腾，虚荣心爆棚，恨不得下一秒就能拯救世界。

就这样，我在北京城留了下来，找到了第一份工作，开始了人生的奇幻旅程。没有学校统一组织的招聘会，没有朋友校友的推荐，父母更是远在西北鞭长莫及，就靠在网上盲投简历，登上了人生的第一艘快船。这几年，有时间就会受邀去一些高校为年轻学子们做职业辅导，我常拿这个案例和大家分享：不要惧怕，不要不相信，你敲过门，才知道门会不会开。这个世界，对于绝大多数的人来说，是公平的。

高晓松的《模范情书》里有一句歌词：这世界摊开她孤独的地图，我怎么能找到你等我的地方。那个冬天，北京城也为我摊开了她的地图，只是那时的我，还不知道在每栋寂寞的高楼，和每条喧嚷的街背后，会有那么多泪水和欢喜等着我。

北京之于我，非常纯粹。因为没在这里读过书，所有没有牛仔裤白球鞋，没有青春校园，没有单车驶过夏天；只有呼啸而过的地铁，摩天大楼里的空调高跟鞋，格子间透出的灯光与梦想，滚滚红尘里的大城小事。

第一间办公室在建外SOHO，初春的时候，会有一簇簇白色的玉兰在楼宇间悄悄绽放，深秋时，也会有西风卷着金色的银杏叶随风飞舞。东南角有座落满灰尘的旋转木马，没怎么见开过，常有疲惫不堪的同事说，熬不下去辞职那天，一定要去坐一次。可是直到我们都离开，也没有谁真正登上过那些飞旋的马匹。有一年春天，外交部一个同学外派阿富汗前找我辞行，我照例要加班，便趁晚饭时间溜出来请他吃了顿麻辣香锅，顺便艳羡地看看他红色的外交护照。彼时，我内心颇为美慕他们充满冒险和不确定的人生，而我的青春，仿佛钉在CBD摩天大楼的格子间里，守着尽调报告和并购合同，永无超生之日。吃完饭，我们并排坐在建外SOHO的石凳上，正是杨絮飞舞的季节，不知道哪间咖啡店还是发廊里传出段歌声:所以倾国倾城不变的容颜,容颜瞬间已成永远。就在那个瞬间,A座前巨大的"建外SOHO"银色灯箱瞬间启明,把那个画面狠狠刻在我脑海中。之后好多年,每当在黄昏的落地窗口,看到孤独城市中霓虹灯点亮的瞬间,心里都会涌起淡淡的莫名忧伤。

入职半年后,那家实力雄厚的顶级律所在国贸桥北新开张的财富中心买了几层楼,我们像过节一般,在一个周五下午,把所有属于自己的办公用品都打包在所里发的纸壳箱内,仔细贴好名签,高高兴兴地回家过周末去了。那大概是我工作的头几年里,唯一一个提前放工的日子。剩下的时候,大都是在出租车里听着北京交通广播十二点报时声后的盲音到家的,哪天下班路上能赶上春晓的《蓝调北京》(FM103.9,每晚二十一点至二十二点播放),就觉得好幸福。

为了尽可能多睡一会儿,也为了有独立的个人空间,我搬进了英家坟一栋20世纪80年代的红砖老楼,六层楼的顶楼,没有电梯,感应灯经常不感应,楼道里贴满了各种开锁通管道的小广告。说是两居室,其实只有一居。小的那间放着房东的东西,锁着门;我的活动空间,是兼做客厅、餐厅、卧室、书房的一间10平米左右的房间,还有个转不开身的厕所,和一个建在阳台上的厨房。尽管如此,我还是觉得幸福得不得了,因为在北京,我终于有个自己的"家"了。

周末不加班的时候,我可以走一站地去慈云寺的华堂商场买锅,买蚊帐,买热水器;路过排长队的土掉渣烧饼店,不用犹豫,直接来俩;报刊亭买20块一本的《时尚》,虽然那上面推荐的品牌我一个都不认识也买不起；再顺手在路边推着板儿车卖便宜瓷器的摊上拾一只漂亮的碗……

北京城里的生活还有多少可能，我尚不清楚。但是我终于能靠自己的力量，独立地活下来了，虽然每天累得像狗一样，却充满骄傲、快乐和希望。

又过一年，我的人生突然有了新的转机，得益于所里一位老前辈的推荐，那家律所的某个顶级客户向我抛出了橄榄枝。那时候，我并没有意识到这个机会对我来说意味着什么，只是被他们开出的数倍于我当时工资的薪水所吸引，当然还有他们那个不容拒绝的、已经在全球闪耀百年的公司名称。没错，这就是后来在很多场合，都被当作标签贴在我身上的、来自纽约华尔街的那家世界顶尖投行。

我以为，我只是把办公室从财富中心搬到往南一个街区的国贸大厦，没想到，那成了我人生中最重要的一个转机。从2000年读法学院开始，我已经和法律打了七年交道，却在2007年的春夏之交，懵懵懂懂地和它说了再见。由律师到投资人的转变，有多少艰辛和不易，在此文中，不做赘述。只是我与北京的缘分，在那一刻，被拴得更紧了。我们之间的纽带，除了集体户口、1000块的出租房，又因为工作，多了一条更坚实的联系——房地产。

2007年，正是中国房地产市场风起云涌的好时代。我们在亚洲数十亿美金的商业地产投资基金，也将目光聚焦在这片充满活力的新世界。

正式开工的当天下午，我就被通知去沈阳接收一个刚刚完成收购，某颇有名的房地产上市公司在当地的别墅项目。上午我的同事在广州和其总部高管顺利签约，我的任务是立刻飞去沈阳根据合同约定接管公章、财务章，并在项目公司的内部财务审批流程和重要的银行账户上添加我的名字。美其名曰：Financial controller（财务监管人）。在我还没搞清楚黑莓手机怎么用的时候，便收到了秘书的第一封邮件，机票酒店全部预订好，准备立刻出发。我被这样的快节奏搞得有点慌乱，冲到老板面前说我得回家收拾下行李。老板有点不解地问我：就住一晚，你需要带很多东西吗？被他一问，我有点尴尬地退出来，转念想想，还是得回去，因为我没带身份证，无法登机。于是，那个在业界颇有名望的男神老板，送了我工作中的 Rule No.1（第一条纪律）：身份证、护照、港澳通行证都要随身携带，且保持在有效期内，我们的工作需要随时待命，随时出发，公司用这么有竞争力的 package（薪酬待遇）把大家请来，至少，也要买到你们的时间。

　　"买时间"听起来有点残忍，工作久了才明白，这其实是一种 mercy（仁慈），如果你什么都不懂，什么都不会，对你来说也许珍贵的时间，对公司来说，又有什么价值呢？二十五岁的时候，在一群毕业于世界顶尖名校，且个个家世优越的年轻同事中，我不知道自己有什么价值，那至少，态度端正吧。曾经在律所以为达到极限的工作强度，在投行，轻而易举就被突破了。每天晚上十一点，是我们头脑最活跃的时候，办公室一改白天电话和会议不断的严肃紧张，常常是欢声笑语或者争吵声一片。大家讨论项目，讨论交易结构，也互相开玩笑，悄悄聊聊八卦。时常为了等一个和国外的电话会议，或者某个项目交割，熬到凌晨三四点，中间也去写字楼边新开的"秀"酒吧喝一杯，听听乐队新排练的曲子，看看欲望都市里的红男绿女。是的，我们已经从国贸大厦搬到了长安街边的新天际线——银泰中心，从51层的办公楼落地窗望出去，北京城尽收眼底。

和我一起奋斗在破晓时分的年轻人，渐渐都成了一生的朋友。彼时大家都是间歇性单身，精力旺盛，常常加了一周班之后，周末还要相约打高尔夫，蹦迪，骑马，泡吧，恨不得7×12地混在一起。我们曾经暗地里互相较着劲，也惺惺相惜地见证着彼此的成长。后来有个词叫"职场发小"，说的就是我们这样的人。这几年，大家在一个个婚礼中重聚，之后是一次次的满月宴，然后是第二轮的满月宴，开怀地回忆往昔，也尝试建立新合作，然后开玩笑地说：再聚齐，就得等谁二婚了。我在北京没读过书，所以鲜少同学，从最初一个人不认识，到终于有了自己的朋友圈，是光阴和青春换来的。

而北京城的那张地图，在我面前也越摊越大，越来越立体，哪里吃饭，哪里逛街，哪里看电影，哪里剪头发渐渐在图上模糊下去，取而代之的是：哪块地是哪个开发商拍下的新地王；哪个大型综合体的实际控制公司刚在境外被美元基金收购，谋求Reits之路；哪栋超高层写字楼还在建设中的时候，我就穿着高跟鞋，戴着安全帽陪着基金LP代表乘工程电梯登过顶；哪个豪华住宅预售宣传的时候，花了多少钱请了哪个当红明星做代言，我还在财务审批流程上签过字……是啊，十年里万千广厦拔地而起，从掘起第一锹土，到筑起云顶的繁华，新世纪的中国故事，也在挤满了50万人的国贸CBD集中上演。少年时，看TVB的《大时代》

血脉偾张，激动不已；等我终于纵身跃入大时代，才发觉香港中环《兰开夏道》的精致和小资，哪里比得上北京CBD《大北窑北》的生机和气魄。

这个城市，这个国家，以这样独特的方式和我的青春联系在一起，渐渐地，我也能自一片片广袤未知的处女地、一栋栋钢筋水泥建造的工地中，看到温暖、希望和情谊。这个野蛮生长又气象宏大的时代，给了我太多感动和体悟，也给了我一份使命感，所幸，我的笔一直没有停，我的心，也一直没有麻木。我看到过冲击，看到过变革，看到过不得已的放弃，也看到过至尊荣耀之后的倾颓。随着年龄渐长，那些经过的故事，和路过的人，常常在静夜里反复萦绕在我的脑海，冥冥之中，它们似乎在召唤我，让我不忍心只做时代的亲历者，更有使命做时代的记录者。时光在这座城留下繁华和废墟，也在我的生命里留下沧桑和豁达，我们的青春筑起了她的生机勃勃，她的伟岸雄浑，也在我们的心湖中投下倒影。我把这些故事，都写进了我心中的城，从《CBD风流志：卿城》开始，我便计划能以"3+2"的模式，写就一个"城系列"的故事，这个系列里有基金、律所、投行，有售楼小姐、公司行政、普通创业者，还有牵动我们每个人神经的"中国楼市"和"中国股市"。

《大城小室》，便是这个系列中，以十年"楼市"变迁为背景的城市故事。

2017年3月，中国楼市在经历了大半年的疯狂暴涨之后，滚烫的市场像脱缰的野马，被一道道五百里加急的政令，围追堵截，强力喊停。与之相对的，是急红了眼的老百姓斗智斗勇的假离婚、阴阳合同、P2P 借高利贷的疯狂对策。公司 HR 三天两头拿《用印申请》给我签字，附着的全是员工们买房贷款开收入证明的申请。去楼下五星级酒店大堂吧谈事喝茶，或是周末带女儿上美术课听等在门口的家长聊天，说的也全是房。微信不停响，相熟的不相熟的朋友，寒暄几句便迫不及待地追问对未来房地产走势怎么看。那份焦虑的背后，是对漂泊在他乡的安全感的强烈渴望，是对不确定的未来，和把握不了的人生的厌恶与无力。

四月初的某一天，我的办公桌上，放着一本某大型房地产中介机构定期发送的市场报告，其中一篇文章，是《北京楼市十年回顾》，摊在我眼前的，不仅仅是折线图、柱状图和数据，还有十年里，北京城一寸一寸的变迁，以及变迁背后，一个一个真实鲜活、有血有肉的生命。

于是，我打开电脑，在我的个人公众号上，敲下一个题目，《房事：北京女子图鉴》，这本小说的雏形，那个关于在茫茫大城里求索一间陋室的中篇故事，便在 2017 年的春光里，如此一气呵成了。

2005 年，初来北京时，我没想过自己会在这里停留十几年，在这座城成家立业、生女育女。当年，透过每一份招聘启事我幻想过的人生，都被如今这完全没有想到过的唯一的真实所替代。如果这世间真有平行宇宙，也许，在那个时空，会有另一个我，在另一个北京城里过着完全不同的生活。而在这个时空里，这座城与我，早在我有意识之前，便以这样的方式，建立起了千丝万缕的联系，更有着千言万语也说不尽的恩情和亏欠。

2006
2008

流动性宽松，政策抑制，市场稳步上扬。

北京市均价
7000 元

1

谢晓丹从工商大学毕业的时候，第一份工作就找到了 CBD 的一间外资律师事务所，京城里的暑热已经憋闷了大半个月，湿气越来越重，眼见着一场大雨要如期而至，那是 2005 年的夏天。

2005 年前后，中国加入 WTO 火候正旺，各种各样的外资企业蜂拥而入，马路上的广告牌，电视里的娱乐节目，凭空多了许多外国字母组成的洋品牌，学英语的潮流不仅在大学校园里热浪翻滚，三里屯卖高仿名牌真丝手绢的小商贩都能操着掺杂了各地方言韵味的洋文侃侃而谈。不仅如此，各级地方政府纷纷大刀阔斧招商引资，各省市都比着喊出三资企业所得税三免五减半、财政补贴、人才引进的优惠政策，能沾点外资的边儿，不仅做生意方便，就连人都显得洋气。

谢晓丹在拥挤的地铁 1 号线里，看着车窗外站台上的工人正架着梯子，在一面空了十几年的墙壁上贴巨幅商业广告，随着卷轴展开，烈焰红唇的金发美女对着站台上密密匝匝的黑头发露出了神秘的微笑。旁边的北京大爷眼不是眼、鼻不是鼻地哼出一声，京剧搭架子似的招呼一句：呵！过去这墙面，可是写标语的地方，现在都是些什么乱七八糟的玩意儿，北京啊，早晚让你们这些外头来的给祸害了。谢晓丹白他一眼，她明白在大爷心里，自己也是那成千上万从"外头"来祸害北京的大军中的一员。可惜，四九城的城墙早拆了，拦不住四面八方奔涌而入的进取心；当年没拆的时候，不也没拦得住那些剽悍骁勇，或是坚船利炮吗？首都不是北京人民的首都，是全国人民的首都，眼下，跃跃欲试地要成全世界人民的大都市了，"土著"们那点儿小牢骚，简直是螳臂当车。谢晓丹盯着广告看，是 Lancôme 最新款的暗夜玫瑰系列唇膏，虽然不知道这个戴小帽子的 ô 怎么念，她心里还是升起了一股明媚的向往：五彩斑斓的新时代，像夏季的海风扑面而来，她带着向往和忐忑，终于登上了那艘鸣笛起航的泰坦尼克号。

工商大学，如果落在二三线城市，其师资力量科研成果，也响当当扛得起当地教育先锋的大旗，可惜是在北京海淀，周遭几公里内，遍布中国顶尖学府，倒使它的地位尴尬起来。四年前，应届高中毕业生谢晓丹在沈阳老家填志愿时，着实紧张过半个月，班主任劝她不要冒险，报家门口的师范大学最稳妥。一心想看外面世界的晓丹却不甘心，在周遭一片担忧声中填报了这所位于京城的工商大学。那时的工商大学，在谢晓丹心目中地位堪比北大，承载着她对未来的全部期许。在等待录取通知书的大半个月里，她恨不得天天泡在家属院楼下的小网吧，变着法地查询关于工商大学的各种信息：校史多久，校园多大，教授多牛，师兄多帅……那满怀的向往滋生出许多美好的幻想和期待，那所学校在那个夏天，就是她十八岁的世界里最美好的可能。

或许是期望太重，多年后，谢晓丹反倒记不太清收到录取通知书时的情景了。只记得那猩红烫金的封皮，亦行亦楷的校名题字，彼时大约附近的烧烤摊儿刚支起来，淡淡的炭火味绕着蝉声，凝固在那个北方夏日的黄昏。伴随着街头音像店传出的"啦啦啦啦啦，许下你的心愿"，她心中的快乐在滋长，手里的通知书随着音乐划出美丽的曲线，坡跟塑料凉鞋偷摸撑起她一米七的身高，赤脚缝里的汗渍也洋溢着不安分，未来充满了不确定，这些不确定统统都通向一个未知的美好——北京。

十五年后的自己，在人生路口回望起点，想看明白当初那懵懂青涩的希望，是如何在大都市的滚滚红尘中滋长成了风姿绰约的欲望。那时的她已经看不清起点，记不清初心，只隐约嗅得到夏夜混着炭烤香气的晚风，还有那晚风背后，漫长静谧的时光。

这段路太长，走得亦太快，大概是要用一生去解的难题了。

等到了北京，才发觉一切似乎并不如此。校园比自己想象的老旧逼仄，五湖四海涌入的年轻面孔也没有期待中的生动活泼，这大约是全中国除了北大、清华、武大、厦大的新生都会遭遇的尴尬。紧接着，意识到曾经牵动自己全部喜怒哀乐的"伟岸"母校，在海淀居民眼中，不过就是一声"哦"，这就迎来了第二轮的心理落差。有落差，就得调适。谢晓丹没有南方女同学的精明灵动，却不缺北方姑娘的坦然大方。她不算最快适应的那批人，倒也渐渐地找到了如鱼得水的姿态。高挑挺拔的谢晓丹，在校礼仪队里出尽风头后，慢慢将触角伸向校外的各种社交兼职。这些兼职，让她逐渐发现了自己的比较优势，这优势，一半来源于天生靓丽，还有一半，是她自己都不曾发觉的：大气泼辣，得人信赖。大一时令她神经紧张的综合测评和考试成绩，到大三时已经显得无足轻重，考过了英语四级，上学这件事，倒像是副业一般。

靠着各种兼职，谢晓丹的生活水平直线上升，人也越发自信成熟，身边不知不觉中就围上了拥趸一片：有贪恋其美貌的，有依赖其气魄的。成绩平平的谢晓丹，不但异性追求者众多，在女生圈子里也坐实了大姐大地位。一众小跟班儿里，走得最近的，要算是田蓉。

打心眼里，谢晓丹其实并没怎么瞧得上田蓉。大西北小城市考来的姑娘，说话吞吞吐吐，办事磨磨蹭蹭，穿着打扮也不见得多露怯，但说不清哪里，总透着股挥不散藏不住的洋芋蛋味儿。大三那年，校园里流行拉直发，一夜之间，海淀的大街小巷，到处都是顶着一头清汤挂面的女孩子，也不管那软塌塌的头发下，藏着的是一张什么形状的脸。谢晓丹算是管理学院里最早拉直发的，一如既往，引领潮流。飘逸的长发在春风里出尽了风头，到初夏，就显了尴尬：不仅同质化过高，体验也越来越差。6月的北京，已经闷热难耐，但这直发不能扎，一扎就卷曲起来，随风飘散的仙气便荡然无存，意味着几百块的美发费也付诸东流。为了凹这造型，谢晓丹的脖颈子，藏了不少汗，受了不少委屈。她站在宿舍窗口，拿着印着无痛人流广告的小塑料扇子猛扇，脖子终于松快了些，腋下后背却又渗出汗来。远远地，看见宿舍楼下的林荫道走出个慢慢悠悠的身影，小碎花的吊带裙，罩着个造型复杂的黄色贝壳衫，本来就丰满的身材，越发显得虎背熊腰。

谢晓丹叹了口气，教了多少遍，还是学不会，看来审美这东西真不是后天可以培养的。田蓉抬眼看到二楼窗口的谢晓丹正盯着自己，有点不好意思地收起太阳伞，一头贴服的直发正粘着她圆润白皙的脸庞。

"你到底还是去拉了？"明显一愣的谢晓丹扯起嗓门问，声音在初夏静谧的午后传得好远。田蓉抿嘴挤出两个酒窝，算是回答。"都跟你说了，你这种圆脸不适合拉直发，咋就不听呢，何况现在天气越来越热了，你就等着遭罪吧！"田蓉尴尬地扫视四周，生怕有人听见，脸上一阵红一阵白地走进了宿舍大门。

田蓉大约除了嘴笨些，倒也并没有比别人少了心眼。刚入校那会儿，她多少有点看不惯谢晓丹咋咋呼呼自以为是的东北做派。西北人，以敦厚慎言为美德，宁可不说，也不能说错。家乡有句土话：这个女子是个牙大豆。形容人不吭不哈，主意却很正，做事也了得。这修辞从何而来，田蓉说不清，但在她心目中，这便是一等一的夸赞之辞。当年，自己从甘肃天水的二流中学考来北京，父亲便在亲友中这样矜持又骄傲地表扬她。

一晃三年，谢晓丹和田蓉越走越近，两人一个内向一个外向，性格互补；一个主攻校内一个主攻校外，规避竞争。202宿舍里，她们俨然是一对姐妹花，在整个管理学院，也算得上一道风景线。和帅哥不同，美女们都喜欢扎堆，也不奇怪，几个美女站在一起，你胸小点儿，她腿短点儿，在规模效应面前，都不足为怪了。

田蓉在校内混得不差。成绩虽然中不溜，架不住人缘好，在学生会秘书处混了个一官半职，又加上诸如"邓小平理论征文大赛二等奖"这类没人竞争也没人在乎的加分，每学期综合测评，也能踮脚够到三等奖学金。可惜这奖学金的花法，回回被谢晓丹嘲弄半个月。有一次，晓丹和宿舍另一个女孩说起此事，颇不以为然地嘲讽道："你们可别说田蓉傻，一点也不，精着呢！你看她每次拿了奖学金，倒是挺周到，上好佳的膨化食品买一大塑料袋，好嘛，全楼的人都看见她请客了，其实里面一半空气，加起来还不到100块，从来也没说请咱们吃顿正经饭；你看看我，哪次挣了外快，不请大家下馆子，哪次下馆子，不得一两百，结果还没人知道。"那女孩也是吃了人嘴短的，不在乎顺嘴拍两下马屁，也深知不论是零食还是下馆子，只有维护寝室的稳定团结，才能长治久安下去："是啊，我也发现了，别看田蓉不吭气，自己的小九九算得可明白了，所以要不然你威信高呢，上次你不在，田蓉还说羡慕你呢，又漂亮又能干，家里条件也好，花钱那么潇洒，不像她们家就是普通的工薪阶层，走到哪儿都得着花。"

谢晓丹梗了梗脖子，到底把嘴边的话咽了下去。她想起已经下岗十年的母亲，还有那个局促油污的不足40平米的老房子。谁家条件好啊，我花的每一分钱都是自己挣的好吧！可这话，她横竖是说不出口的，宁可打肿脸，也不能没了脸。谢晓丹突然悟到了自己和田蓉的又一项不同：一个要里子，一个要面子。

田蓉打从走进宿舍门，就一直丧着脸，谁和她说话，她都一概懒懒地哼一声算是回答。谢晓丹当然明白她这无声的抗议是因为什么，西北姑娘，最怕众人之下出丑，被自己的大嗓门打击一声，脸没憋红就算好的。想一想，还是得给她个台阶下，否则一会儿吃晚饭，谁陪自己去食堂呢。

"你是去的我拉头发那家店吗？"晓丹歪在床上问。

"嗯。"足足过了三分钟，反射弧本来就长的田蓉才从鼻孔里挤出一声。

"唉，你说你何苦遭这个罪，现在夏天披着头发太热了，我都准备扎起来，受不了了。"谢晓丹说着，起身从抽屉里翻出个黑皮筋，一咬牙，把直发统统束在脑后，一股微风拂过她汗津津的后颈，解放了似的长长舒了口气。

田蓉瞟她一眼，刚才在阳台上喊的那番话，倒也像是出自真心，瘪了瘪嘴，半晌才挤出一句话："小范说挺好看的。"范鹏华是她的男朋友，隔壁985名牌大学法学院的大四学长，室友们都亲切地称之为"小范"。

"小范！情人眼里出西施好不好，你把抹布顶脑袋上，他肯定都觉得好看！"谢晓丹捧着脸逗她，一屋子人，包括田蓉自己都跟着笑起来。谢晓丹趁机转移话题："小范的工作敲定了？"

"早就定了，春节前他就在那个律所实习了，等拿到毕业证就正式签劳动合同了。"

"啧啧，你们小范还是有出息啊，跟你一样，不吭不哈的，出手都是大手笔！哎，上次听你说，那律所是外资的吧？一个月能发多少钱？"

这马屁拍得恰到好处，田蓉的脸上终于阴转晴了："嗯，听说一个月有小一万吧，干得好，年底还能有奖金。"宿舍里爆发出一阵惊呼，田蓉连忙补充一句："但是他们也真辛苦啊，这才实习了两个月，差不多都十点以后才下班，有时候干到凌晨呢。小范说，干他们这行的，要算时薪，比麦当劳打工也没高多少。"

"净瞎说！你知道麦当劳时薪多少啊，你们这些连工都没打过的人。再说了，前途能一样吗？！你们知道小范他们律所在哪儿办公吗？"谢晓丹扬起下巴问大家，好像小范是她男朋友一般，"在国贸大厦！那是什么地儿啊，CBD，开玩笑！田蓉，你跟小范说说，请咱们去他楼下吃顿饭呗，让我们也开开眼界，别总是校门口的烤鸡翅，都吃了两年了，腻不腻啊！"

"等他自己转正了再说吧，以后还有机会嘛！"田蓉可不想给男朋友好不容易才找到的工作添乱，何况在国贸吃饭，那得花多少钱啊！"对了，小范还让我问你呢，上次你跟他那个哥们吃完饭，什么想法啊？人家对你还挺上心的呢。"

"哥们儿，不是哥们！"谢晓丹抢白闺蜜的羊肉味口音，"什么想法，就先聊着呗……看你们两口子操的这心，介绍完就完了吧，还要管售后服务，你们又没收中介费，不嫌累啊！"

"哎，我们当然得操心了，那是小范最好的……"田蓉顿了顿，慢条斯理地跳过了这个她念不准的词，"朋友，你要好，就跟人家好好谈，别又像前几个，莫名其妙就分手了，回头把人家伤了，我们多不好意思。"

"说实话吧，那男生我真有点没看上，一个学计算机的，跑到上地那么犄远的地儿一个小破公司当码农，没黑没白地加班也挣不了几个钱，长得吧还正经凑合，可穿得那叫一个邋遢，身上都有味儿了，说话也特无趣……哪像你们小范啊，去了洋律所，西装一穿，精神抖擞的，钱挣得多不说，见识也宽啊！所以啊田蓉，你就好好珍惜小范吧，早看出他这么有出息，当年和他们寝室联谊的时候，我就先下手啦！"

话虽然露骨，到底还是中听的，田蓉抿嘴一乐，端着饭盒张罗大家去食堂了。

对于绝大多数中国大学生而言，找工作是大学四年里最重要的一次考试，比毕业论文严肃多了。翻过年，2006年的春天在离愁别绪的渲染下，很快走到了尾声，笼罩着工商大学2002级学生们的，除了临别的伤感，还有对未知的明天的忐忑。

谢晓丹算是其中颇为从容潇洒的一个。大三暑假，她没有回沈阳，自己联系去了一家卖矿泉水的大型民营企业市场部实习。能去这家公司，与她一贯的积极勤奋分不开。从大二开始，晓丹就不间断地参与这家企业的校园推广活动，起初也就是想打工挣点零花钱，慢慢地，与市场部的"哥哥姐姐"们越混越熟，他们对她也越来越信任，逐渐地也放心多交些事情给她做。到大四找工作时，晓丹没费什么周折，面试就算走了个流程，春节前，便收到了公司人事部门发出的录取邮件。

这家知名民企规模不小，全国上下也有几千人，除了矿泉水，还卖方便面和零食。集团公司坐落在大兴郊区的总部基地，颇敦实的一栋灰色小楼，四四方方，醒目地喷涂着品牌LOGO和象征着企业形象的橙色。当年做校园推广的时候，谢晓丹就穿过他们公司的T恤，拿到offer后，内心越发充满归属感。

"那些快要到期的方便面零食什么的，是不是就直接发给你们了啊？"大学食堂里人声熙攘，田蓉和谢晓丹坐在洒满阳光的角落，两份过桥米线已经见底，却丝毫没有离开的意思。

晓丹愣了愣，这个问题她还真没问过，可要直接说不知道，自己这个有工作的"准职员"，怎么能和她们这些准待业学生拉开距离？"嗨，谁稀罕那些啊，方便面吃多了最容易发胖，我们市场部那些人，吃公司自己的零食，都吃腻了的。"

田蓉有几分落寞地向橘色塑料椅背靠去，旁边桌上传来一股热腾腾的肉包子味。"哎，真羡慕你，一个月 3500，还管吃管住，我这工作，也不知道啥时候能搞定……"

"你明天不是要去小范他们所面试行政助理吗？别着急，机会来了，挡都挡不住。"

田蓉抿了抿嘴，又把心里的话咽了回去。她其实是太在乎，光听谢晓丹提起这个面试，胃里就翻江倒海一阵痉挛；然而又太没信心，总觉得这样的机会怎么会垂青于自己，索性，还是一如既往表现得云淡风轻吧，免得铩羽而归的时候，成了别人口中的笑柄。

"唉，那就是个行政助理，和咱们学的专业也不对口，况且就这个工作都好多人报名呢，竞争也不小。"田蓉顿了顿，"还有个问题，他们那里好像挺忌讳两个人在同一个公司的，小范跟我叮嘱半天，让我千万别表现得跟他很熟。"

"这有什么关系啊，管得真多！但不管怎么说，你既然报了名，就还是要认真对待，毕竟已经 5 月了，得赶在毕业前搞定工作啊！一会儿回宿舍，我帮你挑挑衣服，面试那也是有技巧的，你就是之前接触社会太少，什么经验都没有。"

谢晓丹说得没错，对这个五彩斑斓的大千世界，田蓉还真是一无所知，她躲在门口向外张望，只觉得陌生又炫目，却也并没有像谢晓丹那样，自心底里生出向往和兴奋。她清楚自己早晚得跳进去，却不知道什么时候才能准备好。

宿舍楼里空荡荡的，一到大四，同学们像是挣脱笼子的鸟儿一样，迫不及待地冲了出去，考研的，出国的，找工作的，四年朝夕相处的交情，说散就散了，也不论散伙饭那天吃得多感天动地，涕泪纵横，转眼消失得干干净净，连存在过的痕迹都没留下。

谢晓丹推开窗户通风，接满暖水瓶，插进电热棒，趁着烧水的工夫，刷了田蓉和自己的饭盒，又拿起扫帚麻利地扫了地，一团团杨絮裹着灰尘都乖乖滚进了垃圾桶。这一系列的工作完成，谢晓丹坐回床边，从抽屉里掏出一管护手霜，一边仔细地往手背上涂抹，一边冷眼看着镜子里刚换好新套裙、正咬着嘴唇、蚊子哼哼一般练习自我介绍的田蓉。

"你这样肯定不行，"晓丹摇摇头，抢白道，"一点都不自信，我看着都着急，别说人面试官了！还有你这个普通话，来北京都念了四年书了，怎么还一股羊肉味呢？"

田蓉瘪瘪嘴，脸红了一半，刚刚因为新套装撑起的那点气焰，立马被谢晓丹一盆冷水浇灭。说起来田蓉的老家甘肃天水，除了出苹果，其实还出美女，田蓉就是个例子。她容长脸儿，皮肤白皙，质朴羞涩，不开口的时候，总有人误会她是南方人。只可惜口音这事儿藏不住，特别是西北口音，浓郁憨拙，如同菜里下了重油重盐，再想用什么味道去盖，都不容易。眼下全中国最有名的天水人是潘石屹，离开故乡都三十年了，还是乡音未改。西北人大多笨拙老实，不会说话，场面上的事更不擅长。到大四快毕业时，田蓉觉得自己已经进步很多，可遇到面试这种重要时刻，还是紧张得能要了命。

看着她越说越乱、越乱越怯的自我介绍，谢晓丹忍不住上前指点，她拢起田蓉的披肩发对着镜子笃定地说："你这完全不行，咱得从头来，听我的，明天把头发扎起来，精神点，眉毛也得重新修，这儿，还有这儿，要把眉峰修出来，你本来脸大，这种弯眉越显得脸圆了。"

"那样，会不会看起来太凶啊？"田蓉顾不上计较室友的用词，有点不确定地问。

谢晓丹白她一眼："你是去面试，又不是去相亲，搞那么甜美干什么！"

谢晓丹高挑靓丽，却难得在女生堆儿里混得也如鱼得水不怎么招恨，一大部分要得益于她的仗义热情。第二天清早刚六点，谢晓丹就被紧张失眠了半宿的田蓉拉下床来，亲自操刀给她化妆、梳头发，又被田蓉生拉硬拽地踩着早高峰的节奏一起向东南方向的 CBD 进发。

清晨的地铁车厢像极了沙丁鱼罐头，充满暴力与激情。小姐妹俩手挽手，互相搀扶着，才勉强没有被挤脱了形。换乘两次地铁，又在地铁中转站里走迷了路，好不容易赶在八点半，踏上了 1 号线国贸站的站台。此刻田蓉踩着簇新高跟鞋的双脚已经歪歪扭扭，走不了直线。站台上熙熙攘攘，挤满了塞着耳机、赶着打卡的上班族。穿着牛仔裤 T 恤的谢晓丹踮起脚寻找出口指示牌，田蓉一手扶着她，一手弯腰撑着膝盖，连连摇头："不行不行，我得坐会儿，脚疼得站不住了。"

"这儿上哪坐去啊，快走吧，八点半都过了，别一会儿面试迟到了，起个大早赶个晚集！"谢晓丹马尾一甩，拖起垮着脸的田蓉，跟跟跄跄地出发了。北京的学生多半在海淀区活动，东边来得少，说起 CBD 的标志性建筑——国贸大厦，远远地也眺望过几回，却从来没有机会走进去。等到两个姐妹手挽手，穿过 1 号线国贸站西北口那条长长的地下通道走进国贸 1 座时，一路叽叽喳喳的两人，都沉默了。她们充满好奇地看着周围西装革履步履匆匆的人群，看着地下通道出口吐露着芬芳的鲜花摊，还有印着时下各种时髦面孔的盗版英文书摊儿，不同于其他地铁站口浓郁的摊煎饼煮玉米的味道，这里飘散着淡淡的花香、香水香，还有咖啡香。

尽头的那扇玻璃小门打开了，通向了一个大世界。

淡淡的古典音乐在耳畔萦绕，方才的花香、咖啡香、香水味都越发浓郁，又新添了新鲜出炉的烤面包特有的那种嗅得出松软的香甜气息，自四面八方温柔地包围过来。敞亮璀璨的穹顶，金碧辉煌的大理石地板，从二楼倾泻而下的巨幅 LV 电子广告屏，以及落地橱窗里五彩斑斓的华服、珠宝、手表、坤包……

谢晓丹目不暇接地看着那些只在时尚杂志里见过的大牌，悄悄观察着周边过往的俊男美女，意识到自己严重"轻敌"了。陪田蓉来面试的路上她还想，都说国贸很高级，估计和东方新天地差不多吧。现在看来，差距很大。东方新天地热闹喧嚷，很多外地游客，也有不少 Ochirly、E-LAND 这些大学女生心目中的廉价潮牌；国贸雅致贵气，能挤进来混个橱窗的，都是最高档的欧洲奢侈品牌，连美国的时尚品牌都难有一席之地。迎面走来的男女个个看起来高傲又职业，手里端着咖啡，耳朵里挂着蓝牙，有人讲英文，有人讲中文，有人兀自开怀爽朗地笑，有人微微颦眉掷地有声地发号施令……那些姿态的背后都跳跃着一种气质——武装到牙齿的自信。谢晓丹把在中关村 180 块买的高仿包往身后掖掖，分明觉得好几个路过的女人都投来不屑的目光。

一旁的田蓉不知是脚疼，还是紧张，挽着谢晓丹的手臂越来越沉，目不转睛地盯着前方，嘴唇紧闭双耳通红。"没事吧你？"谢晓丹故作淡定地问。

田蓉瞪了瞪眼睛，吞了口吐沫，死死拽住谢晓丹的胳膊，隔着袖子都能感觉到她汗津津的手。"你看那是谁？！"她激动的声音有些颤抖。

谢晓丹顺着她的目光望去，一个消瘦高挑的女人，不长的黑发在脑后随意绾起个发髻，设计感十足的黑色 T 恤下，两条裹在牛仔裤里的腿笔直纤长。她身后跟着个略矮略胖的女人，两人一边窃窃私语，一边随手拿起件衣服贴着身子比画。"天哪！那不是天后王菲嘛！"谢晓丹一惊，几乎要尖叫起来。声音刚到喉头，就被周围投来的无声的笑容卡在了半路。这是王菲啊！难道你们都不认识吗？谢晓丹冲着路人瞪大眼睛，却突然意识到，天后王菲在国贸商城逛商店，竟然连墨镜都没有戴，店内其他客人也都各逛各的，似乎没人特别在意她的存在。偶然有一两个路过店门口的人投来笑容，也并不会为此放慢自己行色匆匆的脚步。

"我们去找她签个名吧，我昨天晚上睡不着，一直在听她的歌呢！"田蓉的声音有点抖。

谢晓丹却迟疑了。她看到玻璃橱窗里倒映着的她们二人的身影：穿着 500 块钱的套装，背着 200 块钱的冒牌 A 包，带着廉价的妆容，花痴一样哆哆嗦嗦戳在商店门口盯着明星的背影，忘记了自己的方向，突然有一种当头棒喝的感觉。

"别丢人了！赶紧走吧，面试要迟到了！"晓丹咬咬牙，似乎要鼓足勇气和前二十年的自己划清界限。

田蓉吃惊得合不拢嘴："你，你不是最崇拜她吗？你睡醒了吧，这可是菲姐呀！散伙饭那天，你说你毕业后的十个愿望，第一条不就是看王菲的演唱会吗？我可记着呢！你看她演唱会绝对不可能离她这么近！机不可失失不再来！"

谢晓丹依依不舍地看看天后的背影，平时侃侃而谈的她，到底什么话也没说出来。她突然觉得心里有什么东西在变化，跟田蓉这样的傻丫头是讲不清自己内心那一瞬间的坍塌的。回头看看渐行渐远的天后身影，她想在心底里给自己许一个掷地有声的诺言，比如：有一天，我要和你们一样，做这北京城里的主人。可说到底，她连许如此诺言的底气和勇气都尚不具备。

金达（美国）律师事务所在国贸大厦1座的28层，一家外资律所，占据了国贸这样寸土寸金的写字楼整整一层，玻璃幕墙360度环绕，西边远眺西山，东边俯瞰CCTV新址正烟尘滚滚的地基大坑。玉石色的前台清雅又大气，上面摆着巨大的水晶花瓶，插满含苞欲放的淡粉色荷花，搭配几只青翠欲滴的绿色莲蓬，那玉石色顺着地面流淌，蔓延至几只古朴典雅的中式座椅脚下，地面上的细纹，正像是瓷器开片上的青丝铁线云开之处。

这是美国公司吗？两个人越发拿不准，还是谢晓丹胆大些，她蹑手蹑脚地蹭到前台，怯怯地问了几句，转身着急地招呼在门口张望的田蓉进来。前台女孩递出来一个系着青色丝带的门禁卡，卡片上印着公司的英文缩写、LOGO，还有"Visitor"（访客）的字样。紧接着，另一个身着黑色套装的长发女孩子从里面走了出来，手里拿着灰色文件夹，简单和田蓉对了对个人信息，就带她往里走去。谢晓丹这才发现，旁边那看起来像是一整面白色大理石墙的，原来是个会议室，长发女孩在墙边按了个什么按钮，这约莫二十厘米厚的白墙就以中点为轴心缓缓转动起来，随着门墙旋开，墙后的世界别有洞天。谢晓丹迫不及待地探头看，里边围着个巨大的白色大理石台面会议桌，周边摆了两圈白色真皮座椅，已经坐着十几个等待面试的年轻人，窸窸窣窣、低声交流的声音也随之传出，田蓉几乎看呆了，被黑色套装的女子提醒两次，才跟随她走进了那个隐秘的"水帘洞"。

白色玉石墙壁在田蓉身后缓缓闭合，世界又安静下来，谢晓丹才发觉自己成了空荡荡的前台大厅里那个尴尬多余的身影。前台后的女孩冲她笑笑，表情肯定是礼貌的，但那下颌微翘的姿态分明透着冷淡和骄傲："你不是来面试的？"

谢晓丹摇摇头，抻着袖口指指田蓉的背影："我是陪我同学来的。"

"哦，那麻烦你去楼下等她吧，前台这边不让坐人。"女孩拿下巴指了指电梯，垂下眼帘坐了下去。

谢晓丹看看门口那两只白色的真皮沙发，犹豫半天，终于还是没有勇气再逗留下去。她悻悻地走出落地玻璃大门，小心翼翼地去了趟摆着兰花、喷着香氛的洗手间，才带着落寞和不舍按下了电梯按钮。大概就是从那一刻起，已经有工作傍身的谢晓丹，突然就不淡定了。她想起那家矿泉水公司满走廊弥漫的方便面味儿，想起那红色 T 恤和工装的粗糙与廉价，心底里油然升起种绝望。如果田蓉真来了这里工作，而自己去了五环外的那家公司，再过三五年同学聚会，她们之间，恐怕就不只是 CBD 到大兴的距离了。

走廊里响起轻柔的一声"叮"，谢晓丹一愣，四下张望，才发觉面前的电梯门正徐徐打开，一个身形消瘦、梳着板寸的女人从里面走出来。她穿一身白色修身无袖连衣裙，一条像金色田野一样灿烂的真丝纱巾松垮地挂在脖颈，手腕上一只造型夸张的白色香奈儿陶瓷表，更衬得她皮肤黝黑、肌肉紧实。女人侧弯着腰，一边往电梯门外走，一边用胯去顶正从左手中慢慢滑落的一大摞文件夹。谢晓丹这才注意到，她负重过量，左手肘还挎着件米白色外套，想必是准备到了冷气充足的空调办公室穿的；右手一杯星巴克咖啡，手肘上挎着个大号的爱马仕铂金包。谢晓丹脑海里浮现起曾在哪本时尚杂志上读到过：香港名媛们拿包都不用手提，一律要挎在手肘，方显得身材更加婀娜……

"哎哎哎！"那女人的叫声打断了谢晓丹的臆想，她向前跳了两步，文件夹还是悉数散落地下。鞋跟太高，那女人只能直着身子蹲下去，却因满手的东西不得已又站起来。谢晓丹向来热情，没多想就顺手帮她把满地的文件夹捡起来，又按方向理顺才递过去。女人把提包换到左手，端着咖啡的右手抬起来，示意晓丹帮她把一摞文件都塞到腋下夹着，晓丹注意到，她手臂方才挎包的地方，都磨红了。两人比画了几下，还是不稳当。这时的谢晓丹已经注意到，那一摞文件夹，正是一份份简历。她心里升起种说不清的悸动，潜意识里想让自己表现得更得体优秀。

"东西太多了，不好拿呀，"谢晓丹笑笑，"不介意的话，我帮您拿进去吧。"

原本满脸感激的女人愣了愣，下意识地抬眼看了看玻璃门后的前台，不巧，刚才被谢晓丹礼貌请出去的女孩，此刻并不在座位上，显然没有人能帮到她了。短发女人四下看看，想到一会儿还要腾出手从包里掏门禁卡刷门，眼下似乎也没有更好的选择，她开始往前走，嘴上却还在客客气气地抗拒："哎呀，那怎么好意思呢。"

"没关系，反正我也没什么事。"谢晓丹尽量乖巧甜美地微笑，一副人畜无害的热心肠模样。

短发女人何其精明，黑眼珠一转，顺着她的话问下去："你是，来金达办事的吗？"

"不是，我是来陪我同学面试的。"晓丹就等着她问呢。

女人看她一眼，明显松弛下来，接受她的帮助似乎也心安理得了："哦，是吗，你是哪个学校的？"她晃了晃门禁卡，玻璃门嗡翁地自动启开了。

"我是工商大学的。"晓丹紧紧跟在她身后，发现这小个子女人，踩着那么高的高跟鞋，还能脚下生风。

"工商大学……是那个田蓉的同学吗？"果然好记性。

"对，我们是同班同学，还是室友，今天我就是陪她来的！"

女人带着谢晓丹往里走，一路遇见不少跟她问好的人，晓丹一边答她的话，一边好奇地打量周围的一切：西装革履的年轻律师，一个个设计独特的独立办公室，宽敞漂亮的茶水间……

"面试还要人陪啊。"女人拿钥匙打开一扇独立办公室的门，自言自语道。谢晓丹一愣，不知该如何作答。"你怎么没报名啊？

不想做行政工作？"

"没有没有！怎么会，能来这里工作那得多幸福啊！我，我是不知道你们在招聘。"谢晓丹拼命摆手解释，急得脸都红了。

短发女人把外套挂在衣架上，顺手打开了负离子加湿器，被她紧张的样子逗笑了："那你同学怎么知道，还是你不关注吧！"

"不是，她是因为有，"晓丹磕巴了下，"有朋友在这儿才知道的。"

"谁啊？"女人弯腰打开电脑，笑容虽然和善，却不容你不回答。

"范……范鹏华。"谢晓丹压低声音，想尽量表现得轻松释然。

"哦。他呀，是男朋友吧！"女人呵呵笑起来，谢晓丹不知该如何回话，也不知女人为什么笑，只得陪着她一起笑两声。

"那现在如果给你一个面试机会，你愿意试试吗？"忙活了一路的女人终于坐下来，跷起二郎腿，开始慢慢品味她手中的咖啡，和这个美好的上午。

"啊，真的可以吗？"这问题来得太突然也似乎太轻易，晓丹不是全无企图，她只是自己都不敢相信，机会的确就在向前一步的瞬间。

"Why not？"女人摊开一只手，"准备一份你的简历，然后去前台那个大会议室等着，有人会叫你的。对了，你叫？"

"谢晓丹！我叫谢晓丹，感谢的谢，春晓的晓，一片丹心的丹！"

田蓉事后一直在想，谢晓丹是什么时候动了和自己抢这份工作的念头？是在洗手间补妆的时候，还是在走进律所前台的时候？她能记得的是，还没轮到自己一对一的面试，会议室那扇神奇的大门转开了，方才带着她进来的人事部的女孩又领进一个谨小慎微的身影，竟然是谢晓丹！正在这时，她收到条短信，是范鹏华发的：晓丹刚借我电脑打印简历，她好像认识我们人事经理，也要参加面试。本来就紧张得发抖的田蓉，脑袋嗡一下似乎失去了知觉。这件事后来变成了田蓉和范鹏华分手的导火索。表面上她说不出什么，心底里却认定和谢晓丹大学四年的交情就算到了头。

于是，谢晓丹无疑成了他们那届最风光的毕业生。年薪八万，对于一个二流大学里学工商管理的本科生来说，已经足够她欢呼雀跃，何况，这间外资所的办公室，在赫赫有名的CBD国贸1座，这简直让二十二岁的谢晓丹有种梦想成真的幸福感，极大地满足了她的虚荣心。

毕业典礼上，田蓉试探谢晓丹："矿泉水公司的工作你真不要了？3500听着不多，包吃包住啊！金达6500听着多，算上房租路费伙食费，剩到手里的估计连3000都没有，何况CBD那地方什么开销都高，肯定攒不下钱！"

谢晓丹心里明白她是吃不到葡萄说葡萄酸，也不想刺激她，就顺着她的话说："唉，是啊，攒钱估计是没戏，就是去感受下呗，来北京这么多年了，也看看人家北京的人上人都是怎么生活的。"

田蓉摇摇头："上次面试去见识过，我也就算是明白了，国贸里那些东西，说到底和咱们有什么关系，那都是菲姐那样的人的世界，咱还是脚踏实地地把日子过好，这是正经。"

谢晓丹从鼻腔里哼一声，心想那你当时还上赶着去面试，藏着掖着就怕有人跟你抢，何况，菲姐二十二岁的时候，不也在香港打拼奋斗呢嘛，你怎么知道十年以后，我就一定不会是这座城的人上人？

体育馆里突然爆发出热烈的掌声，校长的讲话终于结束了，谢晓丹抬起头，看到大屏幕上写着三行字：万里归来，仍是少年；千里之行，始于足下；同学们，出发吧！晓丹的眼眶瞬间湿润了，当上百只黑色学士帽在半空中绽放，那一千多个纯白色的日子终于走到了终点。

2

总体来说，谢晓丹是那种不太在乎别人怎么说怎么想的性格，二十出头的时候，就更加勇往直前。就拿金达律师事务所行政助理工作的事儿来说，别说她并没深刻感觉到闷嘴葫芦田蓉有什么特别不爽，就算真有，她也不是很有所谓。开始一两天，她还略有尴尬，日子越久便越坦然：怎么能说是我抢了田蓉的工作呢？即便没有我，这工作也铁定不会是田蓉的，瞧她面试那天木讷紧张的样子，无论如何都不会入选。至于人事经理Samantha吴，有没有因为她无意中暴露了田蓉跟范鹏华的关系，而一开始就将田蓉排除在候选人之外，就更不是谢晓丹需要内疚的范畴了。比起失去一个对人生没什么真实意义的大学闺蜜，得到一份体面又有钱的工作才是正经事，何况这工作是在CBD的国贸大厦啊!

新生活开始了,没时间给你太多感怀。

每天早晨,谢晓丹穿着球鞋从沙丁鱼罐头一样的地铁 1 号线里披头散发地冲出来,忍不住白一眼还挤在车厢里的人群,会愤怒,说明尚未麻木。纵然北京的早高峰地铁让人毫无尊严可言,在国贸站下车,比起还挤在地铁里的人群,至少多了几分优越感。谢晓丹定定神,学着公司前辈们的模样在一楼星巴克买杯拿铁,在办公楼层优雅洁净的洗手间换好高跟鞋,梳好头化好妆,对着镜中的自己绽放一个自信的微笑,唇红齿白,青春正好。无论美好与否的一天,便开始了。

行政助理的工作其实不复杂:订机票,订酒店,安排会议室,定期采购放在冰箱和茶水间里的饮料零食,周五的时候还要为律师们精心准备下午茶。所里的同事相互间都叫英文名,谢晓丹入职填表时没有思想准备,慌乱中随便写了个 Amy,刚用了半个月,觉得叫 Amy 的人太多,所里就有两个,她怯生生地去找人事经理商量,是不是可以换个英文名。

说起来,人事经理 Samantha 吴,是谢晓丹的贵人。如果不是那天在电梯口遇到她,谢晓丹的人生将会在大兴飘着方便面味道的集体宿舍里展开另一个版本。尚且说不清是好是坏,但肯定是不一样的人生。所以,每次在所里碰到她,谢晓丹总是天然觉得亲切,又是帮忙又是套近乎,Samantha 却似乎司空见惯,并不以此邀功,也没有表现出要晓丹跟她更加亲近的愿望,很好地保持着礼貌亲切又独立疏远的距离感。

听完谢晓丹的请求,Samantha 坐在白色真皮旋转椅上哑然失笑，她的名字倒不多见，因此她完全不能理解 Amy 谢的痛苦：
"名字只是个代号，叫什么都一样，你的名牌名片都印好了，改
起来太麻烦。我倒是一直想跟你说，你这双鞋有问题，"她指指
谢晓丹脚上的鱼嘴凉鞋，"看起来有点土气而且不专业，咱们入
职培训的时候都讲过，工作场合不适宜穿凉鞋拖鞋，何况国贸里
冷气这么足，不至于热到要把脚指头露出来吧。另外，中午王律
师说，pantry（茶水间）的咖啡机又落灰了，你赶紧去跟保洁
阿姨讲，下班以后，让她里里外外洗干净。她们那些人，干活都
粗，你务必要盯住了，下次记得这些事做在前边，别让老板说！"

　　谢晓丹在大学时好歹也过了英语四级，来到金达却处处露
怯：一次，一个外籍律师要晓丹去楼下赛百味帮忙买份三明治，
晓丹问了三四遍，到底是全麦面包，还是蜂蜜燕麦面包，是照烧
鸡，还是火鸡胸，是美乃滋酱还是蜂蜜芥末酱，反复都弄不明
白，外国老板不得已，找来一个老秘书，才算是解决了午餐问
题。从那以后，谢晓丹遇到外国律师都绕着走，可即便是和中国
老板对话，也一样有蒙圈的时候。比如刚才，Samantha 嘴里蹦
出的那个单词，到底是说哪里的咖啡机落灰了？谢晓丹不敢问，
Samantha 骂她她倒不怕，只怕自己会越发被人瞧不起！这个楼
层有六个咖啡机，大不了今晚上把所有的都洗了。谢晓丹这样想
着，盯着自己的双脚走回座位，下意识地把脚指头从镶着假钻石
的鱼嘴鞋的小孔里往回缩。她当然记得公司的着装要求，她只是
不清楚所谓"土气不专业"的标准是什么，审美的茫然让她内心
愈加惶恐不自信。唉，她突然想到笨笨的田蓉：说不定还是我救
了你这个丫头呢！要是真把你丢到这样的环境里来，你不得吓得

神经衰弱啊！

午休的时候，Amy 谢已经完全忘记了名字的困扰，新的痛苦围绕着她，比起用独特的名字实现自我认同的心理诉求，此刻的她倒宁愿土气无知的自己普通一些平庸一些，最好低到尘埃里，不被人发觉。她饿着肚子，揣着钱包，注意力都在楼下商场那些漂亮橱窗里精致的鞋子上。她从 Tod's 走进 Feraggamo，又溜进 Jimmy Choo，假模假式地拿起来看看，又似乎不甚满意地轻轻放下，那价签上的数字，让谢晓丹胃里隐隐疼挛。鞋店里的服务员眼睛最是毒辣，她们礼貌地冲谢晓丹微笑，看看她手里廉价的钱包，身上不明出处的衣服，还有胸前的工作牌，便冷冷地转过身，招呼其他顾客，或者索性和同事聊天去了。也难怪她们的势利和冷漠，这里随便哪一双鞋都至少顶得上谢晓丹一个月的工资，很明显，这女孩不是她们品牌的目标客户，谁都是为生计挣口饭，何苦在她身上浪费口舌精力呢。

谢晓丹越看越泄气，以为自己从五道口一步通关到了国贸大厦，却发现钱包里的实力原来只配 window shopping。

不管怎么说，在大学同学中，谢晓丹依然是被大家仰慕的对象。当年在学校里几个被她召之即来挥之即去的备胎，如今她一个都看不上。倒不见得是谢晓丹越来越现实，只是见过了外资律所里那些留洋归来西装革履的成功律师，确实很难再对那些穿着 20 块钱 T 恤，连 cup-cake 是什么都不知道的小屌丝产生兴趣。

说来可笑，当年范鹏华介绍给谢晓丹的那个好哥们儿——赵临冬，再一次出现在她的世界里。那天傍晚，晓丹更新完所里的通讯信息表，伸个懒腰准备回家，突然接到条短信，是赵临冬，轻描淡写地说他来国贸开会，刚结束，约晓丹晚上一起吃饭。谢晓丹本打算找个理由推掉，转念一想，反正自己也要去楼下吃晚饭，这么冷的冬天，多个人还能多点选择。

谢晓丹把赵临冬约到了平时不怎么舍得去的台北古早味，穿过国贸商场长长的甬道，两边造型独特的设计家居店，五彩斑斓的华贵瓷器店，这些她已经习以为常，气质和姿态也越来越像"CBDer"：下颌微抬，步履匆忙，铿锵有力，目无一切。等嗅到室内冰场的寒气时，古早味餐厅也就映入眼帘。老远便看到坐在店外天井处，那棵高大樟树下的赵临冬。谢晓丹在心底里笑起来，整个画面太突兀了，赵临冬无论神态还是穿着，都是十足的异类。

两个人面对面坐下，望着比半年前更加绚烂夺目的谢晓丹，男孩越发紧张局促，黑色菜单在他手中翻来覆去，他既不敢把眼神挪开，也不敢开口点菜。

"一碗麻油鸡面线，一份豌豆苗。"谢晓丹并不碰菜单，落座后直接对服务员说，俨然常客的样子。赵临冬的头还埋在菜单里，晓丹低头一乐，决定帮他解围。"你要不要尝尝他家的麻油猪腰面线，天冷的时候吃最合适。"

赵临冬的脑袋终于伸了出来，如释重负地点点头："好啊，我都可以，听你安排。"

"那就再来份猪腰面线，一个三杯鸡。"谢晓丹把面前从未打开过的菜单递还给服务员，打开雪白色的餐巾铺在膝上，笑容灿烂地问道，"你今天怎么跑国贸来了？"

赵临冬本来就不善言辞，在谢晓丹自信又自如的气场下越发不知该如何表达："我过来见个人，想看看他对我们的项目，会不会有兴趣。"

谢晓丹不太明白他在说什么，她猜不到赵临冬这个下午有多沮丧，面对自己有多紧张，只当他是书呆子："哦。你最近怎么样，忙吗？"

"挺忙。不过，最近进展还挺快！"赵临冬勉强打起点精神，"上次咱们见面的时候，我跟你说的我们那个程序软件已经开发完了，现在就是市场推广，越多的用户用，我们的胜算就越大！"

谢晓丹伸手看看手机，担心有工作短信没听见。赵临冬虽然嘴笨，人并不呆，他敏感地意识到晓丹对他说的这些其实都不感兴趣。于是，饭局又陷入了沉默。

"对了，范鹏华也在所里加班呢，要不要叫他一起来啊！"谢晓丹突然想到。

赵临冬脸都憋红了，也没说出个所以然。好在晓丹善解人意，看他不表态，也就把话题岔开了。

两人有一搭没一搭地对付了一个小时，于谢晓丹而言，这不过是一餐饭，赵临冬却吃出了绝望和伤感。他明白，自己和面前的女孩越来越远了，比半年前见面时更加遥远。纵然她的笑容越发自信，人也越发明媚，这一切，却都不是因为他，也永远不可能是因为他。两人在地铁站台道了别，踏上了方向相反的列车。

谢晓丹时而沮丧、时而兴奋，却始终满怀憧憬地急速奔跑，把大学里的一切都抛在脑后。为了离公司近点不迟到，她咬牙在团结湖公园附近租了套小两居的老房子，3000块一个月，工资一小半就这样没了。晓丹琢磨得找个人合租，降低成本，第一个就想到了田蓉。

听范鹏华说，田蓉终于找到了新工作，一个保险公司北京分公司的市场部助理。工资也就是谢晓丹的一半，工作环境就更没的比。好在田蓉家经济条件还凑合，父母依旧像上大学时那样，每隔三五个月打来几千块贴补生活。保险公司在麦子店，将将能擦 CBD 的边儿，谢晓丹觉得机会绝佳，抱着志在必得的信念，拨通了好几个月没联系的田蓉的电话。

大学毕业的时候，田蓉依旧没找到工作，她回老家待了两三个月，想想还是得回北京坚持，不仅仅是因为范鹏华，更多的是不甘心。回到北京，住处是个问题，因为尚不确定工作会找到哪里，只得先搬进范鹏华和人合租的两居室里对付。同居生活，范鹏华觉得没什么不好，观念传统的田蓉却始终耿耿于怀，父母那里就更不可能交代。每次家里打电话，田蓉都得在卧室里蒙好被子再接听，生怕客厅看球的男生们突然一声呼喊，穿了帮！不仅如此，毕竟是和别的男生同居，穿衣起居都诸多不便。十月底，田蓉终于找到了工作，她琢磨是时候搬出去了，可惜看了几处房子，要不就是距离太远，要不就是租金太高，正发愁时，就接到了谢晓丹邀请合租的电话。田蓉了解谢晓丹向来不缺东北女孩那无所忌惮的豪爽之气，却也为她如此淡定坦然的心理素质啧叹不已。田蓉老实，不知该如何应对，俗话说，抬手不打笑脸人，何况自己眼下的处境，也正好急需找人分担房租，团结湖的位置和租金，都在自己能够接受的范围内。再者说，与其找个不摸根基的人合租，哪有和谢晓丹合租来得踏实。毕竟朝夕相处了四年，性格习惯彼此都再熟悉不过。要不是临毕业找工作那档子事儿有点伤人，两人也曾亲密无间。田蓉别扭了几天，终于只能放下心里的委屈，向现实低下了头。

　　两个女孩从校园走进了社会，开始了真正的人生历险。谢晓丹对自己的工作非常重视，无论何时何地，公司的电话一来，她整个人的状态都立刻紧张起来。在国贸上班的女人说话似乎都一个腔调：发音圆润，顿挫有力，夹着英文，有时故意平翘舌不分。入职一年的谢晓丹已经很享受这样的状态，生活中叫她中文名字的人越来越少，无论喜欢与否，Amy 这个名字已成了她生命里不可分割的一部分。Amy 每天忙忙碌碌，工作做得风生水起，深得老板信任。慢慢地，她的形容词里不仅有"漂亮、年轻"，也多了诸如"泼辣、干练"。三十岁的 Samantha 吴是谢晓丹在现实生活中的偶像，她那头深紫色的俏皮短发，被钻石耳钉映衬得炯炯有神的双眼，浑身上下武装到骨头里的奢侈品气质，永远精力旺盛不知疲倦的状态，都让谢晓丹佩服得五体投地。在晓丹眼里，Samantha 大概是食草动物，每天中午都只吃没有一点荤腥的沙拉，有时忙起来，连那盆草也省了。她一杯一杯地喝咖啡，积极又规律地健身，整个人身上没有一点脂肪，更别提胸和屁股，可在谢晓丹眼中，这就是时尚的最高境界。她佩服她的成熟稳重，自信幽默，说话办事滴水不漏，人谈不上多漂亮却永远魅力四射；她更羡慕她有着多金的老公，优渥的物质条件，稳定的家庭生活。

　　晚上，谢晓丹加班，田蓉来国贸找她吃饭，两人在 B1 的一茶一坐，合叫了一份沙茶牛肉饭，外加一块焦糖布丁。平时只要有朋友约吃饭，晓丹都喜欢安排到国贸来，喜欢听他们亦真亦假的感慨：哇，你上班的地方好高大上啊！然后自己俨然局中人一样微笑着摇摇头：哎，都是看着光鲜。可惜这出戏，面对田蓉时有点施展不开，毕竟和国贸的初见，是同她一起。

谢晓丹穿着件方领的黑色中袖裹身裙，戴着条银色 Tiffany 项链，那是用去年全年的年终奖添置的，她现在越来越深谙穿衣之道，衣服可以有几件街头货，首饰决不能掉以轻心。相形之下，桌对面的田蓉品位似乎没什么进展：淡粉色蕾丝边短袖衬衣，一条白色 A 字裙，水红色的夹趾凉鞋上又是水晶，又是毛。谢晓丹挑挑眉毛，心想这也就是仗着年轻，再过几年还这么打扮，就会活成笑话。当然这话她是不会说的，田蓉最近挺不顺，前阵子和范鹏华闹分手，这两天工作也丢了，她不能再打击她。

自始至终，无论谢晓丹怎样追问，闷嘴葫芦田蓉趴在自己卧室哭了三天，到底也没告诉她为什么分手。谢晓丹想去问范鹏华，在所里老远看见他，还没打招呼，男生便转身避开。工作场合，谁敢造次。谢晓丹实在猜不出他俩会有什么阶级矛盾，本以为就是闹闹别扭，没想到还真分了，分得之彻底，范鹏华仿佛连谢晓丹一起都丢出了朋友圈，所里见面有事说事，没事装不认识，距离刻意地疏远。

谢晓丹想起 Samantha 今天跟她说的话，正好找个话题分分田蓉的神："跟你说啊，我们那个经理很快要提总监了，太牛了，估计会是所里中后台部门里最年轻的总监。"

田蓉没精打采："就是那个小三儿转正的吧？"她听范鹏华提起过当年把自己打入另册的人事经理是个什么角色。

谢晓丹没接这个茬儿，兀自说下去："你说人家怎么能那么幸福呢，自己事业有成不说，老公有钱有地位还超级疼她，都结婚好几年了，还三天两头地送花。对了，你知道她住哪儿吗？朝阳公园对面的棕榈泉！顶级豪宅啊！"

棕榈泉是什么地方，田蓉根本没概念，她只知道传说中的Samantha吴是被原配抓了现行后，逼宫才上的位，据说当年闹得也是血雨腥风，原配母女至今还视她为眼中钉肉中刺。

看田蓉没反应，谢晓丹着急地补充："你知道棕榈泉卖多少钱吗？30000一平米！咱们辛辛苦苦上半年的班儿，不吃不喝睡大马路上，才刚够买一平米！"

田蓉丧着脸瘪瘪嘴，半晌冒出一句："多贵也不是她自己挣的，别人种树她摘桃，把人家家庭搞得妻离子散，也不怕遭报应。"

嘿，田蓉这种假卫道士精神，谢晓丹倒不是第一次领教。当年在大学，晓丹和第一个男朋友分手时，田蓉哭得比那男孩儿还伤心。谢晓丹问她怎么了，她挂着泪珠反问：你不是已经和他那个了吗？那你将来怎么办啊？如今，田蓉到底也和自己的初恋男友范鹏华分了手，虽然她从没有正面承认过，谢晓丹这样的"过来人"，一眼就看得出他们之间也早都跨过了那道红线。不知道她如此鲜明的"道德标准"，是否也适用于自己呢？

话不投机半句多。说到底，还是两个人的三观越来越不同了，谢晓丹这样想。虽然她们还是会手挽着手穿梭在团结湖那一带的小商店：一起挑内衣，一起买水果，周末也会相伴去参加各种各样吃饭、唱K、蹦迪、相亲的局。可这只是表象，内心毕竟渐行渐远，早晚人生也会很不同，谢晓丹几乎笃定地认为。

世界在CBD这儿打开了一扇门：绚烂夺目的摩天大楼，铿锵有力的时代节奏，光怪陆离的人生选择，还有永远猜不到谜底的赌局。谢晓丹似乎很享受地就融入其中，在滚滚红尘的翻涌中，虽然也时常被浪头浇得人仰马翻，但她总是能迅速调整状态，抹一把脸上的泥水就绽放笑容，用青春的底气跃跃欲试地要挑战所有可能。

田蓉就没有那么顺利。蜷缩在校园，即使你不做什么梦，也不会有人打扰你初夏午后的慵懒，催促你赶快醒来，赤裸裸地面对自己的平庸和命运的无力。这里便不同。从团结湖逼仄老旧的那扇铝合金窗户望出去，如水般温柔的月光都淹没在 CBD 五彩斑斓的霓虹中。前二十二年，不用多想，按部就班也有 80 分的人生，突然走到了一片无垠的旷野之中，在谢晓丹兴奋地大口呼吸着自由空气的时候，工作受挫、爱情也受挫的田蓉，只感受到了茫然和一无是处。

秋天的时候，田蓉找到了新工作，谢晓丹找到了新男朋友。丁之潭在一家世界五百强企业做 IT，两个人是在谢晓丹报的华尔街英语班上认识的。比起迪吧、KTV 这些场所，在英语培训班遇到，自然也干净，说明两个年轻人都积极向上有追求，而同样外企员工的身份，又似乎帮他们把了一道关，一道关于"三观"的关。这样"根红苗正"的关系，想不走正道都难。两个人对彼此方方面面都颇为满意，大鸣大放地开始了大都市小白领的爱情生活。

丁之潭长谢晓丹四岁，美资企业里做个小主管，只要不每天琢磨下馆子买名牌，在北京城维持一份有声有色的小日子还是绰绰有余。小丁是苏州人，向来体贴周到，周末来谢晓丹和田蓉租住的小房子里秀手艺，半个下午，大闸蟹，蚬子汤，银鱼炖蛋，笋干毛豆，油红清绿在白瓷盘子里熠熠生辉，混杂着江南意境的香味儿更是飘满了老屋。谢晓丹拿出宜家买的苍绿色的小瓷壶温一壶黄酒，脆着嗓子招呼田蓉吃饭，窗外北京的深秋正落着绵延不绝的雨，屋内满溢着人间烟火的温暖。

两杯黄酒下肚，谢晓丹跟小丁说起英语班一个同学的八卦："我终于知道为什么 Hanna 的口语那么好了。"

"为什么？"丁之潭用手背顶一下快要滑落的眼镜，两只沾满油膏的手正熟练地帮晓丹剥螃蟹。

"她男朋友是个老外！"谢晓丹有点故弄玄虚地说。

"老外啊，那她还花钱上英语班啊，回家跟男朋友练多省钱。"

"也没准儿是上了英语班才交到的外国男朋友哦！"

"有道理啊，她男朋友是美国人？"小丁迎合着。

"嗯，是美国人，"谢晓丹顿顿，故意拉长腔调说，"是个美国黑——人。"

"啊哦——"丁之潭也配合着她的腔调，秀气的眉毛在黑色镜框后挑了挑，阴阳怪气地说，"那她那什么……蛮有挑战的。"

谢晓丹借着酒劲儿哈哈大笑起来，笑声里有几分放浪，她偷瞄一眼身旁始终低着头和一只螃蟹较劲的田蓉，收了收笑声嗔怪道："你们男生太坏了！"

田蓉似乎完全没注意到那半个世界发生的一切，西北人大都不太会吃海鲜河鲜，此刻，她的汗水已经渗出额角，也早没了耐心，她在自己和螃蟹的世界里单打独斗，负隅顽抗，正好，把那半个活色生香的世界关在外边。

"我那天听到一个特逗的段子，说给你听哈！"丁之潭把蟹肉喂进晓丹嘴里，边给她倒酒边说，"有一天，一个农民赶着一群羊在草原上走。迎面碰到一个人对他说，我可以告诉你，你的羊群有几只羊。他用卫星定位技术和新的网络技术将信息发到总部的数据库，片刻之后，他信心十足地告诉农民一共有 1460 只羊。农民点头称是。然后，他要求农民送给他一只羊作为报酬，农民答应了。没想到这时农民突然说，如果我能说出你是哪家公司的，你能否把羊还给我？那个人点点头。只听到农民说，你一定是麦肯锡的。那人很惊讶地问农民，你是怎么知道？农民说，有三个理由，足以让我知道你是麦肯锡的：第一，我没有请你，你就自己找上门来；第二，你告诉了我一个我自己早就知道的东西，还要向我收费；第三，一看就知道你一点都不懂我们这一行，因为你抱的根本不是羊，而是只牧羊犬。"

话音刚落，谢晓丹的笑声就喷射出来，笑得连眼泪都快下来了："看来你们这些咨询公司的，口碑比律师们也好不到哪里去！以后当着我的面，别老装大尾巴狼！"

"我可不是做咨询的！我是做系统运维的，只是偏巧在一家咨询公司而已。我们理工男，那都是有一说一的，绝不忽悠。"丁之潭忙着献殷勤。

"咔嚓"一声，半个螃蟹钳子从心不在焉又用力过猛的田蓉手里飞了出去，一个优美的弧线，正好砸在丁之潭刚刚端起的黄酒盅上。尴尬又内疚的田蓉，在谢晓丹放肆的笑声中越发无地自容。其实，方才她也一直竖着耳朵，悄悄听小丁讲的笑话，时刻准备着不失时机地跟着笑两声，好歹证明自己尚不至于被时代抛弃。只可惜，那个段子里的梗她完全找不到，不知道麦肯锡是什么，更不知道笑点在哪里。

比起当电灯泡和不会吃螃蟹的尴尬，不能以任何形式融入这个充满烟火气的美丽新世界才最令人焦虑。田蓉的上一份工作，丢得理所应当，保险公司，一切靠业绩说话。虽然她每天都狂热地和团队一起晨练、宣誓、打鸡血；每天都"头悬梁、锥刺股"地把保险条款背得滚瓜烂熟；每个周末都投入到热火朝天的团队建设中；嗓子喊哑了，皮肤晒黑了，脸皮变厚了，眼泪也流干了，可惜，还是开不了单。

谢晓丹看着她每天忽而恍惚、忽而狂热、忽而伤感、忽而愤怒的样子，常常觉得命运弄人。同样起点的大学闺蜜，离开校园才一年光阴，差别就如此之大，如果社会是一场升级游戏，田蓉还困在第一关找不到出路。有时候她内心还隐隐愧疚，觉得是不是自己把田蓉逼到了这步田地。有了这个念头，两人的同居生活，晓丹总是多尽些心、多出些力，一方面她生性更泼辣周到，另一方面，当然也与那个心结有关。

保险公司的工作结束后，田蓉在家"待业"了大半个月，每天起早贪黑地找工作，闷不吭声的，不辞辛劳，也不怕被拒绝。有天晚上，谢晓丹下班回到家，一进门田蓉就兴奋地迎出来，手里扬着个锅铲开心地说："亲爱滴，我找到工作啦！"

"真哒！太好了！"谢晓丹由衷地为她高兴，可仔细一听，高跟鞋都没脱，就皱起了眉头。这一回，田蓉找了份二手房中介的工作。

"房产中介还不如保险公司呢！保险公司打电话，别人还聊两句，房产中介打电话，直接挂断！你说你怎么还不吸取教训啊，你这种性格的人，哪里做得来销售的活儿。"

"哎呀，不，不是，你听我说完嘛。"田蓉接过谢晓丹手里的外衣，急得有点犯口吃，"我不是在门店，是在总部的运营部，就做一些数据录入、整理资料的工作，不用每天出去跑，也不用和客户打交道。"

谢晓丹看她一眼，心想这不就是高中毕业生干的活嘛，田蓉你倒是真不挑。可她到底也没把这话说出口，田蓉不上班，每天家里蹲，难道要自己养着她？

谢晓丹穿着高跟鞋，背着二手 LV 走在国贸大厦的时候，裹着一身廉价制服的田蓉钻进了东五环一个产业园区的小灰楼。来到这家房产中介，田蓉终于找到点感觉，用她自己的话说：没想到我对地产还挺敏感，这个活儿有意思。和同事们的学历比起来，田蓉就算半个学霸，按部就班地整理周报、月报，有时还能在贴着红色皱纹纸的"员工天地"里看到自己的照片，竟像是回到大学时代在学生会秘书处混日子的感觉。每天午休时间，别人都去楼下踢毽子、散步，田蓉生性就懒，也不喜欢和同事们凑在一起议论哪个客户是小三儿、哪个客户炒房挣了大钱，索性叼着杯酸奶，缩在沙发上饶有兴趣地翻看公司各种"专家"撰写的市场报告。

那些楼市报告有一种神奇的魔力：新推的花园洋房，容积率1.8，四到六层的小矮板，顶层带阁楼，一层送花园。开发商擅长园林设计，巴掌大的小区，却是螺蛳壳里做道场，桂花树丛里嵌着日式红枫，拾级而上便是小桥流水，飞檐凉亭正对着泻玉似的小瀑布，红色的塑胶跑步道，掩映在绿树丛中。闭上眼睛，流水溅起的飞沫，打着骨朵的桂树的清香，都扑面而来。

田蓉心里有种温暖在滋长，比爱情更稳定更长久，比工作更浪漫更安全。我想有个家。第一次，她怯生生地在心底对自己说出这句话，在这个人潮汹涌的大都市，在这个爱情和事业都成了奢侈品的大时代，我只想有一个属于自己的家，不用和别人合租，不用担心被房东撵出去，看到心仪的家具就可以搬回来，不必像浮萍一样"漂"在北京。

这个念头像藤蔓一样疯狂生长，渗在血液里捆住了心脏。身体里那些干瘪涣散的细胞又重新饱满起来，像是高三迸发的那个来北京读书的念头一样，调动着这个"牙大豆"的所有潜能把不可能变成可能。

每个周末，不逛街不约会的田蓉挎个小包，换双球鞋，拿着地图去逛各种售楼处，各种房产中介的门店。正是"秋老虎"横行的时候，田蓉白皙的皮肤很快晒出了田园风光，泛着汗水的黑里透红，倒与她天生自带的淳朴气息相得益彰。很快，合租屋餐桌上垫盒饭的废纸，装垃圾的纸袋，就都是各个楼盘印制精良的宣传册，或是大大小小奇形怪状的户型图。谢晓丹闲来无聊时，顺手抽出一张看看，平时少言寡语的田蓉就像是音乐盒突然上了发条，两眼放光地跟她讲哪种户型好，哪个小区漂亮，哪里的房子最有升值空间。每次，谢晓丹听得不耐烦时，只需一句话，对面热火朝天的气焰就会像针刺了的气球，立即蔫瘪下来。

房子是好，你有钱买吗?

钱，是这座城市里看不见，却主宰一切的力量。Jimmy Choo

撑起的自信优雅，你当那七寸鞋跟是皮革做的，错，那是钱做的；一砖一瓦建造起的安全感，你当那是钢筋水泥，错，那也是钱做的；中国大妈走出国门，终于敢操着蹩脚的英文"指点江山"，你当那是气魄和见识，错，说到底，还得是钱撑着。

经济基础决定上层建筑，这个规律不仅适用于政治体制，也同样适用于人性。

田蓉讪讪地冲小丁笑笑，算是为飞出去的那半条蟹腿道了歉，她肉乎乎的小手在餐巾纸上随便抹一把，终于放过了那只螃蟹："晓丹，你和小丁这事要能定下来，抓紧买套房吧，你看这一年，首付提到三成，买房的人也没见少，还不是天天涨。上周五我去逛，东五环外的房子都七八千了，明年，均价咋说也得过万了吧！"

这个问题颇为尴尬，也只有田蓉这样憨直又土气的人才问得出来。都市里的青年男女谈恋爱，表面上谈的是浪漫，暗地里也是种角力。什么才算"定下来"？谁又急着"定下来"？这个问题回答得稍有不慎，浪漫不再，角力也要立现出胜败来。再说房子，岂是上下嘴皮轻轻一碰随意就吐出的两个字，那是上下两代中国人几十年挣扎困顿的根源。

"哟，田蓉对房地产也这么有见地，你这新工作不白干啊！"在北京生活了快十年的丁之潭，用舌尖顶出一句京味十足的腔调，算他反应快，给众人解了围。"你这么看好后市，自己怎么不来一套？"矛头彻底掉转。

"唉，我是想买啊，我又不像你们，工作好，又有对象，我现在待在北京，还是离开北京，其实没啥区别，真走了，除了晓丹，估计都没人知道，要是能有个房，好歹有个留下的理由。问题是我也没钱啊，就看家里能不能支持了……"这话再说下去，就会越发现实悲凉，谢晓丹的脚悻悻地从桌子下丁之潭的裤管里抽出来，多少明白了田蓉这几日躲在屋里跟家里煲电话粥的原委，可这又引出新一层疑问：田蓉父母到底是做什么的？看女儿几年如一日的简朴小气，真不像是能有实力在帝都买房的人。无论怎么说，这一晚上由黄酒和蟹膏熏起的活色生香，被这接地气的三分钟煞了风景。

正处在热恋期的小情侣哪有心思琢磨楼市，他们惦记着的是房事。

半夜，丁之潭和谢晓丹在狭窄的小卧室里好一通折腾，事毕，他兜着条三角裤起身去冲澡，差点和起夜的田蓉撞个满怀。回房间后，小丁和晓丹嘀咕："要不你搬到我那去吧？和田蓉这样住不是长久之计啊。"谢晓丹连忙摆手："我才不要搬去望京，早晚高峰堵死了，我每天来国贸上班多不方便啊。团结湖这片我都住惯了，生活配套齐全，去哪儿也都容易，要搬就你搬过来。"

"搬过来我没意见，大不了两女共侍一夫嘛……"没等谢晓丹的粉拳落下来，丁之潭就连忙求饶，"开玩笑，有你，别的女人送上门我都不要呢！关键是你们这种生活方式有问题，现在都没有私人空间，我搬过来真没法住。"

"那怎么办？难道要田蓉搬走？你开得了这个口？"谢晓丹踹他一脚，窗外五彩缤纷的霓虹灯，在有些年头的姜黄色厚绒窗帘上跳跃，小房间陷入了沉默。其实她早就觉得和田蓉这种后大学女生宿舍的生活方式有问题，有稳定的男友后，这问题更严重了。可是她要如何才能开得了口呢。纵然丁之潭承诺他若搬来就承担全部房租，实在是重大利好，可谢晓丹还是觉得这件对自己有百利而无一害的事儿要是真办了，良心上好像有那么点过意去，说到底她还不至于让生活逼到那般势利自私，尊严和温情，对受过高等教育的二十五岁的女孩子来说，依然是头等大事。于是她默默祈祷，最好田蓉长点眼力见，哪天自己主动提出来单过，那就阿弥陀佛了。

谢晓丹没想到，这一天，比她预期的还要快。冬天下第一场雪那日，田蓉请了半天假，去火车站接她爸妈。谢晓丹下班后一进门，看到一地的苹果、宽粉、辣椒面儿，还有堆满一桌子的菜。她有点发蒙，田蓉倒是念叨过几次，说准备叫她爸妈来北京看看房子，没想到这么快。你看这个西北妹子，看起来老实愚钝，不吭气，主意都在肚子里呢。田蓉的爸妈一来，屋里简直转不开身。谢晓丹隐隐不爽，也不好说什么。丁之潭三天两头过来住，水费电费，她也没多摊过一分，人家爸妈快两年了头回来，还能撵出去不成？

谢晓丹终于知道田蓉这三锥子扎不出个屁的性格是怎么来的，她们一家三口窝在那间不足10平米的小卧室里，一整天也听不到什么动静。田蓉的母亲，除了法令纹松垮些、皮肤粗糙些，就是一个老年版的田蓉，每次和谢晓丹照面，挤出个憨厚又略带羞涩的笑容，也没什么话。田蓉的父亲在这个家里，应该算是场面上的人了，吃晚饭的时候给自己斟二两白酒，毛孔粗大的酒糟鼻抽口气，就算是开席。他表情严肃话不多，却句句都是要害：小谢老家是哪里的？父母做什么的？收入怎么样？东北老工业基地是给国家做过贡献的……

谢晓丹努力地从他浑浊的方言里辨别信息，实在听不懂时望向田蓉，身为女儿的田蓉才帮着翻译一句，此外便同母亲一样，一席无话。看她父亲的样子，倒像是有点地位，谢晓丹这才意识到，和田蓉相识六七年，却从没听她讲过父母的职业，偶然提到家人，一句"普通工薪阶层"便匆匆带过。晚上洗衣服的时候，谢晓丹凑到田蓉身边，搭着笑脸问她："蓉蓉，你爸说话挺有水平的，是当官儿的吧？"田蓉脸上的笑容有点不自然，似乎有点难得的虚荣和得意，但那笑容还没绽放开，就被羞涩甚至紧张的情绪压抑了下去。她吞吞吐吐地答："啥当官儿的啊，就当过个处长，现在也早退休了。""处长当然是官儿啊！有实权的处长比没实权的局长厅长还好使呢！你爸以前在什么单位啊？"田蓉吭了半天，终于用蚊子大小的声音说："就在我们那儿的城建公司，我们小地方，能有啥实权啊……"

谢晓丹眼珠一转，大抵明白了七八分。20世纪90年代大搞城市建设，祖国各地的城建公司都是肥缺，别说处长，小小的科长捞得盆满钵满的也大有人在。她终于理解田蓉那意味复杂的笑容和眼神里的闪躲，决心不再为难她，只在心底里暗暗叹气：谢晓丹啊谢晓丹，国贸大厦那份朝九晚六的工作，恐怕就是你在这泱泱大城立足的唯一依靠。父母的经济状况，别说买房，贴补自己都够呛。田蓉倒不愧长了张小地主婆的脸，福气不浅，可笑自己还同情人家，真正该被同情的，恐怕是她自己。

田蓉一家人，每天赶着早高峰出门，女儿上班，老两口满城转着看房子。田蓉拿着公司的各种研报，把所谓的价格洼地通通标在地图上，老两口也随时和女儿"电话会议"。大约一个多星期后，一家人有了初步目标。田爸爸在东五环外，朝阳区和通州区交界的地方为女儿相中了一套两居室，8000多一平米，连税算下来，一共80万。谢晓丹心下有些酸涩，田蓉老实低调的爹妈，果然是有些家底儿的。晚上做饭的时候，田妈妈和田蓉在厨房的对话传到了晓丹的耳朵：这个房买完，我们可就一点帮不上你了，可得好好工作，往后在北京，就看你自己的了。谢晓丹心里起了层雾，无论这话是真心，还是说给自己听，田蓉搬出去，她都不会再有不舍或不忍了。

本来是件开心的事，没想到夜里却从田蓉的小房间破天荒地传出了争执声。谢晓丹好奇，假装倒水站在客厅偷听。断断续续拼凑起来，她终于明白了。原来田蓉不知是听了哪个同事的建议，非要把这80万拆成三份，贷款买3套房，田爸爸不想让女儿背那么重的贷款，坚决反对。

疯了。谢晓丹摇摇头，趿拉着拖鞋踩着洒满地板的细碎的霓虹之光进了屋。不知道田蓉是太急于证明自己，还是真让这份房产中介的工作给洗了脑。每天睁开眼就哼哼《感恩的心》已经够烦人，还时不时鼓吹北京城是宇宙中心，笃信房价一定会有均价过万的一天。二十出头的女孩，不琢磨努力工作，不琢磨谈恋爱结婚，却让房子烧得昏了头，只怕还没等到过万那一天，她就已经还不起贷款，让银行把房子收走了。

终于，就像成千上万的独生子女家庭一样，当然还是老的拗不过小的。田蓉不但买了房，且果真是一口气买了3套房！田家父母陪着女儿签了合同，办了贷款，过了户，唉声叹气地打道回府了。这前前后后住了快一个月，临走时，硬塞给谢晓丹一个1000元的大红包，晓丹客气了下，心想既然连80万都拿得出，这点人民币也就笑纳了吧。

谁也没想到，田蓉，这个不显山不露水的小北漂，这个从头到脚都散发着淳朴气息的西北姑娘，竟然成了他们大学同学里的第一个有产者，只可惜这资产不纯粹，有一大半属于银行。搬家那天，"负翁"田蓉请了几个同事来帮忙，那帮房中介都献媚地说她有魄力有眼光，当然还有给力的爹妈。田蓉在他们当中如鱼得水，颇有存在感。同去帮忙的谢晓丹和丁之潭，交换下眼神，像看一群没文化又没品位的疯子，可笑可叹中也藏着淡淡的酸。

田蓉挑了套最小的一居室自己住，把剩下两套两居室都租了出去。谢晓丹随着他们借的破破烂烂的金杯车，摇摇晃晃一个多小时，以为开到了河北，才终于在一片荒芜中看到了那个树小墙新人丁冷清的小区。回想起 CBD 的繁华璀璨，谢晓丹不免觉得凄凉，再看看田蓉那间一居室里，除了一张铺在地上的床垫，一个布艺衣柜，一个落地灯，竟然再没有任何像样的家具，蓦然生出几分伤感。她皱着眉头问田蓉："你背那么多贷款，怎么还啊？"田蓉看起来倒像是胸有成竹，她掰着手指头算，房租多少，工资多少，爸妈还能贴补多少，总之，将将是够的。

"那你难道不吃不喝不买衣服吗？"谢晓丹翻来覆去听她的成本账，竟然没听到这几项必要的开支。

"吃喝都好说，一个鸡蛋灌饼一块五，一包方便面一块七，我也吃不了多少，又不是大小伙子，正好减减肥。衣服就更不用买了，我也没有男朋友，打扮给谁看啊，呵呵。"田蓉慢吞吞地说，满足的笑容堆了一脸，酒窝生生挤成了横肉。"对了，忘告诉你，我已经跟公司申请，下个月就调到门店当销售去，要是业绩好，能比现在挣得多呢。"

"啊，又去当销售？你好歹一个堂堂大学毕业生，跑去卖二手房！"谢晓丹环视一眼田蓉的新同事们，觉得话有些不妥，换个角度往回收收，"关键是你这性格，哪儿是做销售的料呢？"

"人都是给逼出来的，而且卖房子比卖保险容易。我们公司的培训老师都说了，卖保险卖的是对未来的不良预期，是别人不想要的东西；卖房子，卖的是对未来幸福生活的梦想，中国人都缺乏安全感，房子是最能给人安全感的东西，所以大家有钱没钱都想要。你看现在市场这么火爆，我们公司很多销售靠提成，挣得比我们中台多，做得好的比你挣得都多呢！"

"那能有可比性吗？！"谢晓丹睥睨地看她一眼，对于把自己这种国贸大厦里上班的高级白领，和过街老鼠一样招人反感的房产中介相提并论十分不满，何况她也不相信，一帮高中生大专生，靠卖房子提成就能比自己挣得多，天方夜谭。

田蓉心想，有什么不能比，不都是靠劳动挣钱吗？穿得光鲜点，办公室体面点，就有本质的区别吗？但她没再接话，憨憨一乐，笑盈盈的眼睛弯成了两道缝。第一次，她觉得自己在和谢晓丹这场没有硝烟的战争中，赢得了上风。

2008

流动性从松到紧，政策中性，市场疲软。

2010

北京市均价
10000 元

1

　　田蓉搬走之后，谢晓丹和她的联系越来越少。她每天沉浸在自己的都市生活中，乐此不疲。2008年年初，谢晓丹从行政助理荣升至行政主管，和她的人生偶像——已经是行政总监的Samantha吴之间，还隔着一级经理的职位。

　　二十六岁的谢晓丹意气风发，人生正沿着自己规划的轨道稳步向前，年薪涨到了15万，和丁之潭之间也到了谈婚论嫁的攻坚阶段。三十岁的丁之潭，已经在这家世界一流的咨询公司的IT部门做到了副总监，年薪35万，工作也得心应手。小丁坐在出租车上，意气风发地行驶在东四环的滚滚车流中，他在脑海中幻想着一件大事，那就是计划十一假期举办的婚礼。比起很多大学同学，丁之潭觉得自己是幸运的，工作总体顺风顺水，谈不上什么出人头地，帝都里体面地安身立命还是绰绰有余。毕竟有几个人能实现小学里写在作文本上的那些关于"科学家"或者"宇航员"的梦想，留在北京，服务于外企，已是庸常人生里的大成就。哪里想到，竟然，人生还有惊喜。

能混进国贸大厦的年轻漂亮女孩，人生必定有很多选择。初遇谢晓丹时，看着她得体的妆容，价钱不菲的穿戴，拒人于千里的气质，特别是名片上那个唬人的工作地址，混望京的丁之潭，一点非分之想都没敢有。得益于英语课堂，这样单纯不势利的环境，丁之潭才有机会和谢晓丹以同学相称。当然，同在外企工作，也让两个人的距离拉近了不少。最后一点，是小丁自己都想不到的，毕业于985名牌大学的他，虽然谈不上学霸，但有着良好的学习习惯，读书时认真专注的侧影，不知什么时候竟撩动了芳心。自古红颜爱才子。这个定律，在当代社会虽然不能放之四海而皆准，偶然也有例外。三线城市普通家庭走出来的谢晓丹，在这个红尘浸淫的时日尚浅，虽然也偷偷羡慕Samantha吴那样的人生曲线，却并不觉得和自己能有什么关联。丁之潭年龄与自己相仿，气质清秀，家境殷实，学业事业也都强于自己，特别胜在温文尔雅的江南作风，待人格外殷勤温柔，作为结婚对象，也是现实之选。

就这样，自然而然，两个北漂的年轻人漂到了一起，对小丁而言，遇到了漂亮能干竟然还不怎么势利现实的谢晓丹，简直是中了头彩。这样的女孩，在北京这样的大都市，特别是CBD，仿佛是稀缺物种。自然，他的压力也小不了。谢晓丹和自己，说起来都在光鲜亮丽的外企工作，但两人毕竟都属于中后台支持部门，未来发展有限，收入也不太可能有爆发式的增长。然而，这圈子里的派头和品位又是不能省的。春节大假，谢晓丹的同事去马尔代夫，好歹，咱也得去个巴厘岛吧。生日派对，谢晓丹的女上司送一对香奈儿耳环，身为正牌男友的丁之潭攒着施华洛世奇的水晶项链都攒出了汗，还是拿不出手。姑娘不说，小伙子却不能假装不明白。人家盛放的岁月就这么几年，凭着情话里的那几分诚意，是换不来一辈子的托付的。

更何况，一到谈婚论嫁，房子那件曾经虚无缥缈的事，就变得聚焦起来。谢晓丹和丁之潭这才隐隐意识到，原来那满街扬着灰尘、时髦男女捂着鼻子避之不及、随处可见的土方石堆，才是这大都市里最昂贵的奢侈品。

CBD里的恋爱，本来开支不小，两人并没敢大手大脚，却也没存下什么钱，何况不知从哪一天起，北京的楼市已经彻底告别了均价四位数的时代，连五环外的城中村，单平米都超过了1万元大关，要死不死，还真应了田蓉两年前的那句话。丁之潭和未婚妻谢晓丹商量着，等8月份晓丹过完二十六岁生日，就回老家去领证。这话听起来没毛病，却黑不提白不提地雪藏着一个更敏感的话题。领证这件七块钱成本的事儿，却有一个在全中国都成立的先决条件——婚房。

田蓉买房搬走后没多久，丁之潭就收拾行李搬了进来，团结湖五十平米的老房子，瞬间焕发出洋溢着甜蜜爱情的青春风采。两人去宜家商场淘回许多有腔有调的小玩意儿，又正儿八经置办了64头的骨瓷餐具，趁着淘宝破天荒地搞什么"双11"，半价买了全套康宁锅，还有闪着银光的玻璃调料罐。周末，小情侣热情高涨地去三元桥菜市场买鱼买肉，买新鲜蔬菜，手法并不熟练地和了面粉，做了红烧肉，甚至包起了饺子。蒸汽在厨房升腾的时候，冰箱里塞满剩菜剩饭的时候，这些在父母手中，稀松平常的"过日子"，对两个北漂的年轻人而言，是成长，是自由，是不再流浪，是茫茫都市里等着自己的那盏灯。

可惜，这样的热情没多久便被匆忙疲惫的快节奏生活消磨下去，相约在小区楼下街道边的"杭州小笼包""张亮麻辣烫"，抑或由后回"家"的那位带个肯德基全家桶，两份擀面皮，一不留神便成了后同居生活的新常态。

转眼，一年过去，这样的日子由开始时的春风得意，不知从何时起，变得也有些密不透风，两个人都隐隐地意识到，他们的关系需要有一种及时的突破，否则，便会错过那个窗口，万劫不复。春节回家过年的时候，谢晓丹旁敲侧击地试探了母亲的话，没敢提自己，只说大学一个女同学，和男朋友谈了几年，两家条件都一般，北京房子又贵，打算裸婚了。母亲正在逼仄昏暗的厨房里准备年菜，她一边摇头一边把酸菜剁得山响：你们那女同学家里同意啦？这当爹妈的也够没心的，不买房子，两个人还能凑合，生了小的，咋整？全家租房子住吗？成家成家，没房子，那能叫家吗？现在的姑爷家都离得远，提亲哪，下聘哪，那些个老规矩已经没法讲究了，要是房子也没有，这姑娘也太上赶着了，什么好人家啊，至于这样。

"哎哟妈，你跟我爸结婚的时候不也什么都没有嘛，怎么现在反倒讲究起这些老规矩来了。"谢晓丹表面的嚣张气焰藏不住心里的忐忑。

"那能一样吗？！我跟你爸结婚那前儿，全国老百姓谁也没有自己的房，现在谁没张罗着给自己整套房啊，咱不说比别人多，那也不兴比别人少啊。你也别跟我提你们那些假洋鬼子同事，中国人的规矩，多少年也变不了，就说我跟你爸结婚那前儿，房子虽然不是自己的，那也得是男方想法整个宿舍，至少也得聘个手表、自行车啥的！姑娘嫁过去，就是你家人儿，生了孩子不也跟你家姓吗？既然这个规矩从古到今都没有变，其他的规矩也就不能变。不对，照说现在的女人更能干，以前的女人也就是生孩子做家务，咱们中国女人生孩子、做家务，一样不落下，还要出去工作，挣得也不见得比男人少！不赶着结婚这时候把该要的都要到，以后可都得靠自己扒。这媳妇还没娶进门都不舍得，那就说明，根本不把你当回事！"

一番试探，谢晓丹没有听到能让自己吐口气的答案，却引发了母亲的高度怀疑与重视。家庭不富裕，让身在其中的人都有种被岁月打磨出来的机警和强悍。正月初六回北京那天，母亲再三嘱咐：我不管你跟小丁咋打算的，要结婚，房子必须得有，这个没的商量，其他都好说。

乘着夕发朝至的绿皮火车，当首都的第一抹朝阳开始融化结满冰凌的北归的车窗，悻悻的谢晓丹又变回了Amy谢。

人山人海的北京站，谢晓丹看到丁之潭单薄的身影，没有久别重逢的兴奋，却泛起股忧郁和无奈。她不知该如何告诉他，母亲有关婚房的最高指示。平心而论，除了在淘宝上买二手名牌包，在公司假装一手货这一件事，二十六岁的谢晓丹自信自己的人生没有任何污点，不仅如此，她还努力、美丽且独立。纵然丁之潭搬来后就负担了全部房租和绝大部分日常开支，开口跟男人要钱花的事，谢晓丹可是从来没干过，甚至想都没想过。小丁的薪水她大致有数，可这钱花了多少，攒了多少，都在何处，她就全无头绪；至于小丁的父母什么态度，有多少家底，她更无概念。春节在老家，最要好的堂弟得知准姐夫和姐姐都住在一起了却没把工资卡上交，却没把工资卡上交，颇为不满地嚷嚷："这孙子太不爷们儿吧，我跟我女朋友头回上床，就把学校食堂卡给她了，南方男人就是鸡贼！"谢晓丹当时朝他后脖颈子就是一巴掌："你那破食堂卡里才有几个钱，能比吗？！"堂弟边躲边喊："是没多少钱，可是我全部的钱啊！"

是我全部的钱。回出租房的路上，这句话一直在谢晓丹脑中萦绕，伴随着那些无法言说的不满和不甘，像一句咒语一般，驱赶出她的心魔，这心魔越战越勇，谢晓丹无力招架，亦无力挣脱，终于败下阵来。还没出年，就病倒了。

躺在狭窄的出租房，灰白色的阳光穿过雾霾照进干燥的屋内，灰尘在光柱中飞舞，窗不明几不净，丁之潭也不知是干净还是脏的衣服袜子堆得到处都是，厨房已经很久没开过火，谢晓丹喉咙里火烧火燎，就想吃口热腾腾的烩锅面。丁之潭在电脑前磨蹭半天，终于抬起屁股神情落寞地向冰箱走去。两个人前后脚回到北京，冰箱里自然是弹尽粮绝，年前剩的沙拉酱、蛋糕，通通长了绿毛。丁之潭左手叉腰，浑身的重量都压在那条穿着灰色家居裤的左腿上，他右手扶着冰箱门，保持这个动作呆立了足有五分钟，看得冰箱里都要开出花了。要不是谢晓丹裹着被子从卧室蹭出来，这愣约莫还要发下去。

"你干吗呢？"谢晓丹的疑问里带着明显的不满。

丁之潭的肩膀一抖，如梦初醒般回头愣愣地看着眼前人："冰箱里什么都没有，买菜再做太麻烦了，要不我去楼下给你买包方便面，也差不多。"

"差不多什么啊，方便面一股防腐剂味儿！"谢晓丹嘟囔着，转身进了屋，这种时候更觉得，还是在自己家里最舒服，可见，无论如何，只有爹娘是一心为自己好的，而此处，也并不见得就是滚滚红尘中那个能遮蔽风雨、知冷知热的安乐窝。

丁之潭懒得换衣服，裹上件羽绒服，趿拉着球鞋就出了屋。楼道里灌进一股北风，激得他一个哆嗦。这自古以来的苦寒之地，和家乡的清风软雨可是不能比。这次回家，父母照例劝他回苏州，至少也搬去上海："离得近嘛，将来生了小孩，我们还可以帮你带，北京就算了，那个地方，我们可住不惯。"

你看看，堂堂一个大都市，有人视之若珍宝，有人弃之如敝屣。不同于往年，丁之潭没有再嬉皮笑脸地为北京代言，他只是笑笑，低下头呆呆地看看手机，抬起头淡淡地看着窗外。母亲感觉不对，拉过父亲低声说："这是怎么了，今年回来魂不守舍的？"父亲做了个嘘的动作，胸有成竹地小声答："没事，没事，不是说今年准备要结婚嘛，婚前恐惧症，正常哒，我当年也是一样滴……"

丁之潭缩手缩脚地用手肘顶开楼下小卖部那厚重的军绿色棉门帘，里头又一层塑料门帘迎面飞来，差点打掉了他的眼镜。等他终于稳稳站定，正看到对面的玻璃橱柜的镜面上，一个邋遢憔悴的身影：三天没洗的头发，在刚才的门帘大战中吸足了静电，此刻鸡窝一样蓬在头顶；眼镜歪歪斜斜挂在脸上，嘴角两颗大痘，又红又肿；黑色羽绒服仔细看也浸满油渍，下边的灰色棉布家居裤，松松垮垮洗脱了形，几根线头还拖在地面。丁之潭赶紧转身，不想去看，也没有心情去想。

丁之潭肚子里的那个秘密，就快要冲破他颓丧的身体，然而，眼下还不是认输的时候。毕业工作近八年，这八年，他也算兢兢业业、勤俭节约，眼见着到了成家立业的年纪，老话说，攒钱娶媳妇，看来媳妇自古是消费品，像谢晓丹这种条件的，估计就得算奢侈品。奢侈品什么价，丁之潭不敢问，他查查自己的银行户头，将将50万。

在苏州，50万能买新区里一套不错的三居室，要是有门路，老城里盘一套青砖黛瓦的小院子，也不是没可能。可这里是北京，50万什么概念呢？五环外那一片片建设工地的大红海中，在容积率不低于3.0的鸽笼一般高密度的小区里，将将能买一套50平米的一居室。倘若把杠杆用足，做好给银行打工三十年的准备，这50平米的房子可以挪近两环，但楼龄还要多加二十年，恰如他们在团结湖租住的这套小房子。

与其说是丈母娘们推高了楼市，倒不如说是高速增长的通货膨胀，瓦解了丈母娘们嫁女儿的信心。用上全部的积蓄，赌上后半辈子，换这样一套老旧狭窄的小房子，迎娶一个二十六岁如花似玉、娇艳欲滴的姑娘，丁之潭有点不甘心。离领证还有大半年，节流就算饿死也赶不上楼市攀升的速度，还得想办法开源。好在，眼下有个比楼市还要火爆的市场，丁之潭隐隐看到机会，将自己的全部存款，满仓押在了股市上。这就是他揣在肚子里的那个秘密。

2007年一年，中国股市从2728点，一举冲到了6124点，成为当年全球股市涨幅冠军。周围遍地是一夜暴富的故事，似乎傻子都在赚钱，谁的圈子里都流传着一两个财富神话故事。丁之潭一个女同事，炒了大半年股票，买了别墅换了宝马，辞职周游世界去了。小丁没那么大野心，他只想着能把50平米的老房子，换成100平米的老房子，运气好再来一台马自达，就足够他感激涕零。

时间倒退几个月。1月2日是2008年第一个交易日，开盘5265点，之后总体放量上涨，直到1月14日上升至5523点，股票市场一片欢欣鼓舞，各路专家、全体股民都笃定地等待着中国股市8000点时代的到来。已经听了大半年各种暴富故事的丁之潭，终于赶在元旦前开了户，一口气买了二十万，这几日涨势颇好，梦里五环外的那套婚房，有望挪到五环内了。小丁兴奋地摩拳擦掌，期待着阶段性回调的时候再补点仓。

1月21日市场传出中国平安再融资1600亿元的消息，平安跌停，沪指暴跌5.14%，收4914点，跌破了5000点大关。1月22日清早，丁之潭比平时晚出门，怕在地铁上信号不好，影响下单，他守着开市，第一时间又买入了将近三十万，把所有的存款，和梦中的那套婚房都押上了。小丁舒口气，挥着双拳像出征的英雄一样对着电脑大喝一声，仿佛看到了一路飙升的K线，一口气把自己送上中产阶级的阵营。

不曾预料到的是，接下来的两周，中国的千万股民，陪着丁之潭一起，度过了如同过山车一般惊心动魄的日夜。沪指先是以8.08%创出十年来最大周跌幅；2月4日又突然超跌反弹，暴涨8.13%；2月5日是春节前最后一个交易日，中石油10亿股解禁，跌幅又超过6%，大盘收阴。至此，所谓次贷危机以及再融资造成的大跌暂告一段落，无奈的丁之潭和其他股民一样，垂头丧气的，带着抄底反弹的期待回家过年去了。

股市大盘起起伏伏，团结湖那间小出租屋里的气氛也忽冷忽热。丁之潭瞒着全世界炒股，谢晓丹当然不知道此刻的他，正在跟怎样的焦灼和忐忑缠斗。晓丹只觉得男朋友对自己越来越不上心，什么提职加薪发年终奖统统没有兴趣，每天呆呆地瘫在电脑前，不是看股票，就是打游戏。谢晓丹不清楚中国股民正在经历着什么，那个市场离她太远了，相比之下，楼市似乎还亲切些。

倘若10月份结婚，何时买房是绕不过去的一道坎。虽然自己还没想好到底怎样跟丁之潭开口，想来他也不会一直装傻充愣。去年年底的时候，小丁不是还主动提过，自己的积蓄付个小房子的首付是够的，如果家里能支援点，或者其他地方再来点外快，房子没准还能近一些。这样想着，谢晓丹的心里略略踏实了几分。下班的时候，她终于也按捺不住，留心起路两旁的二手房信息。这一看不免心惊，团结湖绿树成荫的老街上，原来修指甲、卖水果的好几间店铺，一夜之间都变成了各种品牌的房产中介。谢晓丹随便投去两眼，就立刻围拥过来几个穿着廉价西装、喷着劣质发胶的小伙子，他们带着浓浓的体味，操着各地口音，释放着各种耸人听闻的信息。谢晓丹接过他们递来的传单，吃惊得合不拢嘴，看来就连自己租住的有着近二十年楼龄的不足50平米的公房，也要一百多万了。"姐，出手要快！再等真买不起了！"一个山东口音的小伙子扬着宣传单在身后喊，那模样似乎比谢晓丹还着急。她回头看他一眼，突然就想起了许久都没想到过的田蓉。

说起来有快一年没见过面，田蓉黑了，胖了，衣服穿得越发没有章法，本来大学四年已经悄然褪去的那一点乡土气息，眼见着又要呼之欲出。国贸楼下新开了一家美国冰淇淋店，Cold Stone，谢晓丹约她来吃冰淇淋，不好意思上来就直奔买房的主题，两个闺蜜东拉西扯聊了好一通八卦。田蓉又换工作了，这倒在谢晓丹的预料之中，她说自己"笨嘴拙舌"，到底还是不适合干销售，其实懂得不少，就是不知道该怎么表达。

"说实话，我都替我那些客户可惜，他们当时要是听了我的买了房，现在不知道怎么偷着乐呢，可惜我这人口才太差，人家都不信我，好像我在忽悠他们。"田蓉把路边摊款的坡跟凉鞋撑在椅子横梁上，弓着背，贴着桌沿，吧叽吧叽地嚼着冰淇淋，还是那样慢条斯理地说话，憨厚地笑，却和对面跷着二郎腿、踩着Christian Louboutin红底高跟鞋的谢晓丹形成了鲜明的对比。从橱窗外看起来，两个共同走过青春的女孩，如今俨然是两个世界的人。田蓉说她刚去了一家中型规模的房地产销售代理公司，公司专门帮开发商卖房子，她还是做运营，眼界倒是从二手房拓宽到了一手房，说起楼市越发津津乐道了。谢晓丹正好就着这个话题开了头。

"我和丁之潭过几个月准备领证了，想买套房，你说现在出手会不会有点晚啊？"晓丹想起一年多前，田蓉天天建议他俩买房，那时的房价，也就是现在的三分之二，他们却还偷偷笑田蓉是被公司洗了脑。

"晚？北京的房子啥时候出手都不嫌晚，结不结婚都要抓紧买啊，不然还得涨。"好在田蓉老实，没拿当初的事儿来奚落她。

"可我看最近几个月好像都没怎么涨，有些盘比去年年底的时候还降了点呢。你说要不要再观望下，兴许还往下降呢？"

田蓉使劲儿摇头，相识六七年，谢晓丹还从来没见她对什么事这么笃定过："好多人就是这样把机会都给错过了，反正你也是自己住，又不是说投资哩，买了马上卖，自住啥时候出手都是最好的时机，你想等领证后再买？跟你说吧，八月肯定还要炒一轮奥运概念，年底均价这就奔着 2 万去了，你到时候看嘛！"

看田蓉信心满满的模样，谢晓丹想，她一定没少给自己的朋友、客户分析过楼市，从宏观到微观，一套一套的。田蓉名下有 3 套房，房价下降她第一个受损，当然要一路看涨。电视里那么多各路"专家"都意见不一，谢晓丹依然不认为就凭田蓉那两把刷子，能智慧到看清了北京楼市的发展趋势，只不过屁股决定脑袋，立场不同，愿望不同罢了，多说也无意义。遂转了话题。

"你最近怎么样？感情有什么新动向吗？"晓丹问。

田蓉轻轻摇头，垂下眼的瞬间又羞涩地笑了，红晕瞬间布满脸颊。

"瞧你这架势肯定有，别装了，什么情况啊！"

田蓉抿一勺冰淇淋只笑不语，半天才又开口："也不能算是谈对象吧……就算是，谈着玩一玩吧。"

这话从卫道士田蓉嘴里说出来可吓了谢晓丹一跳，当年谢晓丹和赵临冬搞搞暧昧，田蓉都疾恶如仇犹如妇联主任一般，什么时候起，居然还敢跟人"玩玩"了！

"啥情况？那男的不会有老婆吧？"晓丹压低声音问。

"没有没有，"田蓉连忙摆手，"我咋可能去当小三儿啊，这点道德底线还是有的！"她顿了顿，发觉事情已经到了不解释不行的地步，"其实就是我相亲认识的一个男的，在亦庄那边一个广告公司当职员，嗯，人还行，就是也没啥根基，外地来的小北漂吧。"

"外地来的北漂！"谢晓丹几乎是惊呼起来，"天哪，说得好像你不是似的！"

"哎呀，我不是那个意思，是，我是，咱们都是嘛。可问题是，北漂和北漂也不一样啊。"田蓉咽了口唾沫顿了顿，似乎想组织一下语言，"他每个月就挣几千块钱，老家在山东，父母也就是普通工人，在北京，得混多少年才能买个厕所啊。那你说，我好歹现在有3套房，他什么都没有，认真发展下去到谈婚论嫁那一天，我爸妈能同意吗？肯定说他目的不纯啊！"田蓉有点艰难地说完，想了想，又低声嘟囔一句，"说实话，我们处了有三个月了，到现在我都不敢跟他说我有3套房的事儿，就我现在自己住的那套一居室，他有时候还说，你这套房现在值一百多万了吧，那你说我听着这话能放心嘛，谁知道他到底图啥呢。"

不知是店里的空调太足，还是冰淇淋太凉，谢晓丹不禁打了个冷战。她突然意识到，或许在田蓉眼中，她的奢侈品、好工作、未婚夫，都根本不足以成为在这浮华都市立足的所谓"根基"，既不抗通胀，更不抗人心。原本由国贸大厦和香奈儿耳环撑起的高高在上的优越感，瞬间虚无缥缈了，一场久别重逢的闺蜜聚会竟然变得暗流涌动。

春天来了，冬日的肃杀之气一扫而光，换上春装的谢晓丹，和玉兰海棠一起，舒展筋骨斗志昂扬起来。上次同田蓉见面后，她着实低落过几天，耳畔不断想起母亲说过的那句话：咱不说比别人多，也不能比别人少啊。谢晓丹回想整个大学时代，向来是田蓉跟在自己身后转，这两三年，怎么一没留神，情势就起了变化。按理说，论事业发展，自我完善，情感关系，这些二十多岁的青年人最应该重视的事儿，田蓉依旧没什么起色，甚至应该说，与自己的差距越发明显。可她的状态竟与往日不同，虽然依旧不吭不哈，却满溢着一种小地主婆一般张扬而又扎实的底气，这底气来自土地砖块，还有它们背后所象征的急速增长的巨大财富。

谢晓丹端着杯热咖啡站在律所典雅别致的茶水间，看着BBC英语新闻里正播放中国暴发户大妈们成群结队地买金条，逛游轮，一哄而上把自助餐抢光，呼朋唤友地在卢浮宫里摆出兼有剪刀手和红卫兵风格的造型拍照。屏幕下的英文标题赫然滚动着"Chinese Dama on the gold road"（中国大妈的淘金之路）。不知何时站在身边的Samantha颇不以为然地摇摇头，她手中端着镶着金丝、绘着粉色玫瑰的骨瓷茶杯，一包英式早餐茶包正在热水里翻滚，腾起阵阵热气。谢晓丹只扫了一眼，便颇有眼色地拉开冰箱门，取出盛着鲜奶、敷着保鲜膜的白瓷奶罐，在女老板欣赏又满意的笑容里，将丝滑的牛奶缓缓注入醇香的红茶中。

"中国的希望在你们这些年轻人身上，世界不会永远看不起我们的。"Samantha仰起消瘦的脸颊，嘴角的弧线充满了自信。谢晓丹又瞥一眼电视，竟然仿佛看到二十年后的田蓉，那种张扬又扎实的底气是一脉相承的，与知识文化、眼界素养都无关，与GDP和人民币有关。

"大妈们也很有自信啊，耀武扬威的，估计每个人都趁着好几套房。"谢晓丹强打精神地幽默。

"So what？（那又怎样？）你看看那些老外的眼神，"Samantha平静地说，"记住，财富从来换不回尊重。"

财富从来换不回尊重。谢晓丹似懂非懂地点点头，她的三观却开始有些混乱了，很多曾经以为理所当然的事，变得不再那么清晰明了。财富是换不回尊重，田蓉有多少套房，我谢晓丹也绝不会觉得她有什么了不起。可在田蓉眼中，北京城里一套房子都没有的谢晓丹，怕是连打擂台的资格都没有吧……

谢晓丹向来要强，哪怕只是局部战场的失利，都不能甘拜下风。她开始关注北京的楼市，周末的休闲活动也从看电影逛街变成了拽着丁之潭一起去看房。谢晓丹强烈地想要扳回一局的做法，在丁之潭眼里，就有几分逼婚的意思了。搁在半年前，他一定会积极响应，可是现在，他却丝毫提不起精神。3月13日，沪指失守4000点；6月12日，沪指失守3000点，在5000点跑步入市满仓押注的丁之潭，眼看着八年存下的50万只剩下个零头，连跳楼的心都有了，还提什么买房结婚呢。

炒股的事，他没有刻意瞒过谢晓丹，却也没主动提起过，开始不提，是想一票赚把大的，给女朋友一个惊喜；后来不提，自然是连提的资本都没有了。他当然知道，套牢在股市的这50万，不仅严重挫败着自己的人生，也会给即将到来的婚姻带来很多不确定性，面对这道无解的难题，他本能地选择了逃避，似乎拖过一天算一天，因为他深知面对这样的打击他无力还击，在这样的时代和都市，这打击是可以摧毁一切的。

不要试图去考验当下的爱情，玻璃之城里的爱情是禁不起考验的。

　　不明就里的谢晓丹看到的，却是另一幅光景。眼见着离两人商定的领证日子越来越近，丁之潭的情绪却越来越不稳定，大多数时候消沉，有时候甚至暴躁，看婚房的事他越来越被动，逐渐就闭口不提，像变了个人一样。谢晓丹不明白为什么，他是得了婚前恐惧症，还是对自己的情感有变？谢晓丹跟他吵了几次，没解决任何问题，却让两人的关系越来越疏远，越来越尴尬。出租屋还是那间出租屋，丁之潭还是那样戴着耳机瘫坐在电脑前，暮色四合之下，独自看了一整天二手房的谢晓丹，眼看着未来离自己的能力越来越远，拖着灌铅的双腿，绝望地坐在走廊的阴影里无声地流泪。

　　眼看就到谢晓丹的生日，紧接着就是他们商量好的领证的日子，晓丹不知道当初那个约定是否还依然有效，如果有效的话，婚房的事到底该如何跟家里交代。密不透风的生活，却像高速公路上飞驰而过的汽车一样，没有出口，也无法暂停。晓丹妈妈从东北打了若干次电话，每次都先问：房子怎么说了？晓丹找了若干借口，诸如看上的地方没有合适的房源；楼市最近没怎么涨，都说要跌了，先看看再说……孤军奋战的她找借口都找烦了，丁之潭还是一言不发。

　　缩头乌龟丁之潭其实是无力挣扎。他当然明白谢晓丹在想什么、等什么，他也并没有分手的想法，只是现实的压力让他不敢争取，也想不了太远。他所做的最后的努力是背着谢晓丹给远在苏州的父母打电话，坦白自己原本准备付婚房首付的钱被股市套牢，厚着脸皮问家里能不能支援些。父母唉声叹气地一顿喷叹之后，给出了一个不容置疑的方案：支援你买房子是可以的，但不可能写谢晓丹的名字，连证都没有领，将来有问题岂不是扯皮；或者就是先领证，房子再慢慢买，买了也是婚后共同财产，女方也不用担心。

"如果是你自己的钱嘛，你愿意怎么哄女孩子开心我们都不管，但既然是要用我们的钱买房，那就必须听我们的。"站在父母的角度，这话说得实在没问题，丁之潭没道理反驳，可他也知道这道理在未来丈母娘那里肯定讲不通。恨只恨自己的积蓄都亏进了股市，一夜间又退回到经济不独立的尴尬境地，出资人当然有决策权，贵为美国总统还得听财团的话呢，市场经济环境下，所有的关系都得遵循这个道理。

先领证，还是先买房，犹如那个著名的哲学问题"先有鸡，还是先有蛋"一样耐人寻味，双方家长为此争得不可开交，谁也不肯退一步。先领证，谢晓丹妈妈不同意：人都是你的了，你买不买房，啥时候买房，买啥样的房，我闺女说了还能算？到时候我们找谁说理去！先买房，丁之潭妈妈这样讲：买房子嘛要我们男方家出钱，写上晓丹的名字，万一你们反悔不嫁了，房子我还要分你一半，先买房也可以，房子就不要写晓丹的名字。

早就听人说"结婚"不是两个人的事，但谢晓丹也绝没想到结婚是这么上纲上线的一件事。双方家长僵持到 10 月还没有定论，好在这半年房价没怎么涨，隐隐约约地还出现了北京市场已经十年未见的下行趋势。曾经门庭若市的售楼处如今门可罗雀，平时满大街骑着电动车乱窜的房产中介们，一夜之间不见踪影；听说深圳广州到处都是排队退房的人群，还有不少断供弃房的官司打到法院……向来最坚挺的京城楼市也眼见着撑不住压力，交易量价齐跌。北京城里的老百姓迅速分裂成两个阵营：谢晓丹所在的"无产阶级"阵营高声唱衰，期待拐点；田蓉所在的"有产阶级"阵营坚定看好后市，准备抄底。然而，有趣的是，两个争论得急赤白脸的阵营根本诉求却是惊人地一致：找准机会，出手买房！如此说来，这两个阵营里时不时地出现"叛徒"也就不足为奇。那么多的经济学家都看不懂说不清的中国楼市，老百姓的那点"智慧"，只能为内心残缺的安全感做铺垫了。

看到深圳楼市降价、出现银行断供的新闻，田蓉心里有些没底儿，偷偷摸摸地卖了一套两居室，成功套现，账面浮盈落袋为安。两年时间，每平米赚了4000块，虽然比她预期的少了很多，到底也比上班挣钱来得快太多。谢晓丹也一直在密切关注着楼市动向，写谁的名字可以稍后再议，丁之潭你赶紧把钱从股市里取出来，时刻准备着奔向"有产阶级"阵营才是王道。

谢晓丹说什么，丁之潭都没精打采地应着，却从来没有转化成进一步的行动。十一大假过完，妈妈打电话已经不再问婚房的事，开门见山跟晓丹说：估计他是藏了啥心思，黑不提白不提的，你得问问他，拖着是啥意思，好就好，不好拉倒，别耽误咱工夫。身心俱疲的谢晓丹也不想再猜下去，最坏的结果不过是分手。她咬咬牙，可还没咬下一半，眼泪就流了下来。七百多个日夜的朝夕相处，哪里是说停就停那么容易。

到这时候，丁之潭年初投进股市的五十多万，已经只剩下两万块了。10月28日，中国股市创造了2005年6月以来沪指的最低点：1664点，比年初开市时的5522点，下跌了将近4000个点位，数万亿资产莫名蒸发。谢晓丹嘬着一根鸡汤米线，呆呆地看着国贸食堂电视里的午间财经新闻，股市大跌，有人破产，有人跳楼，联想起丁之潭这半年的萎靡状态，她心里咯噔一下。

谢晓丹连饭都没吃完，三步并作两步冲到28层，趁着午餐时间办公楼层虚空一片，一头钻进洗手间的隔间拨通了丁之潭的电话。

"喂，亲爱的？"丁之潭强打精神接电话，好歹表现得态度端正。

"丁之潭，你股市里还剩多少钱了？"谢晓丹开门见山。

"你怎么想起问这个了，吃午饭了吗？"

"你别打岔！你股票里到底还有多少钱了？"

"……没多少钱了。"

"没多少钱是多少钱？"

"……几万块吧。"说完这句话，丁之潭突然感受到一种前所未有的解脱，接连好几个月的忐忑内疚懊悔，一瞬间轻松了许多。

"几万块？你不是说你攒的钱够付首付，不用管你爸妈怎么说吗？几万块现在买个厕所都不够，还付首付！你疯了吧！"

"之前……是够付首付的，我不是想多赚点出来，装修买车就都够了嘛，哪想到，会跌成这样。"

"你傻啊你！还买车呢，你哪有那么好命，那么高智商！股票是你能玩的吗？你又不懂！我不是早叫你拿出来，见好就收嘛，你怎么就是不听我的呢！现在好了，怎么办！几万块你还想结婚哪！你是疯了吧！真是没见过像你这样没本事挣钱还瞎折腾的人！本来就连个像点样的婚房都买不起，你现在让我怎么跟家里交代！"谢晓丹几乎是带着哭腔咆哮起来，记忆中恋爱两年来，还从来没有跟丁之潭这样红过脸。

电话那头的丁之潭也愣住了，他没想到谢晓丹性感的双唇不仅能说出甜言蜜语，还能说出这么刻薄寒凉的话，看来欲望都市里的女孩，无论伪装得多好，关键时刻本性暴露，也就只剩一个字——钱。"是，我是没本事，我也确实没那么好命，否则怎么会让你们全家把我逼到这份上，你以为你自己有什么了不起，自私、虚荣，挣不了几个钱还就知道往脸上抹，有本事你也像人家田蓉似的，搞3套房，我给你倒插门都行！不就是结婚嘛，大不了不结了！有什么了不起！"

"什么，你说什么？你怎么那么不要脸呢！"谢晓丹觉得自己的太阳穴突突地跳着疼，噌一下从马桶盖上坐起来，"追我的有钱人那么多，我瞎眼了才看上你！要房没房，要车没车，连个像样的礼物都买不起，一个穷北漂，狗屁都不是，还给人倒插门，你撒泡尿照照自己的德行，有3套房的人能瞧得上你，自作多情！不结就不结，这是你说的啊，丁之潭，你给我记住了，谁反悔谁是孙子！"

谢晓丹摔了电话，方才还嚣张的气焰，像是被针刺了的气球，"嘭"一声，瞬间萎了。她坐在马桶盖上低声啜泣，回想着这两年来，他们是怎么一步步走到今天这步田地。至于刚才电话里的那通谩骂，谢晓丹神经质地反复回味，他怎么竟然会说出"自私、虚荣"，而自己又为什么会脱口而出"穷北漂"，而他们之间的最后时刻，为什么竟然还掺杂着田蓉那个曾经被他们偷偷鄙视的身影。谢晓丹摇摇头，深深叹了口气。这玻璃之城里的琼楼玉宇，原来不经意间在我们的心湖留下倒影，那湖里渐渐已看不清自己的轮廓，看不清来路或是去处。

许久，谢晓丹擦干眼泪，推开厕所隔间的门走出来，明晃晃的化妆镜，淡淡的音乐和香氛，她又回到了那个得体优雅的世界，那个曾经令自己向往艳羡、如今让自己平静依赖的世界。一抬眼，便看到了正对着镜子补妆的消瘦背影，镜面里有张小巧冷静的面孔，短发精干，眼神犀利。她刚刷完睫毛膏，挑挑眉毛轻描淡写地问一句："没事吧？"甚至都没有眼神的接触。

谢晓丹愣了片刻，她早该想到隔墙有耳，但刚才那阵仗怕也顾不了许多，只是没想到，墙那边的竟然是 Samantha 吴。

"没事。"谢晓丹摇摇头，在这个女上司面前，过度煽情还不如幽默自黑，"估计婚假是不用请了，又可以加班了。"

Samantha 吴薄薄的嘴唇在尖下巴上扯出个笑脸，第一次在镜子里和谢晓丹眼神对视，那笑容里有包容、有理解，还有几分赞赏："好事啊，这么美好的年华，着急结什么婚呢。"

谢晓丹百感交集，竟然还有几分羞愧："本来也是他着急，我其实没那么有所谓，只是现在闹的，两边家里都知道了，怎么收场啊……"

"Amy，你今年多大了？"女上司突然好奇地问。

"我都二十六了。"

"二十六还'都'。"Samantha 吴笑着摇摇头，拿出一管娇兰的护手霜，"哎呀，不过说起来我二十六岁那年，也差点结婚，比你们可走得远，婚纱照都照了，婚礼请柬都发了。"

这下谢晓丹是真来了精神："那后来呢？为什么又没结？"

Samantha 吴仔仔细细地拧好护手霜，双手撑在洗手台边，微笑着叹口气："我那个未婚夫出车祸了，去世了。"

一瞬间，空气凝滞了，谢晓丹半张着嘴呆立在那儿，半晌才意识到，Samantha 吴早就平静地掏出了唇膏，正对着镜子仔细描摹。

"哦……"谢晓丹知道外资公司随西方的习惯，现在应该说 I'm sorry，可惜，这样理性又洋派的表达，她还是说不出口，"哎呀，真想不到，不过你看你现在过得多好啊，所以也许都有天意……那，你跟你先生怎么认识的啊？"她笨拙地想要转移话题。

没想到，刚涂完唇膏的 Samantha 突然对着镜子呵呵笑起来，玫红色的唇色像一朵绽放的玫瑰："是啊，都有天意，我和我先生就是那时候认识的，就是他的司机撞到了我骑摩托车的前男友，他当时就坐在那辆奔驰上。"Samantha 掏出淡粉色金属瓶盖的 Dior 香水朝着修长的脖子喷了两下，对着镜子绽放一个自信的笑容，强悍灿烂得，像太阳一样，"生命还长着呢，小姑娘，你不知道明天有谁在等着你，加油吧！"

Samantha 铿锵有力的高跟鞋声消失在走廊尽头，谢晓丹依然呆立在空旷安静的洗手间，失恋突然没那么痛了，取而代之的是对无常命运的无奈、感慨和期待。原本打算去一夜宿醉的谢晓丹，瞬间就放弃了这个"不高级也不潮"的想法，她开始期待着自己朦朦胧胧的命运，突然觉得或许也可以像她的人生偶像 Samantha 那样剽悍英勇。没错，这里绝不是终点，没准恰恰是起点；她已经隐隐觉得，也许他年回望今日之时，她会感谢这次分手，感谢这无疾而终的恋情。

想不通的，是谢晓丹的妈。

老太太在长途电话里义愤填膺："闺女，这家人太欺负人了，事不能这么办啊，你老姨知道你要结婚，专门打了一万块来给你置嫁妆，周围亲戚朋友都知道了，哪能说不结就不结了，我跟你爸的老脸往哪搁，他以为这是逛自由市场呢！我们好好的黄花大闺女，跟你谈恋爱谈了两年半，俩人搁一起，住都住了一年半，照顾你吃，照顾你喝，你这说拜拜就拜拜，拍拍屁股就想走人，你告诉姓丁的，走遍全天下，也没有这个理儿！"

谢晓丹此刻已经平静许多，听着母亲激动的声音，她有点担心，担心妈妈的身体，也担心这场闹剧会升级："妈，也没你说得那么夸张，要说照顾吃喝，平时他照顾我还多一些呢。"晓丹试图降降战火。

"闺女，你是真傻啊！"这下老太太声泪俱下了，"当初你说你俩搬一块，我就不同意，你不听，非要住，同居啊！传出去，男的不咋地，女的可就再难嫁了，这是坏名声的事儿啊！他照顾你吃喝怎么了，那他就应该！他跟你住一起，搁一张床上睡了一年，他占了多大便宜，你心里没数啊！说个不好听的，他要想搁夜总会找个你这样的女的，他给你花的那点麻辣烫方便面的钱，人家能跟他走吗？你这个傻闺女啊！非逼着妈把难听话说出来！"

谢晓丹也觉得刺耳，可听着老太太在电话那头呜呜大哭，已经冲到喉头的反驳之辞，也只能被她生生咽下去。虽然未婚同居在北京这样的大城市里，已经稀松平常，但中华传统价值观上千年的潜移默化，也不是谁都可以大大方方无所忌惮地把"同居"这件事挂在嘴边，特别是跟长辈之间。何况，谢晓丹脑海里猛然浮现起丁之潭每次上床时那眼热猴急的样儿，竟真有了种被丫占了便宜的感觉。

谢晓丹的妈连夜坐火车赶到北京，曾经的准女婿丁之潭还没租到合适的房子，在堆满行李的客厅蹭沙发。谢妈妈气不打一处来，抄起地上的箱子就往门外扔，谢晓丹和丁之潭连哄带劝，才算是拦住了盛怒下的谢妈妈。等终于平静下来能对话，已经到中午时分，谢妈妈痛说革命家史，讲女儿的优秀，自己家庭的不容易，丁之潭倒也都听得进去，只是与坐在角落的谢晓丹再无眼神对视，老太太明白，这段关系，说什么都已是覆水难收，只能以其他的方式平息阵痛了，所谓买卖不成仁义在。当初炒股票，冠冕堂皇地说起来，也有为两人未来物质生活准备的考虑，因此丁之潭并不觉得自己有愧，但客观上，过去一千多个日夜，和眼下的这场闹剧也确实消耗了晓丹的青春，损伤了她的名誉。丁之潭明白，不掏出点真金白银，这一关是过不去的。三个人饿着肚子，守着三杯放冷的水，比耐力，比定力，比心理素质。到底还是势单力薄的小伙子先败下阵来，丁之潭承认了自己的不成熟和不理智，也表达了对谢晓丹的愧疚之情，最终请差点成了丈母娘的谢妈妈开个价，作为补偿。这种事儿，谢老太太虽然年近六旬，却也是头一回碰到，她也不知道多少钱合适，想起本该由男方出的买房子的近50万首付，打个对折，给20万青春补偿费吧。

急于逃离现场的丁之潭答应得挺痛快，回过神就发现执行有难度，自己现在的全部资产还不足10万块，这个方案要落地，还得请父母支持。他当下给苏州打电话，懒得和爸妈解释那么多，只说是看上了一套房子要赶在明天交定金。父亲的钱刚刚到账，母亲的电话就追过来，她并不清楚儿子已经分手的事，只是殷切地叮嘱他，交定金的时候你自己去就好了，名字就写你一个人的，千万不要带晓丹，免得现场麻烦，先把这一关混过去，晓丹妈妈那里，实在不行将来我们去解释……丁之潭实在没办法面对母亲的这份苦心，扛不住压力，说出了实情。于是，第二天下午，原本约在银行转账的丁之潭、谢晓丹一行人，被一大早坐飞机从苏州赶来北京的丁妈妈现场拦截。两个妈妈在银行里大打出手，惊动了保安，谈恋爱不曾轰轰烈烈，分手竟然分成了车祸现场，惨不忍睹。

一场恋爱谈到这种地步，也是谢晓丹始料不及。

故都的深秋，落了一地黄叶，一场秋雨袭来，寒凉得很。两个带着梦想、带着期许的年轻人，告别北国的飘雪，告别江南的细雨，在这城市里如浮萍一般相遇，本以为能相伴终生，却带着各自的伤痕，迅速飘散在天边，各自瑟缩在逼仄的出租屋内，依偎着母亲坐车千里捎来的那点家乡的温存，在夜深人静处独自舔舐伤痕，等着来年春暖花开之时，激越的春风或许会给自己带来坚持的理由。

协商之后，丁家最后给了谢晓丹10万块，从此老死不相往来。经此一劫，向来自信骄傲的晓丹变得消沉了一些，她庆幸自己还有份体面安稳的工作，这是她在这片孤城中的立身之本。

2

2009 年春节，谢晓丹多休了几天年假，在沈阳一直住到了正月十五。假期的时候陆续见到了很多以前的同学，几乎每个人都向她抱怨着眼下的生活：婆媳不和，挣钱太少，老公出轨，孩子哮喘……谢晓丹发现自己没有机会也不可能向这些年少时的好友哭诉她的遭遇，因为她们，还指望着靠她这个幸福的标志活下去。她是她们中唯一走出去的，走进了那座五彩斑斓的大都市，登上了那座城里最高的高楼，她实现了她们的梦想，是她们的平庸生活在平行时空里的另一种精彩的可能。就连过年时去给高中班主任拜年，遇到一帮同去拜年的学弟学妹，老师还不忘隆重向大家介绍晓丹——优秀能干的学姐，在北京国贸大厦最出名的外资律所工作！临别时，老师送她到家门口，又拉着晓丹的手恳切地嘱咐：自己发达了，也要多提携多帮助还在北京漂泊的学弟学妹，他们没你幸运，都很不容易。

银白的雾凇枝头挑起一轮红日，金色余晖洒满浑河两岸的积雪，北风吹走了心头的哀愁，吹起股英雄气在心中激昂。谢晓丹穿着最贵的那件 Burberry 大衣，和一众老同学手挽手，皮靴踩得犹如战鼓擂擂，家乡话说得似旌旗飞扬，谢晓丹的气焰又重燃了起来，看起来俨然要一路向南踏平 800 公里，踏平那承载着她的梦想，又碾压了她的青春的——北京城。

那天之后，她在北京的生活似乎也没有自己以为的那么不容易了。

大年初一早上，远在四川攀枝花的小姨照例打电话来拜年，家长里短地和母亲寒暄许久，她们姐俩其实经常通话，小姨家的经济条件好一些，多半是她打给妈妈。老姊妹俩唏嘘了半天晓丹的婚事，小姨劝母亲想开些，又带来了一则新鲜消息：表妹陈青回国了，也不知咋想的，决定去北京发展，找了个投资基金的工作，也在CBD，过完正月十五，就要北上。小姨嘱咐谢晓丹，一定要多照应妹妹，她从没在北方生活过，那儿人生地不熟，到了北京，就靠你这个姐姐啦！

四川的小姨是母亲的唯一的妹妹，二十出头随着老钢厂援建去了攀枝花，就在那里定居下来，小姨父是小姨在攀枝花钢铁厂的同事，技术骨干，四川本地人，小姨这一走，就是三十年。四川人杰地灵，物产丰富。童年谢晓丹对这个小姨的印象就是茶叶、腊肉、麻辣香肠。早年间，母亲也经常从东北寄些小姨从小爱吃的干木耳、干蘑菇，到20世纪90年代末期，国企改革，东北是重灾区，谢晓丹的父母双双下岗，恰逢晓丹读高中，用钱的地方不少。小姨就不只从四川寄吃的了，还三不五时汇些钱来贴补姐姐，因此，全家人都对远在四川的这门亲戚心怀感激。

表妹陈青小谢晓丹三岁，是谢晓丹青春期的梦魇。不知道她是不是遗传了小姨父的钻研专注和高智商，从小就是学霸，表姊妹俩差三级，初考、中考、高考，都赶在一起，每次都是"姨家欢笑我家愁"。2001年春节，姥姥去世，小姨带着表妹来奔丧，谢晓丹正在为半年后的高考焦头烂额，同样面临着中考的陈青就显得轻松很多，从来也看不见她做寒假作业，悠悠闲闲地电视照看，街照逛，只一点，但凡能让她摸到本书，也甭管是什么书，就能自己找个角落一坐半天，谁说什么都听不到。谢晓丹暗暗佩服表妹这个本事，她不同，复习功课的阵势摆得很足，书翻开五分钟，脑子里就全是考不好怎么办、分估计错了怎么办的胡思乱想。

都是独生子女，表姊妹之间免不了要互相比较，母亲总是感慨：你老姨真是命好，青青从小的作业，她问都没问过，人家还回回考第一，咋那么省心呢。而且吧，青青和一般的成绩好的孩子还不一样，你看这孩子，一点不呆，知识面多丰富，小嘴儿吧吧的，从小就一套一套的，那是真厉害！要说可惜，就是四川这水土不养大个儿，照说你小姨比我还高呢，青青这长相、个头，可都没赶上她妈。

大三那年初夏，谢晓丹顶着太阳满城找工作的时候，四川方面捷报频传，先是表妹陈青凭借自己苦练十年的长笛特长获得了四川大学的免试录取通知书；一家人还没从这份喜悦中抽离出来，经过了黑色七八九的洗礼后，陈青又高分考取了复旦大学金融专业。那个时候的谢晓丹，和表妹已然不在一个赛道，没有竞争，心态就轻松很多，她由衷地为妹妹骄傲，用打工挣的外快，买了条价格不菲的连衣裙寄给陈青，又打电话和她分享了许多大学生活的点滴感受。没错，是分享。面对比自己还大几个月的田蓉，谢晓丹向来是指点江山的派头；面对尚不满十八岁的陈青，晓丹却只能是分享。这个表妹从小见识多、主意正，年纪越长，越添了几分自信稳重，别说是表姐，就是亲娘，凡事也只能与她商量，关键时刻，还得听她自己的安排。

陈青读大学的时候，两姊妹的交流较过去多了很多，没事聊QQ、打电话，有时还煞有介事地发封邮件。大二的暑假，陈青跟着学校交响乐团来北京演出，演出结束后又多留了些日子逛故宫，爬长城，参观国博，游798，就借住在谢晓丹团结湖的小房子里。那个夏天，姐妹俩挤在一张大床上天南地北地神聊，半夜去路边摊喝啤酒吃夜宵，又似亲人又似闺蜜，感情加深不少。

　　陈青从来不让人失望，大学毕业后，以GMAT780分的高分拿到了美国斯坦福大学的金融学硕士录取通知书，还申请到了奖学金。如今又过三年，不知道这个在真正的国际大都市走过一圈儿的小妞，出落成了什么模样。失恋后的谢晓丹生活寂静，心底里还很有些期待这个表妹的到来。

　　春节大假结束后，谢晓丹回到北京，愕然听说Samantha辞职了，据说要和老公移民加拿大。Amy谢突然有点六神无主，未婚夫没了，一直罩着自己的人生偶像也要走了。她心头涌起股强烈的不安全感，立春之日鼓吹起的那点气焰，被京城的春风一吹，便似浮萍一般漂泊不定。不能再这样无根基地漂着了，谢晓丹突然强烈地想要有点实实在在的东西，能实实在在地把自己和脚下这座城连在一起。那该是什么呢？她端着杯咖啡，站在国贸大厦28层的落地窗前，俯视着脚下车流滚滚的长安街，夕阳西下，远处华灯初上，楼顶的残雪尚未消融，映照着楼宇间瞬间启明的霓虹灯。房子！这个念头突然在谢晓丹的脑海里浮现，窗外目力所及之处，广厦万千，每一扇窗背后都藏着故事，在这个初春的黄昏昭示着希望和温暖。送自己一套房子，哪怕只是小小的一间，有一扇小小的窗。

从房地产市场的历史数据来看，2009年2月，是北京楼市前十年唯一一轮下跌中的最低点；也是后八年暴涨前的最后一次抄底机会。谢晓丹不懂房地产，更不懂经济，只是她自己的人生脉络在那一刻因为想要寻求安全感，而突然有了强烈的买房冲动，这大概就叫作命运的垂青。

去年看婚房时的房屋中介，还在锲而不舍地发短信打电话，反正失恋了，周末闲着也是闲着，谢晓丹调整心态重整旗鼓，准备重新杀回到京城的房地产市场。

谢晓丹掂量下自己的存款，纵然有了丁家赔偿的那十万，依然远不到财大气粗可以任性为之的地步，这是二十多年的人生中要花出去的最大的一笔开销，可得谨慎加小心，何况电视台的法制节目，动不动就曝光似乎充斥着坑蒙拐骗的二手房市场，她心里越发没底。淘宝上鉴别性价比高低的二手奢侈品，她经验丰富；买二手房，晓丹也是大姑娘上轿头一回。而此时的田蓉，已经是大学同学圈子里小有名气的"置业专家"。同龄的年轻人们终于有跑得快的到了谈婚论嫁的年龄，这才想起了婚姻的标配——房子；比起把房子当作投资品看待的田蓉，段位就明显低了很多。

所以，还得找田蓉。

和丁之潭分手后，谢晓丹有点躲着大家，谁愿意把自己的伤疤拿去当别人茶余饭后的谈资，可惜市井就横在你面前，终究也是躲不过去。谢晓丹正琢磨怎么约田蓉讨教下买房的心得，就接到了另一个大学室友的电话，女孩要结婚了，婚礼就在情人节，邀请一众女友来做伴娘。谢晓丹心里有点发涩，如果一切都按计划进行，去年 10 月她就已经领证摆酒，原本自己该是宿舍里第一个结婚的人，可惜，这世上没有哪件事是凭你年轻的约定，或是美好的计划就能成真。

谢晓丹条件反射地要拒绝，突然一个很现实的念头跑出来：不当伴娘就得随礼，这种关系，没个八百一千过不去，当了伴娘不但不用随礼，还能挣红包……算了，反正早晚也得面对大家，总躲着，别人倒真要背地里把你当笑话了。

选在情人节结婚的人，一定是单纯且执拗的人。穿上烟粉色伴娘纱裙的谢晓丹，出神地看着镜中正一脸甜蜜化妆的室友，心中如此认定。可不是嘛，情路漫漫，其修远兮。当下的婚姻，谁能保证这个礼堂就能通向终点？倘若他日分手，岂不是连情人节这个日子都毁了，果真是不留后路。谢晓丹原本以为自己会触景生情，不想真到这一刻，反倒释然了。周遭喧嚷一片：电流淌过麦克风的刺啦声，香槟酒开启时的爆破声，台上台下的开怀的笑声夹着感动的啜泣声，漫天飞舞的仿雪花碎屑，还有空气里弥漫着的那丝淡紫色的甜……

不过如此。谢晓丹静静地想。炫目浪漫的婚礼，不过是庸常生活的一种假象，即便是此刻强拉她和丁之潭来演男女主角，想来也同样会让随了份子的亲朋好友们吃吃喝喝哭哭笑笑地觉得值回票价。只可惜，跨过这道假象之后，生活和昨天一样，并不会有什么改变。新郎官比新娘子大十几岁，谢晓丹听到伴娘团的闺蜜们私下议论：新郎官在四环内有套 150 平米的三居室，新娘子少奋斗十年！你看，还是房子，一句话，把你从粉红色的爱情幻想里拉回灰色的现实，不许你有任何松懈。

"有现成的房子也不见得是好事啊，那属于婚前财产，住多久都和新娘子没有关系。"田蓉压低声音给闺蜜们"普法"。这一年，本来就丰满的她又发福不少，勉勉强强塞进同款的烟粉色伴娘纱裙里，腋下、胸口、肚子，一堆堆的肉呼之欲出。人，却比过去任何时候都显得自信大方，以前是闷嘴的葫芦，现在竟然也敢私下点评他人了。

女友们面面相觑，有个打圆场的说："那总比找个什么都没有的强吧！现在男的也都很鸡贼，没领证之前，你让他在房本儿上加女方的名字，才没人干呢！人家肯定说领了证就加，问题是领了证之后还加不加，那就两说了，多少人为这种事打架打分了的，要我说，四环内有套大房子先住着，挺好，老夫少妻，等有了孩子，将来还不是都得听老婆的，是吧，晓丹。"

谢晓丹正想起身去洗手间回避下这个话题，不开眼的女同学却端端把问题抛给了自己。她在向自己求证什么？老夫少妻的好处多，还是为房子打架分手的多？仔细想来，她们应该是不清楚自己和丁之潭分手的底细，这种时候，一定要自己先稳住。"是，挺好的，等有了小孩，反正都是孩子的。不过话说北京这楼市，最近几个月好像在降啊，是不是房地产泡沫要破啊！"晓丹成功地把话题转了出去，大家又都齐刷刷地扭头看向田蓉。

田蓉正往嘴里塞一只蛋饺，她一边努力地咀嚼，一边直起身子，张不开嘴，先皱着眉头使尽摇头："千万别听那些'砖家'忽悠，北京的房地产哪有泡沫，现在只是阶段性的降价，肯定会有反弹的那一天！"她终于把蛋饺咽了下去，伸着脖子着急地说，仿佛她讲得越坚定，触底反弹的一天就会越早到来。

刚才那个不开眼的女同学又沉不住气了："蓉蓉，你到底希望房价涨还是跌啊？"

　　田蓉一下语塞，脸都憋红了，还是不知该如何回答。

　　一桌子人哈哈大笑起来，七嘴八舌地说："蓉蓉你现在是包租婆，当然希望房价涨了，拜托你考虑一下我们无产阶级的死活好不好，我们连楼花在哪儿都没见过呢，房地产泡沫赶紧破，最好房价腰斩，不对，腰斩都不行，跌到脚脖子才好，我们才买得起房啊！哎，要不然这样，蓉蓉，你反正都好几套房了，你分我们一套也行，咱们要求也不高，不要你的大房子，有个小房子就行，哈哈哈。"

　　田蓉嘴唇上下翕合几次，脸红了又白，白了又红，到底也没再说出一句话。她心想，房价要是跌到脚脖子，你们倒是买得起房了，我可就成无产阶级了，不对，连无产阶级都算不上，负产，还欠着银行一屁股债呢，到底是谁不考虑谁的死活啊！话说，我的房子又不是从你们嘴里抢出来的，前几年房子还便宜的时候，你们买名牌，吃大餐，我连方便面都舍不得吃，省钱买房子，还劝你们一起买，你们都不听啊，要怪就怪你们自己虚荣、没头脑，现在想着杀富济贫的美事儿，做梦！

　　虽然这样一肚子怨气，可田蓉不敢说，她第一次觉得，人心之间，会因为房子，和房子背后所代表的财富，竖起一道高高的藩篱，谁也不要试图去理解墙那边的人心，纵然你们有过共同的青春，共同的回忆，这道墙一旦竖起，一切就都是徒劳。三线城市的会对北上广深的竖起高墙；没有苹果手机的会对有苹果手机的竖起高墙；骑自行车的，会对开宝来的竖起高墙，开宝来的又会对开宝马的竖起高墙……一瞬间，似乎这泱泱大国中，到处都横亘着看不见也突不破的藩篱，密密匝匝，阻隔人心。田蓉心想，幸亏现在是法治社会，要突然来场革命，陌生的人都不论，就这帮心理不平衡的闺蜜，没准都能扑上来抢了自己的房子、革了自己的命。

后半场婚宴，田蓉吃得了无生趣，好容易熬到散场，正准备回家，却在酒店门口被谢晓丹拖住了手臂："你下午什么安排，别着急回去啊，我还有事想跟你，聊聊呢！"

谢晓丹本想说请教，或者咨询，可惜话到嘴边，还是舍不得开口，田蓉不过就是运气好，多买了几套房，论眼界见地，哪有什么值得被"请教"。好在田蓉并没意识到谢晓丹内心的小九九，大概她也寂寞，便欣然答应了。

谢晓丹四下看看，这家老牌子四星酒店的设备虽然陈旧，大堂吧也还算窗明几净，此刻脚下正蹬着七寸高跟鞋，也不便走远，于是就拖着田蓉拣了个安静的角落落座。田蓉望一眼又深又矮的沙发，有点为难，捏了捏自己腰间礼服裙快要绷不住的赘肉，低声对谢晓丹说："你先点喝的，我去洗手间把衣服换了，这么勒着，实在坐不下去。"

晓丹扑哧笑出来："快去吧，杨贵妃，我看你现在是彻底自暴自弃了！"

约莫十来分钟，田蓉穿着宽松的毛衣和厚呢子裙，蹬着双低跟的半筒靴，左顾右盼地走过来，半个屁股落在身后。落座后拿起酒单翻了翻，立刻惊呼道："一杯咖啡要65！这么贵！快走，晓丹，咱们换一家，这家明显是宰外地人的。"

谢晓丹哈哈大笑，原本有些紧张的情绪立刻松弛下来，就凭这一句，无论田蓉趁着几套房，在自己面前也建立不了心理优势。"瞧你那点出息，你现在也身家千万了吧，65块的咖啡都嫌贵？"

"不是舍不得，是犯不着嘛！"她四下看看，压低声音说，"我也不是啥都不懂，星巴克的咖啡才三十来块钱，他这儿杯子那么小，还要一倍的价钱，那不就是宰外地来这住店的客人的嘛，咱们别当这个冤大头。"说着就起身来拉谢晓丹。

"哎哎，你坐下，坐下！我都已经点过了，我请你行了吧！"谢晓丹被田蓉闹得哭笑不得，"酒店的环境和星巴克能比吗，星巴克有人给你现场弹钢琴？"谢晓丹用下巴尖指指不远处一身黑丝绒长裙的钢琴师，"你就踏踏实实地在这儿享受会儿吧，我脚疼，走不了远路。"

话已至此，田蓉只好把自己扔进松软的沙发，这才第一次正眼看看周围的环境，边看边摇头："哎，你是真舍得花钱，有钱买点金子、买个钻、买块表啥的，我都能理解，好歹是保值的啊，花在这些吃喝玩乐上，也不见得就能多长二两肉，浪费！"

"我说你这个城乡接合部的思想能不能转变下啊，来北京都快十年了，说话怎么跟我妈似的。嘿，我真好奇耶，你说你上学那会儿，还愿意打扮打扮，现在你看看你，参加个婚礼，都不知道捯饬捯饬，也从来不见你看电影逛街，更别说旅游啊看演出啊什么的，那你说你来北京干吗啊？你这人就真的没有什么爱好吗？"谢晓丹挺起身子问，气场又像是退回到了大学时代。

田蓉还真的低头想了想，自己确实什么也不好，不爱臭美，不馋美食，什么看演出追星、旅游看电影，似乎从来都和自己无关，不对，要说爱好，也不是没有，她兀自憨厚地笑起来："你别说，我还真有个爱好。"

"什么啊？"

"爱买房，嘿嘿！"她脸上泛起红晕，倒不全是尴尬羞涩，更藏着弯着腰、缩着脖子的满足和骄傲。

尽管田蓉说的是实话，谢晓丹听起来还是很扫兴，为什么自己的爱好都是花钱的，人家的爱好却是挣钱的。如果说发财也要天赋，谢晓丹看着田蓉肉乎乎的小手，心想，也许她命里真带着财运呢。那么好吧，言归正传。"对了，说到买房，刚才饭桌上没聊透，最近我看新闻，深圳广州那边，房价跌得不成样，有些买房子的人宁可不要首付款了不要房了，也不还银行贷款，你说北京会不会也这样？"

田蓉的丹凤眼翻一翻，还在为刚才的情景不悦："你们不是都恨不得跌到脚脖子嘛，最好不要钱，一人送一套。"

"哎呀，那是大家开玩笑的，说到底，房还是得买啊，就是想找个合适的时机嘛，总不想刚买就被套牢啊。"

"嗯，你能这么想，就比她们明智。跟你说你别不信，北京这一轮下跌，真的是阶段性的，肯定还会涨起来，就看什么时候。嘿，你别这么看我呀，我真不是因为自己有房才这样说的。现在再跌，也比我当时买的时候高，我反正是赚钱的，犯不着非要睁着眼睛说瞎话。而且，跟你说实话，我最近也在看房，准备再来一套，我要纯粹是嘴硬，不真心觉得未来会涨，我自己能买吗？！"田蓉跷起二郎腿，劣质的黑色打底裤，膝头磨起了许多毛球，她倒果真是以买房为乐，一说到买房，银盘一样的面孔熠熠生辉，深棕色的眸子也闪起光芒。

谢晓丹其实已经信了她七分，但毕竟涉及全部家产，还是要谨慎为之："你为什么那么坚定地觉得这是阶段性的降价啊，该不会是有什么内部消息吧？"

田蓉一愣，眼神有些闪烁，犹豫片刻，像下了很大决心一般弓下腰，凑到谢晓丹耳边说："跟你说吧，我认识一个老大姐，福建人，炒房挣了很多钱，超级厉害，每次都买在低点，卖在高位，她很神的，会算命，你知道她都给谁算过命吗？"田蓉又往跟前凑了凑，声音压得更低了，"海里的！"

海里的？什么意思，谢晓丹以为自己听错了，冒着被田蓉笑话的风险又问了一遍。没想到，田蓉比她看起来还紧张，抬起两只手似乎想压下晓丹的声音："中南海啊！亏你来北京快十年了呢！"得，这句话到底还了回来。

我晕，谢晓丹重重靠向椅背："别扯了，还中南海，骗子吧，能给中南海的人算命，还用得着自己炒房挣钱？"这座城里的大小骗子，都最喜欢拿中南海说事儿，那红墙绿瓦里的小世界，象征着最高权力，充满了神秘却又无从验证，从满街跑的北京的哥，到混迹各种场合的所谓高人大师，都动辄就说到"海里"，听起来像个巨大的笑话。何况，就凭田蓉，能搭到京城里什么权贵的圈子？谢晓丹才不信。

"你可别小瞧炒房，她炒房子挣了一个亿了！总之吧，她跟我说的，中央有政策，不出今年，肯定涨回来！"

谢晓丹不动声色地看着田蓉，在心底里打算盘：她这话倒也不难验证，不过三百天，便能见分晓。涨不回来，无非笑她一场，心里痛快点，倒也没什么实惠，可要是真涨了回来，自己怕连验证的心思都没有了。她若有所思地微微蹙眉："你现在看哪儿的房子呢？我也有点想买，给我推荐推荐呗。"

"想买就赶紧出手！买完了一年之内不要看周边成交价，一年后再看，保准你偷着乐！"田蓉拍拍大腿，志在必得的样子，"我觉得你吧，现在应该多看看一手房，你想啊，这半年都没什么成交量，开发商撑了这么久，账上估计都没钱了，肯定得想办法回流资金啊。我最近看的几个楼盘，有送软装的、送电器的、送车位的，其实都是各种招数在变相降价。"

咖啡端了上来，田蓉在精致的白瓷茶具里翻出纸包糖，把一整袋都倒进杯中。

"变相降价？开发商为什么不直接降价呢？"谢晓丹不解。

"直接降价，之前买房的人，那些老业主肯定不干啊！没看新闻吗，最近好几家售楼处被围，就是老业主拉着横幅抗议呢。所以我跟你说，中国的房子不可能大跌，现在全中国 13 亿人里，得有一半儿人有房子吧，没房子的人，一时半刻买不起，也不会怎么样；有房子的人，你让他靠几代人努力才买到的房贬值，你看他不跟你拼命！政府能让这样的事发生吗？人啊，不怕没有，怕的是有了之后又失去！你说是不是？咱们那些同学，现在真的越来越聊不到一起了，太没见识，痴人说梦。"

谢晓丹笑笑，她知道田蓉刚才憋着气，一直在找机会发泄，何况，她说的，听起来还颇有道理。

"你没看出来嘛，明摆着国家现在鼓励买房啊，去年降了契税，今年银行贷款利率居然打七折！在咱们国家，跟着党的政策走，准没错！现在是绝好的买一手房的机会。二手房嘛，整体也降价了，但二手房毕竟是'散户'，除非有个别着急用钱的，否则房主的心态肯定是宁可不卖，也不能降价卖，很多把房子挂出来，就是想看看市场的反应，真要成交不容易。况且买二手房为了避税，签的都是阴阳合同，税虽然省了，贷款又贷不多，没有一手房划算！"田蓉把看家本领都使出来了，从宏观政策到卖方心态，无论是听来的，还是自己分析的，明显经过认真思考的。

突然之间，谢晓丹从心底里觉得，田蓉不修边幅的外表下，有一种根深蒂固的存在感和安全感，她虽然依旧带着土腥味儿，但那土味儿恰恰是她与这座城实实在在的联系，是扎根于此的证明，是自己一直在惶恐中寻找的根基。她虽然不懂咖啡，不懂名牌，没有品位，也不懂情调，但俨然已不是当年那个什么世面都没见过的小城姑娘了，什么契税、利率、杠杆，那些专业名词从她嘴里冒出来，也许有凹造型的成分，但更实实在在地代表了她的阅历和价值。

冬去春来，四环匝道上的碧桃盛开的时候，谢晓丹跟着田蓉去看过几次新房，那真是属于田蓉的战场。谢晓丹终于被她在售楼处里彰显出的低调霸气和专业所折服，可惜那些房，谢晓丹看得上的买不起，买得起的不是嫌房子太小，就是嫌地方太远。谢晓丹还没想清楚，田蓉已经出手了。她劝闺蜜：你就当银行买理财，别老想着将来自己住，你心里一旦把自己带入到居家过日子的场景里，啥房子看着都有毛病。

田蓉说的是对的，然而谢晓丹确实也没法像她那么潇洒。田蓉连买带卖，先后已经交易过四五套房，谢晓丹却还从未出手，这就像谈恋爱，初恋的时候，很难把这事儿只当经历，完全不在乎结果；恋爱谈得越多，自然也就越发理性，可谁没个三五年的历练，都是无法自悟的。

谁都没错，只是经历已然不同罢了。

左思右想，谢晓丹还是回归了二手房市场，终于相中了一套东南四环附近的一居室，业主报价85万，磨了几轮，降到了80万，加上税费和中介费，单价一万一。谢晓丹是第一次购房，根据2008年10月新出台的鼓励政策，她只需要付20%的首付，加上中介费税费，一共需要凑出二十多万。

工作三四年，谢晓丹自己攒了五六万，加上丁之潭赔偿她的十万块，还差七八万，一直独立自主、坚定地不做"啃老族"的都市新女性谢晓丹，终于也只好开口向父母伸手求援了。远在东北的父亲一听这事儿就跳了起来，买房难道不是未来女婿的事？都说养儿子是"建设银行"，养闺女是"招商银行"，谢晓丹从小到大，吃穿住行，已经花了家里多少钱，这"商"没招进来一分，怎么又要往里搭！

谢晓丹听得头皮发麻，避重就轻地耐着性子把她从田蓉那儿听来的市场行情一条条分析给老爸听。她父亲当了半辈子工人，没什么文化，听不懂她说的那些大道理，就认一个理：买房哪有让老丈人花钱的，难不成是自家闺女白养了，嫁不出要砸手里啦？谢晓丹越说越恼火，越说越委屈，似乎二十多年里的隐忍和失落都积攒在这一刻爆发了，她不知哪来的勇气，突然在电话里连哭带喊地跟父亲嚷起来："爸，我从上大学开始就打工，能不问家里要钱就不要钱，我们同学，坐飞机来北京，我坐硬座回去，都是自己挣的钱买的票。自打工作，再没问你要过一分钱，逢年过节回去，啥时候空过手！我大学室友，到现在没个稳定工作，人家爸，三年前就来北京给她买房子，一买买3套，现在这3套房子值老钱了，够他们全家人吃一辈子！这种事搁咱家，我想都不敢想，你们观念那么老土，啥也不懂，一说买房子就跟结婚往一块扯，谁规定结婚才能买房啊，你知不知道咱错过了多少机会！就算是结婚，男方买房，那女方也得出陪嫁呢，也没有空手套白狼的！爸，这8万块就当我跟你借的，房子涨了，我算利息还给你；万一万一房子跌了，你就当给我的陪嫁，我以后不管嫁给谁，嫁不嫁，死都不会再跟你要一分钱！"

狠话没撂完，谢晓丹在电话这头已经泣不成声，为什么别人的爸爸是爸爸，自己的爸爸就像冤家呢？母亲左右圆场，骂完老公，又把晓丹训一顿。母亲早就听女儿说起过田蓉，端着手机，开着功放，详详细细地让晓丹把田蓉买房的经历叙述一遍：什么时候买的房，买了几套，多少钱买的，又多少钱卖的，现在值多少钱……又问田蓉现在是什么看法，未来这房子还能涨到多少钱？谢晓丹大概是把前二十多年没说过的"钱"字，攒在这一天全说了。母亲听完了，若有所思嗯了几声，说你等着，我跟你爸商量商量。大约一个小时后，母亲把电话回了过来，长吁短叹一番，才慎而又慎地跟谢晓丹嘱咐："丹儿啊，你爸是松口了，但我跟你交个底儿，我跟你爸，这么多年，也就攒下来10万块，这次给你8万，别说你嫁妆没了，往后我们有个病啊灾的，去医院的钱都不够，真要出点事儿，卧龙山上买块墓地都得靠你啦！

你一个人在北京打拼不容易，爸妈本来不指着你能给我们养老，咱帮不上什么忙，尽量少给你添点麻烦吧，但这次把这八万给你，我们就真得靠着你啦，你想清楚了就买，我们支持，将来我们老了，要你帮衬，你也别嫌弃我们……"

谢晓丹长这么大，还是第一次和人做交易，万万想不到交易的对象竟然是自己的父母，交易的条件，是嫁妆，是孝道，是亲情，是希望。生活现实得让人透不过气，同样是二十六岁，也不知道哪步没走对，自己面前的选择题，似乎比田蓉面前那道要难得多。

无论如何，毕竟有了子弹在手，谢晓丹踏踏实实地又看了两次那套房，越看越喜欢。小区里的花园，虽然杂乱，倒也有几分野趣；房子虽然结构怪异，看惯了反倒觉得动静分离。和卖方聊得也颇为投缘，一对年轻的吉林夫妻，说起来是半个老乡，女的挺着大肚子，摆明了添丁进口才打算换房，论风水也是喜事。谢晓丹拿出她在职场上的得体气质，调动老乡之间的亲密气场，双方相谈甚欢，约好了三天后带齐证件在小区附近的房产中介门店签约。

这三天，谢晓丹精神颇为抖擞，走在CBD的柏油马路上，高跟鞋都踩得铿锵有力，有产者的感觉果然不同，不仅仅是财富的象征，更衬托了地位和安全感。房子要装成简欧还是美式？地板铺亚麻灰，还是橡木白？门口的衣帽柜有点碍事，得整体打掉；浴室里一定得塞进去一个小浴盆；对了，还得查查从"新家"到公司，到底是坐公交方便，还是坐地铁方便，偶尔打回车，要花多少钱……谢晓丹沉浸在这些美好的畅想里，有房子的新生活已经在十字路口，冲她挤眉弄眼了。

三天后的下午两点，谢晓丹准时出现在中介门店，那对夫妻却迟迟没有露面。中介小伙子二十出头，毛毛躁躁的像个新手，他穿着廉价西装，攥着脖子上挂着的工作牌，坐立不安地向窗外张望，眼看到手的提成，不能飞啊。他不停给业主打电话，一会儿出去，一会儿进来。一旁资深的同事笑着摇头，转过身对谢晓丹说：姐，做好思想准备啊，三月份以来市场有点回暖，最近好多业主收了定金，宁可双倍返还都不卖了。

谢晓丹心里咯噔一下。什么东西没到失之交臂的那一刻，你还没觉得它有那么珍贵。

中介小伙子满头大汗地进来了，他又急又怯地跟晓丹说：姐，我这回问明白了，那个业主说有客户愿意出更高的价，实在不好意思，问咱能不能加三万，能加，他马上来签字，人就在停车场呢。谢晓丹只觉得心跳加速，手脚发凉，纵然她已经见惯了安排在中国大饭店宴会厅的论坛排场，见惯了客户去兰会所的消费账单，她却没有见过这样的场面，这样粗暴直接的利益争夺。

情急之下，六神无主的谢晓丹给田蓉打电话求救："蓉蓉，那个业主说有人给他加价，让我再加3万，我怎么感觉不像真的，你说会不会是他们讲价钱的策略？"

田蓉在电话那头也急得摩拳擦掌，语速都比平时快了一倍，仿佛是她自己的猎物要跑："你不用管他说的是真是假，咱就算咱自己的账，加了3万，每平米不也就才多个三四百块嘛，还是没涨回到去年的价呢，肯定合适，只要业主诚心卖，你就千万别犹豫！最近市场确实有回升势头，你相信我，别犹豫，务必要拿下！"

挂了电话，谢晓丹皱着眉头问中介小伙儿：这个业主是诚心卖吗，不会是闹着玩呢吧？"绝对是诚心的啊，姐！你想，房子咱都去看过三回了，人家要不诚心卖，咋可能这么陪咱玩呢！主要是隔壁的中介公司王八蛋，又给他介绍了新客户，比咱多出五万，但业主也不知道他们家靠不靠谱，所以就和您这边商量下，只要您能加 3 万，他就不犹豫了，马上来签合同。人就在停车场呢！"

谢晓丹的心突突直跳，喉头都紧了，想起这大半个月为这套房子操的心，强烈的不舍涌上心头。可问题是，自己已经现金流吃紧，多出来的 3 万，要到哪里凑。跟家里张口吗？她有点为难，上次母亲的那番话，让她暗自流了半晚上泪，难道真的要把父母的最后一分钱榨干吗？她起身走出中介公司，攥着手机站在料峭的春寒里，犹豫再三，还是硬着头皮给遥控指挥的东北总司令部拨通了电话。谢爸爸本以为是大功告成的喜讯，一听卖家坐地涨价，气得在电话里大吼："没钱！一分钱都没有！他当钱是搁大风刮来的啊！3 万块咱家得攒多久！他动动嘴皮子就想要，你让他滚犊子吧！丹儿你告诉他，他家那破房子，咱还不要了呢，现在不卖，一个月以后，打对折都没人买！"

谢晓丹没做过这么大的买卖，80 万，她活了二十多年，还从来没见过这么多钱。第一次，她有点佩服田蓉了，小丫头敢自己做这么大的主，当年她父母也不同意她买 3 套房，她哪来那么大的勇气和定力，愣是一点一点把出资人给说服了。看来不论什么样的成功，都是有它的道理的。谢晓丹的革命意志就没那么坚定，对财富的渴望好像也没那么迫切，关于市场未来的走向，她觉得田蓉说得没错，父亲说得也有道理，这种紧张不确定的情绪已经严重压迫到自己，如果这只是场以挣钱为目的的赌博，她才欣赏不来那其中所谓的刺激，恨不得立刻退下牌桌；可惜，这并不仅仅是场关于未来走势的赌博，这是一个关于"家"的触手可及的梦。因此，她到底还舍不得放手。

只穿着件真丝风衣的谢晓丹，已经感觉不到京城六级风的凛冽了，她调动起所有的脑细胞，咬着牙，用冻得颤抖的手给田蓉发了条短信：刚跟我爸通了电话，他觉得不靠谱，不肯再多出一分钱了，怎么办……

漫长的十分钟过后，手机哔哔一声响，谢晓丹几乎跳起来，她手忙脚乱地点开收信箱，一张哭丧的脸映入眼帘，仅此而已，再无一字。田蓉不会不明白自己这条短信的意思，她一个字不回，已经是很明确地表达了自己无声的拒绝。不知从哪儿涌上来一股耻辱和委屈，谢晓丹鼻子一酸，眼泪竟然顺着眼角流了下来。

跟丁之潭分手，好像都没流过这么些眼泪，这套房子，连同那个在北京安家落户的梦想，无声无息地碎在谢晓丹心里了。她迎着风深吸一口气，擦干眼泪，甩甩披肩长发，转身拉着脸对不远处跟出来的中介小伙儿说："说好了又变卦，太没诚信了，这世界上又不是只有他一套房子，等他后悔了再说吧，爱卖不卖！"

"姐，姐，你可不能感情冲动啊！咱得理性地分析这件事儿啊……"中介小伙子追出来二里地，万念俱灰的谢晓丹什么都不想听了。心理学上说，人是趋利避害的动物，她不想让"房子"

再伤到自己，主观上便会选择逃避。他不就是不甘心中介费就这样没了嘛，说得好像我要吃多大亏似的！没房子的日子，我不也过得有声有色吗，何苦背着那么多债为难自己？谢晓丹这样自我安慰。她像那个偷糖失败的孩子，从此便认定糖真的是苦的。

结局当然是一目了然，谢晓丹错过了北京城里最后一个她跐跐脚还能够得到的买房机会。2009 年春天 4 万亿救市，到春末夏初，中国房地产市场触底反弹，开始了一路不见顶的高歌猛进。

2010

流动性趋紧，限购大幕全面拉开。

2012

北京市均价
20000元

1

　　错过了上一次买房的机会，谢晓丹倒也没表现得太后悔，经过了 2008 年，老百姓们都认为房市和股市差不多，有涨自然会有跌，再加上随时有那么多各路专家跟着忽悠，又是黑天鹅，又是灰犀牛，房价不是不跌，只是时候未到！这样想着，注意力也就有所转移，买房这样伤人的事儿，以后再说吧。

　　情场失意的时候，职场就会得意，这简直是亘古不变的真理。和丁之潭分手后，谢晓丹也遇到过那么形形色色的几个人，根本都谈不上男朋友呢，就因为种种原因没了下文。Samantha 吴离职后，原来的行政经理捡漏当了总监，没过半年，新总监怀孕了，走了狗屎运的 Amy 谢，主管做了不到两年就提拔成经理，加之新总监孕程不顺，三天两头住院，十几个人的人事行政部，基本上就是她说了算。

　　二十八岁的谢晓丹，越发成熟干练，要按修行论，在职场，也算得上白骨精级别了。团结湖那套小房子配得上小北漂，配外资律所的后台大拿，就显得有点掉价。何况，谢晓丹也不愿再住有丁之潭影子的地方，如此正好搬家。这一次，她搬到了东三环东侧的苹果社区，小区环境充满青春艺术气息，离公司也很近，一站地铁的路程。谢晓丹看着工资卡上每月 2 万块的进账，扣掉 4000 块的房租，养活自己绰绰有余，折腾这么几年，结婚又结不成婚，买房又买不了房，她越发觉得女人的确该活得轻松一点、舒心一点，别老想着年龄、嫁人、买房子这些劳心费神的事儿。

表妹陈青来北京也大半年了，在一家知名 PE 做 TMT 行业的股权投资。谢晓丹开始想不通，陈青这个在上海念书的四川女孩子为什么会钟情于气候干燥又时常雾霾的北京。有一次姐妹俩约吃饭，远远地，陈青拖着个高大斯文的男孩儿笑盈盈地走过来，谢晓丹这才明白了七八分。这男孩叫高畅，山西人，上海交大计算机系毕业。他和陈青是在上海学联有一年的五四汇报演出时认识的：陈青从小吹长笛，高畅从小拉小提琴，两人在各自学校的乐团都风光无限，复旦的金融女，遇到交大的计算机男，都是洋溢着浓厚艺术气息的超级学霸，都有一颗不媚俗不认输的理想之心，两个人相见恨晚，成为彼此的初恋也是顺理成章。大学毕业后，二人又携手共赴斯坦福读硕士，陈青继续读金融，高畅研究生专业是人工智能，毕业后在硅谷泡了半年，决定回国创业，陈青于是跟着他回到了北京。

谢晓丹打心眼儿里喜欢这对小情侣，谁又能不呢？他们朝气蓬勃，干净纯粹，热情又朴实，对世界对未来都充满希望，行过万里路，也读过万卷书，这就是新青年最美的模样吧。每次见到他们，谢晓丹脑海里都会浮现起那句话：少年强，则中国强！

陈青和高畅租住在北四环一套大开间的公寓里，有次谢晓丹去看他们，正赶上陈青靠在沙发上，用脚踢着高畅的屁股叫他去洗衣服做饭。姐姐进门，她丝毫没有收敛，还笑嘻嘻地对男朋友说："快去，现在我养你，你就得多干活，将来有一天你养我，我保证自觉主动地干家务，一顿四个菜，地板能当镜子照，至少这个标准，绝不用你催！"

"好，这可是你说的啊，我给你录下来了！"高畅也不生气，嘻嘻哈哈地去忙了。

等洗衣机的轰鸣声响起来，谢晓丹压低声音问表妹："怎么是你养他呢？他工资没你挣得多吗？"陈青乐了："姐，你在想什么呀，他在创业啊，别说挣钱了，还得往里搭钱呢！我们俩攒的那点钱，几乎全投进去了，现在可不是就靠我的工资养家糊口嘛。"高畅大概是听到了她们姐俩的对话，站在厨房故作严肃地大声说："姐，你放心，面包会有的，牛奶也会有的，不过陈青，你要注意对我的态度，当心将来我敲钟的时候不带你上台，你这辈子进纳斯达克的演播厅，估计也就指望我这一次机会了，要珍惜啊！"陈青盘腿坐在沙发上哈哈大笑："高畅，你竟敢要挟潜在投资人！我看你是不想混了！"

他们之间的玩笑，谢晓丹似懂非懂，但他们二人毫无嫌隙，彼此无条件信任、无条件支持的状态，她好像很久都没见到过了。在这座泱泱大城里，真是什么样的生活方式都有，放弃蒸蒸日上的事业，回家做全职太太享受优渥生活，也为男人做好大后方的Samantha吴，一直是谢晓丹的偶像；像表妹这样努力打拼、坦荡快乐地支持男朋友的创业和生活，也心安理得地享受着他的照顾和尊重，更让谢晓丹隐隐地感动又羡慕。不管怎么说，教育可以改变命运，这一点毋庸置疑。陈青虽然硕士刚毕业，年薪已经超过了工作五年的谢晓丹，当姐姐的没什么不平衡的，她从小最佩服的，就是这个眉清目秀、双商过人的妹妹。

陈青和高畅对北京都不怎么熟，谢晓丹是姐姐，又是老北漂，当然要尽地主之谊。陈青二十五岁生日那天，谢晓丹大张旗鼓地邀请他俩去中国大饭店的夏宫吃饭。这在行政经理 Amy 谢看来，即便是招待所里的客户，也绝对是不露怯的水平了，何况是学生气还没褪尽的他们。小情侣吃得很开心，频频对姐姐竖大拇指："姐，味道超赞，这个虾饺比硅谷那家 Taipan 的还好吃！"

谢晓丹听着很受用："那是，这是什么地儿啊！全中国都数得上号的高级餐厅，怎么可能和美国的中餐馆一个段位。国贸楼下好吃的不少，你们有空就过来，我带你们去。说起来时间过得真快啊，我来国贸上班都快六年了，下边这些餐厅都吃烦了。"二十八岁的她挑起嘴角笑了笑，自信优雅，俨然已经是 CBD 那款最经典的奢侈品，看不出产地，也猜不透过往。她抬起纤细白皙、系着 Tiffany 2009 年新款白金手链的手腕，给两个年轻人添满了菊普，等着他们接下来的赞誉。可惜，对面的两人志得意满地往嘴里塞着晶莹透亮的虾饺、肠粉，满嘴油汪汪的，还不忘热烈地讨论霍金的"时间旅行者宴会"，全然没有对中国大饭店的装潢、氛围，抑或食客有什么特别留意。自然，谢晓丹想要从他们嘴里听到那句别人常有的感叹：哇，你工作的地方好高大上，明摆着也是一场徒劳。

不过，这正是他们特别可爱的地方：出走万里，归来仍是少年，质朴纯粹，热忱高尚，不虚荣不狂妄，不消极也不彷徨。所以他们不显山不露水甚至都不自觉，却让周围的人感觉格外温暖，格外有力。和他们在一起时，谢晓丹觉得自己也变年轻了，似乎又像少年一般，更加美好纯粹了。

一餐吃饱，三人起身离开，谢晓丹只说自己还要回去加会儿班，其实是给小寿星腾出个二人世界。CBD 混了这么多年，人情世故，察言观色，晓丹的确是越来越稳重，越来越练达。正和他们挥手道别，有人在身后轻轻拍了拍她肩膀。谢晓丹回头，一张很有分寸的笑脸："不好意思小姐，你好像掉东西了。"谢晓丹看看他手中，正是刚才放在夏宫餐厅座位上的工牌，结账后，光张罗着给陈青他们打包剩下的点心，竟把这个重要的物件给忘了。工牌上，几年前拍照片时还是披肩直发的 Amy 谢，正笑盈盈地望着此刻的自己，仿佛穿越时空，终于看到了那份期待已久的邀请函。

"哎呀，总是这么丢三落四的，真不好意思，太感谢您了！"谢晓丹双手接过工牌，指尖触碰到对方手指时，心里竟有几分小心翼翼的忐忑。

那男人挑起嘴角，成熟的笑容里藏着几分不羁："应该也不算件太坏的事，否则，我怎么有机会和您认识？"

谢晓丹愣了愣，清晰地感觉到心脏悸动了下，她抬头仔细看他两眼：紧致健硕的中等身材，约莫四十岁上下，额角一抹灰白色的头发令其气质独到优雅，简简单单一件定制款白衬衣，冰蓝色的牛仔裤，浑身上下看不到一个 LOGO，可单看他的眼神和气场，就凭谁也不敢小觑。中国大饭店里这样扮相的男人倒不稀罕，可光天化日下敢这样搭讪的人就不多见了。接过工牌的瞬间，谢晓丹觉得有什么东西衬在底下，翻过面一看，是张名片：黎光，华尔街一间大投行的董事总经理。她不知该怎样接话，那男人很得体地伸出右手，用他充满磁性的男中音说："非常荣幸，期待有机会再见！"

不疾不徐，不紧不松，一切都和想象的一样，甚至比想象的更美好，角落里的灰姑娘到底等来了她的水晶鞋，还是在如此美好的年华。

之后两三天，谢晓丹时不时会想起这个叫黎光的男人。她所在的外资律师事务所，经常会接待这样的客户，这些受过良好教育又见过大世面的男人，不仅有钱有风度，更懂得品位和风雅。Samantha 的老公就是这样的金融界大咖，据说当年 Samantha 遇到他时，还只是拿着五千块月薪的小北漂，跟了那男人后，改头换面、平步青云，一脚便踏进了现代中国的"上流社会"，从此改变全家的命运。

谢晓丹站在飘散着淡淡音乐和香味的洗手间，看着巨大镜子中的自己，乌黑的长卷发散在肩头，刚毕业时的那点婴儿肥也荡然无存，如今她的气质着装已经是典型的 CBD 风范，和六年前令自己惊艳羡慕的国贸女人们别无二致。然而，这栋大楼里，又有什么是真正属于自己的呢？

春去秋来，一楼的 LV 旗舰店，落地橱窗里巴黎新上的打版新款，从橱窗搬进了柜台，又从柜台搬回了仓库，而后走进某人的衣橱，等这个主人倦了烦了不喜欢了，才登上淘宝卖二手奢侈品店家的网页，这回终于被谢晓丹等到，小心翼翼诚惶诚恐地把它请进家中，再按捺着喜悦和兴奋，似是不经意地，昂首挺胸地把它背回国贸，仿佛它是从那落地橱窗里直接跳上了自己的肩头。

说起来，北京城里哪家咖啡好，哪家西餐好，哪家烤鸭有特色，哪家点心最地道，常常要负责订餐接待客户的行政经理Amy谢，也算是门儿清。国贸楼下那几家高档餐厅的门店经理们也都混得脸熟，可那天请陈青和高畅去夏宫吃饭，还是六年里，谢晓丹第一次鼓足勇气，名正言顺地自己去那里消费。

上午手下一个新来的小助理被所里最tough（严苛）的合伙人责备，说她连订机票这么点小事都办不好，小姑娘躲在洗手间里跟谢晓丹哭诉："他要我订电影更新得最快的航班，我从来都没去过香港，从来都没坐过头等舱，我哪知道哪个航空公司的电影更新得快……"谢晓丹安慰那个不知所措的小姑娘，自己的心也像被戳了一刀，她和她们的不同在于：经过几年的历练，她已经在理论上知道港龙航空比国航电影多，头等舱吃得好；但很多中国客户愿意坐国航，因为要累积里程，换终生白金卡。除此之外，头等舱什么样，到底发怎样的餐食，有什么样的电影，有什么牌子的香槟，她也一无所知。

谢晓丹回想起和丁之潭在一起的那几年，已经丝毫感觉不到痛了，剩下的只是淡淡的懊悔，懊悔在他身上耽误了太多时间；有时还有点庆幸，庆幸他们最终没能成婚，否则不知还要为柴米油盐的平庸日子吵多少架，而那点爱情，在时光的摩擦和嫌隙里，最终都会不值一提。

谢晓丹收了收神，闭着眼睛拼命回想，没错，黎光左手的无名指上没有戒指！况且，即便有婚姻，那又怎样呢？谢晓丹有点惊讶，自己好像没有费多大气力，就轻而易举突破了心里的那道所谓的"底线"。光怪陆离的世界里，来来往往光鲜靓丽的红男绿女们，谁没有几个不能与他人诉说的秘密。既然二十八岁之前没有把自己嫁出去，再晚个一年两年、三年五年，似乎也没什么不可以。那么，成熟又迷人的黎光会不会是那个机会，那个可以令自己改变阶层改变命运的机会？

谢晓丹深吸一口气，像当年高考填报志愿一般，紧张又慎重地给那张名片上的手机号发了第一条短信：那天匆忙，忘了谢你帮我捡到工牌，有机会请你喝咖啡。短短一句话，却着实斟酌了大半日，不能显得太上赶着，又要提示黎光自己是谁，用词要礼貌，但也不能太客套，话短了怕说不清，长了又怕露怯……总之，等谢晓丹把这条短信发出去，已经是下午四点半。她忐忑地回到办公桌前，却再也无心工作，周围匆匆忙忙的人群，时不时爆发出的欢声笑语，仿佛都与自己无关，她注视着文件柜玻璃门上自己那道美丽的倩影，严肃紧张的神情不像是期待一场约会，倒像是准备英勇就义一般。

大约半小时后，黎光终于回信了！言简意赅，直奔主题：晚上一起吃饭吧，六点半阿丽雅等你。谢晓丹一惊，这么直接！她顾不上细想这信息语气里不加掩饰的自信和笃定，满脸潮红地攥着手机冲向洗手间，镜中的自己唇红齿白，正是如盛放一般最美好的年华，她深深呼吸，绽放一个明媚的笑容，自己都为之心动。虽说离约会还有好几个小时，她还是认认真真地补了妆。美好的世界要有美好的妆容相配，美好的未来要靠美好的青春交换。

谢晓丹多年后回想起故事的开始，才发现她和黎光的关系，其实自己一直都很被动。他有他的想法，他的安排，他的要求，和他的布局。很多事，谢晓丹以为是自己的决定，其实仔细想想，不过都是黎光借她的口说出来。

　　比如他们的第一次约会。

　　约会的时间是黎光定的，六点半，可差不多到七点二十分的时候，他才姗姗来迟。在阿丽雅柔和温馨的烛光灯下，黎光满面春风地走进来，目光炯炯有神充满爱慕地望着谢晓丹。晓丹心想，第一次约会就迟到快一小时，虽然自己晚上也并没有其他安排，但倘若不表示下抗议，以后真要交往起来，岂不是势微。可惜，还没等她找到合适语境的说辞，黎光就抛过来一个甜蜜炸弹："姑娘，你就是我的幸运！"

　　开场白就像最浪漫的法国爱情电影一样，不同的是，她不光起了一手臂的鸡皮疙瘩，心也跟着酥了。

　　黎光轻车熟路地顺着服务员移好的靠背椅落座，身体微微向前倾，对着一脸错愕绯红的谢晓丹说："对不起，Amy，为我的迟到正式道歉。但是，你知道吗，你真的是我的幸运女神。那天遇到你之后，事情都谈得很顺利，原谅我今天迟到的原因是，我们一个拖了很久的投资协议，刚才终于签好了！"

　　谢晓丹不知该如何接话，只好像一枝插在花瓶里的玫瑰一样继续保持甜美的微笑，仿佛他的一切她都懂。

　　"所以，我们今天一定要点一支好酒，好好庆祝一下！"黎光手一挥，训练有素的服务员立刻翩然而至，压低声音询问："您好，黎先生，有什么可以帮您？"

"上次在你们这儿喝的07年的拉图兰爵，给我来一瓶。"

女服务员几乎九十度地弯着腰，温柔的声音带着谄媚和歉意："真不好意思，黎先生，上次那种酒特别受欢迎，很快就卖光了，不过我们又新进了智利甘露酒庄的酒，味道也很不错，您要不来一瓶试试？"

黎光手撑着下巴摇摇头，笑容狡黠又可爱："No no no，我就要那一种。酒和女人是一样的，要就要最好的，否则宁可不要，不能将就，对不对？你去想办法，我知道你一定有办法！"

他说这话的时候，用陶醉的眼神盯着谢晓丹，晓丹整个人无酒自醉了。在这样奢华优雅的地方，被这样气质优雅、有钱又有社会地位的男人公开示爱，灰姑娘的梦越来越沉。

果然，不到十分钟，黑色长裙的服务小姐用雪白的餐布托着一瓶红酒走了过来，她俯下身子低声说："黎先生，这是我们老板从上一批酒里挑出来给自己存的，因为您是我们这儿的贵宾，又特别懂酒，老板说了，好东西就要留给知音欣赏，这瓶酒就让给您了！"

黎光粲然一笑："我就知道你有办法，那我这是夺人所爱啦，一定替我谢谢你们老板。今天的菜你就看着帮我配吧，但务必要让我的这位贵宾满意！"他又递来一个温柔的眼神，还没等晓丹有反应，又突然补充道，"对了，甜品帮这位小姐来一份烤阿拉斯加，非常配她。"

谢晓丹不知道什么是烤阿拉斯加，黎光无可挑剔的强大气场，让他人的发问都显得多此一举。她矜持地微笑，又挺了挺后背，无所适从地拿起水杯，杏红色的唇印印在晶莹剔透的玻璃杯壁上。

"啊，终于可以安安静静地聊天了。"对面传来黎光舒展的深呼吸，他像欣赏一幅画一样凝视着谢晓丹，"我认识好几个Amy，你绝对是最美最与众不同的那个。"

这句赞美的话，让谢晓丹心里隐隐不安，她一直为自己当年取的满大街都是的英文名不满，黎光这么说，更让她自卑起来："刚工作的时候也不懂，自己随便取的，后来才发现叫的人太多了，也改不了了。"

"不会啊，我觉得很好啊，Amy一听就让人觉得很乖巧、很美好，就像你一样。"黎光两手一摊，似乎是真心欣赏。可谢晓丹分明记得，黎光的名片上，背后的英文版姓名那里，就是简简单单一个拼音Guang。他应该在国外生活过很多年，却始终保持着那份自信和独特，这令她这样从未踏出过国门，却想通过一个英文名字迅速融入CBD社会的年轻人自惭形秽起来。

"你怎么知道，我是那种很乖巧的人？"谢晓丹撩了撩头发，鼓起勇气才说了落座后的第二句话，她不是第一次谈恋爱，多少也知道怎样挑起男人的兴趣，她还不想束手就擒，努力尝试让自己的地位更主动一点。

"哈哈，"黎光大笑，"我四十岁了，见过的人太多了，叫Amy，做行政，妆容精致，言谈得体，这都是善解人意的标配啊。"黎光掰着手指头说，"何况你那么久才给我发短信，一看就是乖女孩，不过我就喜欢这样的女孩。不知道为什么，现在社会上好像很流行'坏女孩'，抽烟喝酒甚至骂脏话，上天入地觉得自己好像无所不能，"黎光轻蔑地摇摇头，"大概我老了吧，审美还是比较老派，在国外待久了，还是对具备咱们中国传统美德的女孩子情有独钟，在一起相处的时候舒服。舒服比什么都重要，对不对？"

谢晓丹不知该接什么话了，刚鼓动起的那一点标榜个性的念头，立刻烟消云散。黎光用最得体的赞美、最温柔的眼神，原地画了个圈，要么你跳进来，按照我的规矩走；要么咱们吃顿饭，然后各走各的路。

酒过三巡，谢晓丹有点飘了，胃里也撑得不得了。好像一直是黎光在说话：这个餐前包你一定要尝尝，我非常喜欢他这里的蘸酱；哎，吃一个就好，不然后边的餐你吃不下了；龙虾汤我觉得你不一定要全部喝完，龙虾汤，还得是利苑，下次我们去那儿吃；服务员，小姐的这份牛排，你不觉得有点偏生吗，这肯定没到七成熟，下次要注意啊；怎么样，这个甜点不错吧，我觉得你一定会喜欢……

"确实很不错，很好吃。就是稍微有一点点甜。"谢晓丹其实不喜欢吃甜食，但黎光这样热情推荐，如果说不好，既辜负人家心意，又扫人家面子，闹不好还会让他觉得自己没品位。

"No，烤阿拉斯加不算甜，再淡就体现不出那种复合的味型了，你多吃一点，要上下层一起吃，才能体会得到。"黎光摇了摇手指，随时都自信满满。

谢晓丹不好意思拒绝，吸了口气，又吃下一大口，味道的确有了些奇妙的变化，黎光毕竟是见过世面的人，吃喝玩乐，样样精通。不过她实在吃不下了："嗯，这样吃确实不一样，果然不错，不过不能吃太多甜点了，我最近有点发胖。"她只好换个说辞，还是想撤下阵来。

"怎么会有这种担心呢，你身材这么棒！而且我知道，像你们这样的美女，都是能吃还长不胖的，对吧！"黎光冲她挤挤眼睛，似乎很了解女人之间那个关于体重的秘密。

谢晓丹被一种说不清的力量蛊惑着，吃得比平时多，笑得比平时甜，在黎光赞赏的笑容里，把自己活成了他想要的样子。然后，黎光说，时间还早，我们去对面新开的酒吧"秀"坐坐。九点十分，倒真不算晚，可谢晓丹有点犹豫，不确定这一步会迈向哪里。五月的晚风还有几分料峭，站在中国大饭店的旋转门外，只穿着长袖衬衫的谢晓丹打了个激灵，黎光立刻看出了她衣衫单薄，伸手很有分寸地揽住她的肩膀："走吧，这么美好的夜晚，舍得回家吗？"谢晓丹还没找到应对的说辞，一辆银白色的宾利飞驰就缓缓停在面前。她愣了愣，实在是没有理由不在众目睽睽之下，踩着高跟鞋，姿态优雅地走进这辆三百万的豪车。中国大饭店的旋转门前，向来名流云集，即便你貌美如花，也不会有人多看你一眼。六年了，谢晓丹第一次在这里被人注视，早该有这样一个男人一辆车，才配得上自己怒放的青春。

国贸桥西南角，银泰中心新开的酒吧"秀"，是眼下北京城里最时髦的所在。电梯刚到六楼，就传来热闹的现场乐队的音乐声。黎光很自然就牵起她的手，越过排队进门的长队，径直走到安检口旁和服务生耳语几句，方才还一脸冷峻的小帅哥，立刻侧身闪出一条路来。走在通向正厅的红地毯上，谢晓丹再次领教了拥有财富或者特权时，被众人或艳羡或不平的目光关注是一种怎样的感觉。于是，一切都显得更加顺理成章，新开的"秀"酒吧五光十色，劲歌热舞，酒精弥漫，荷尔蒙肆虐。谢晓丹记不得黎光是什么时候把手放在了她的腰间，也记不得自己在哪只曲子里用手臂环住了他的肩膀。其实，席间去洗手间时，晓丹看着腿上的纯棉平角内裤还告诫自己：今天一定要稳得住，越不容易得手才会越珍惜，一定要控制节奏，动摇的时候，就想想这条又丑又旧的内裤……

可惜，她所谓的坚定和立场，在某种神秘力量的蛊惑之下，显得那么微不足道，不值一提。那力量，与其说是黎光，不如说是这红尘中最平常也最难放下的贪念。

三杯"大都会"下肚，加上晚饭时的红酒，Amy 谢有点飘飘然了，虽然以沈阳姑娘的酒量，还远不至于失控，但晓丹突然不忍心破坏夜色里那近似爱情一般飘飘然又美好的感觉，她想忘了一切，忘了技巧，忘了矜持，忘了过去，也忘了未来，就凭着感觉往前走，伸手去抓那同样缥缈的希望，谢晓丹一步三摇地跟着黎光上了电梯，步入了楼上柏悦酒店在云端的高级套房……

一番云雨之后，黎光在身旁沉沉睡去，本来就没醉的谢晓丹彻底清醒过来。她蹑手蹑脚地爬下床，猛地在设置于卧室中间的洗手池梳妆镜中看到自己——灰暗的夜色里，那具雪白的胴体悠悠发光，窗外霓虹的流光抚摸身体，像银色月光流过水面。谢晓丹去门边柜找到浴袍和拖鞋，压低脚步声走到落地窗前，俯瞰夜幕下的 CBD：凌晨两点，脚下的城市还醒着，格子间加班的年轻人，用梦想为自己冲上第二杯咖啡；酒吧里笙歌燕舞的红男绿女，还在漫漫长夜里期盼音乐永远不会停；楼下的清道车缓慢无声地驶过，把几百万人白日里留下的生命痕迹统统抹去；也有人，用丝绵浴袍裹着年轻的身体，努力辨识对面国贸1座自己办公桌对着的窗口。谢晓丹看着脚上印着酒店LOGO的丝绵拖鞋，已经不去想这是不是灰姑娘的水晶鞋，爱情的深浅不再是都市童话的重点，她只是突然明白这美好的感觉是什么了：

六年前，她带着幻想削尖脑袋，挤进了这座城里最高的楼；六年里，她兢兢业业小心翼翼，期待命运出现转机的那一天；现在，她终于成了被命运选中的那个人，终于不再只是CBD脚下那忙忙碌碌又悄然无声的芸芸众生，她站在了CBD的云端，这里是食物链的顶端，她可以消费CBD了，代价是，被其中一个男人消费。

那么，那个曾经的幻想还远吗？只要她足够用心，足够耐心，也许她真的可以做这座城市的主人。

和黎光的恋爱很不规律，如果那算恋爱的话。

黎光世界各地地飞，说不上什么时候会突然出现在北京。谢晓丹永远要配合他的时间表，虽然他总是表现得很得体，很儒雅，甚至很迷人。比如他会在下午三点突然给谢晓丹打电话，说刚得出空，想见她，还没等晓丹拒绝，他便说："这么好的天气，别在办公室里浪费人生了，想不想看看此刻前海湖面上激滟的春光？"女人拒绝不了的，除了奢华的物质，当然还有浪漫。谢晓丹找个借口溜出公司，国贸1座门前已经停着那辆银白色的宾利飞驰，在众人注视的目光中，灰姑娘谢晓丹款款地走上她的"南瓜马车"，黑色的真皮座椅上，安静地躺着个镶嵌着白色茶花的黑色长方形盒子，还没等晓丹疑惑，一口京腔的司机师傅就笑容满面地对着后视镜说：黎总说今天太阳大，给您新买的墨镜，怕伤着您眼睛。谢晓丹笑着摇摇头，拆开，正是香奈儿最经典的山茶花墨镜。

车子安静低调地穿过后海喧嚷嬉闹的人群，七拐八拐，钻进前海最深的一条胡同，对开的大红门内是悠远大气、古色古香的三进四合院，在京城，如此的所在不仅代表着财富，更象征着无与伦比的权力和地位。早就听说，华尔街投行里的中国高层，很多都有着隐隐约约的红色背景，黎光到底是什么来头，谢晓丹尽管好奇，却也不敢乱打听。馥郁芬芳的西府海棠遮天蔽日，灿烂的春光透过树叶，细细碎碎地洒在青石色地砖上，一身灰白色中式衣服的黎光靠在垂花门柱边等着他的女人，谢晓丹有点眩晕了。她用最后的一点幽默感急中生智地调侃："上着班忽悠我来，哪里有激滟的春光啊？"黎光似笑非笑地看着她，像欣赏一件艺术品，然后不紧不慢地答一句："你就是啊。"

谢晓丹跟着黎光去北京亮吃中餐，去四叶吃日餐，去 Heritage 吃法餐，去京兆尹吃素餐；黎光出差的时候，会一时兴起，招呼晓丹飞到杭州陪他住安缦酒店喝明前茶，飞到丽江住悦榕庄看雪山做 SPA；或者是休假时，带着晓丹去日本箱根泡温泉，去香港参加苏富比秋季拍卖会……跟黎光在一起，谢晓丹不仅物质丰盈，见识更是与日俱增，久而久之，这些金钱权力堆积出的眼界内化在气质和谈吐里，平时在办公室里，就连那些大律师大合伙人，也会对谢晓丹青眼相加。

谢晓丹已经是金达律师事务所的一颗明星，风头几乎盖过当年的 Samantha 吴，明里暗里，大家都知道她有个神秘的男朋友，可除了个别不开眼的小助理，并不会有人直接去问。越神秘，越耐人寻味。2011年，所里很多年轻人开始用微博，谢晓丹赶时髦，也开了一个。于是，她的微博成了茶余饭后大家热议的话题：你们看了吗，Amy姐昨晚去大董新开的旗舰店参加新品品鉴会了，照片里好多好吃的啊！哎呀，那算什么，你往前翻，上个月，Amy还去参加芭莎慈善拍卖会了呢，超多明星！哇，Amy现在是搭上什么人了，肯定有钱又有背景！羡慕吧？可惜你既没长人家那张脸，也没人家那心理素质，你要是找个有妇之夫，早稳不住了……

没哪个女人甘愿做小三儿，谢晓丹也并没有别人传闻中那样淡定有心机。只是，第一次和黎光伴着晨光在柏悦酒店的大床上苏醒时，他便坦诚不拘地告诉她："Amy，我是真的喜欢你，但有件事，我必须现在就告诉你，我是有婚姻的，当然我的婚姻有非常多的问题，我和我太太两地分居已经四五年了，如果你介意，可以告诉我。"谢晓丹有点错愕，不是他说的内容，而是他丝毫无所谓的态度。然而，理智地想一想，他这个年龄这样条件的男人，难道你还期盼着单身不成？感情不和，两地分居，而且没有子嗣，已经是所能预期的答案中，最理想的一种。这样也好，在享受黎光一切物质与精神的"馈赠"时，谢晓丹就能更加心安理得：既然你给不了我婚姻，至少给我生活吧。

至于有没有爱情，谢晓丹也说不太清。黎光的喜欢是显而易见的。他总是带着欣赏的眼光看着自己，特别是换上他买的衣服，或是他安排的造型师给剪完发型。有时候，他甚至也不吝于带着她出席各种有朋友哥们儿参加的场合，赶上心情好，还会很高调地秀秀恩爱。可你要问他：你爱我吗？他便会很不以为然地嘲笑：我们这个年龄的男人，还说这个词儿的，要不是骗子，要不就是loser（废物）。倘若你还不知趣地使性子，黎光的脸上，便会浮现出冰冷的不屑一顾，或是急躁的不胜其烦。他谦和表象下的强势、自私和孤僻，随着日久天长，便越来越明显，但要性子这一拳打在黎光身上，是没有任何反应的，他不会着急，不会懊恼，不会沮丧，更不会道歉。

在职场上历练那么多年的谢晓丹，当然不会那么不知趣。经常地，她看着镜子中的自己，衣着打扮都越来越有品位，首饰皮包也越来越昂贵，整个人自信得体，俨然出入上流社会的姿态，这一切，都拜黎光所赐，是十个丁之潭也没法给的。所以，这样的日子，除了百依百顺，还有什么可以投桃报李？如果非得说还有什么不知足的期许，那就是那个不能提、却难免会想到的婚姻。

除了第一次正式摊牌，黎光几乎不提他的妻子，当然也不会允许你随意发问。开始时，谢晓丹还担心黎光和他太太的关系其实并没他说的那么糟，时刻提防有陌生女人前来搭讪然后引发血案，像电视剧里那些想偷腥又舍不得家的中年男人一样。随着了解的深入，她发现，黎光和他太太的疏离，其实比他说的更严重，他们哪里是两地分居，分明是两个时区的分居。他太太常年在美国，想来也有自己的生活，他们没有孩子，也鲜有联系。想想也是，黎光这样的男人要交女朋友，哪里还用得着藏着掖着地偷腥。交往到第二年，谢晓丹的安静得体，让黎光也越来越舒服，越来越习惯，于是，她难免会有些"非分之想"：只要自己熬得住，假以时日，再靠运气有一两个孩子，好像也不是绝对等不来她想要的。

有一次，黎光带谢晓丹去他顺义的别墅过周末，正值盛夏，两人在院子里用皮管接着水龙头边洗车边调情，黎光的手机响了。他伸出一个手指示意她安静，进屋接电话去。谢晓丹收好皮管、水桶，擦干车，又去浴室擦干了自己，忽然听到黎光在书房里咆哮起来。还从来没见他发那么大脾气，谢晓丹很是诧异，等黎光打完电话走出书房，她冲好菊花茶，静静地坐在客厅沙发上等着他。黎光瘫坐在沙发上，抚摸着晓丹还没干透的长发，叹了口气感慨道：

"女人老了以后真是会变得越来越可怕，年轻时候的伶俐可爱都去哪里了呢？"

这是赞扬，还是诋毁？谢晓丹当然明白，自己虽然是这句话的听众，但说出这话的动机却另有其人。她从不会贸然发问，相处久了，两人也有默契，他愿意说，她便会静静地听。大约今天的黎光太需要和人倾诉，身边又除了晓丹没有别人，从断断续续的抱怨中，她也听明白了事情的原委。黎光的太太在美国已经二十年，最近七八年都没回过国，两个人早就没有感情，却因为财产分割还有其他一些复杂的原因，迟迟办不了离婚手续。按黎光的话说，他们几年前谈离婚时，讲好了北京的两套房：三元桥的公寓归他，这套顺义的别墅归女方。太太因为常年不回国，想把别墅卖了，委托他在国内帮忙处理。没想到，这两年楼市飞涨，特别是核心区域。黎太太不知道从哪里听说，三元桥那套200平米的大平层公寓，价格已经涨到顺义别墅的2倍，她提出黎光把两套房都卖了，再平分财产；或者是按老方案，房子一人一套，只不过掉个个儿，她要分市里的公寓。

"她这不是故意的嘛，明知道我主要在国内发展，市里头得有套房，否则我回北京，天天住酒店不成？这套别墅我拿着有什么用，又不可能三天两头往这儿跑，这不是故意为难我吗？说到底，还是贪婪。"黎光摇摇头，"Amy，我们在一起这么久，你看我很少提她，更没说过她什么不是吧，我还是希望分手不出恶言，可这一次，她确实有点过了。当时要别墅，是她挑的，谁能想到，这两年公寓比别墅涨得快，那过两年，别墅用地不批了，别墅再涨上去，难道她又换不成！太没有诚信了。人哪，一到有利益冲突的时候，就什么优雅大度都顾不得了。"

又是房子。和黎光在一起后，谢晓丹已经很少想起房子的事儿。无论是曾经失之交臂的二手房，还是平时租住的小公寓，都不过是繁华时代的一个背景，不值一提。她见过了那么多好东西，认定这些钢筋混凝土组成的污浊俗物，只是庸庸碌碌的小人物们的心头之好。她竟没想到，就连黎光和他太太，也会为了房子的事大动肝火。她仿佛突然又落入烟火气十足的凡间，就像儿时的漫漫暑假，突然被开学通知书惊醒。

除了房子之外，谢晓丹隐隐发觉，原来，黎光也并不是对所有女人都能召之即来挥之即去地把玩于股掌之间，黎太太一个十分钟的电话，就能让这个平时最在意自己气质形象的男人失态愤怒。

"你们是怎么认识的啊？"好像很自然地，谢晓丹就问了这个她好奇许久却从来都不会主动涉及的问题。

黎光虚起眼睛，看着夕阳余晖洒在花园池塘的残荷上，似乎慢慢拉开了记忆的帷幔。犹豫片刻之后，他拉着谢晓丹上了二楼。那间很少开门的主卧整洁如新，看来是管家阿姨重点打扫的区域，起居室钢琴上的黑曜石花瓶里，插满了新鲜的白玫瑰。黎光拉开深棕色实木书架的玻璃门，里面摆满了许多英文版的大部头著作，谢晓丹不禁感叹："哇，你还看这些？"黎光淡然一笑："不是我的，这都是我太太的书，她是学英美文学的，现在市面上很多名著都是她翻译的，她法语也很好，当年她读博士交换到巴黎的时候，我还陪她去住过两年。"黎光淡淡的语气里，有陷入回忆的惆怅，也有被岁月磨蚀却依然隐隐闪光的对太太的骄傲。

黎光从最高一层取下一个小相框：一对青年男女都穿着深蓝色的硕士袍，手举着写满英文的毕业证，头挨着头笑得十分甜蜜。男孩正是二十年前的黎光，眼神单纯快乐，女孩黑发如瀑，清秀文弱，在人群中会发光，气质里有种与生俱来的孤傲。倏地，谢晓丹有点泄气，显而易见，她除了比照片中这女人更年轻，似乎再没任何优势。她的学识、见识、气质、成就，他们之间门当户对，青梅竹马，势均力敌，还一起走过那么远的路……难怪，黎光看自己的眼神，从来没有那种骄傲和欣慰，他也从来没问过她的成长、她的工作、她的梦。大概在黎光眼里，三线城市的下岗职工家中走出的二本大学生，在人潮汹涌的北京城艰涩地漂泊，能遇到自己，已经是她配拥有的最奢侈的梦。至于这张年轻漂亮的面孔下有怎样的思想、怎样的灵魂，他根本不屑于知道。

"你们是同学？"谢晓丹努力调整下情绪，当洋娃娃，也得有洋娃娃的职业操守。

"嗯，"黎光点点头，"这是我们在哥大硕士毕业典礼上的照片，其实我们在景山读书的时候就是同学，她比我还高一级，说起来算是我一路追到了纽约吧。"20世纪70年代北京景山学校的同窗，门第显赫简直是一定的了。

"这么好的感情基础，为什么会分开呢？"谢晓丹虽然失落，却全然没有怨妒，她像倾听一个王子公主的童话一般沉浸其中，情不自禁地问。

黎光凝视着照片沉默许久，深深叹了口气，最后一抹夕阳从白色的橡木窗框上掉下去，房间被沉重的暮色笼罩起来，他心里那道门也随之沉沉地关闭了。"小姑娘，等你到四十岁的时候就会明白，这个世界上很多事情都没有为什么。"黎光拍拍谢晓丹的肩膀，又恢复到了那个彬彬有礼、却拒人千里的状态。

2

和黎光在一起的日子虽然看起来风光，但毕竟多少有些见不得光，况且，他们之间到底有没有未来，谢晓丹自己也并不那么乐观。时光荏苒，眼见着二十九岁的她，当然也得为自己留条后路。于是在黎光不"召见"她的闲暇时光，横竖还要去应付下热心群众们发来的各种相亲对象。快到圣诞的时候，上次参加婚礼的那个女同学，突然打电话约周末K歌，一个挺着大肚子的准妈妈，还能有这么浓郁的娱乐兴致？相亲经验丰富的谢晓丹不用问，都明白这到底是为什么。她怕到时候没话说，于是打电话邀请田蓉一起去。

又有阵子没见田蓉了，对于这次聚会，她很有些期待。一年多前，两人相约在售楼处时，田蓉所表现出的"自信霸气"，还令谢晓丹记忆犹新，又过这么久，与黎光交往后，自己经见了这么多世面，这一年多的"进步"，也堪称突飞猛进。谢晓丹急于把她这份考卷交出去，不仅交给相亲对象，更要交给闺蜜看。田蓉走进包房的瞬间，谢晓丹突然觉得她哪里不一样了。身材还是一样的丰腴有加，举止也还是朴实无华，那么是气质？洋气了点吗？不对，是贵气。银红色的水貂皮草大衣，象牙白的纯羊毛连衣裙，无论胸、屁股，还是肚子，都凹凸有致得昭然若揭。谢晓丹一愣，她都快忘记了田蓉曾经也是爱美爱时髦的，看来最近房市不错，田蓉终于舍得把套现的钱花在自己身上了。

田蓉在老同学们的心目中，包租婆形象根深蒂固，大家一见她便调侃道：田老板，租金收得还爽吗？田老板，最近没再来套房？田蓉也是真上道，笑容满面地回答："我倒是想买啊，'国十条'一出，外地人不让贷款啦，你们谁有本事，先给我弄个北京户口？"她双手一摊，卡地亚蓝气球的纯金表在手腕上闪闪发光。谢晓丹一愣，下意识地看看自己手腕上黎光才送的卡地亚 LOVE 玫瑰金手镯……

好嘛，竟然是殊途同归。

"蓉蓉，你算是说对了！北京户口现在可比美国绿卡值钱！跟你们说啊，我一会儿约的那哥们儿就是北京户口，地地道道的北京人，家里还趁着好几套房，晓丹，你可要把握住机遇哦！"

组局的女同学用手肘顶顶谢晓丹，说不清为什么，谢晓丹突然被这种把人明码标价摆上肉案的交易，搞得一阵反胃。

两个小时很快过去，KTV 包间里灯红酒绿，热闹非凡。谢晓丹却深深地倦怠，对这种粗糙的娱乐、市井的社交完全提不起兴趣来。结果当然是没有结果，别说是有个黎光当坐标，就算没有黎光，混迹国贸 CBD 的谢晓丹，怎么可能看得上穿着红都夹克，却硬要把 LV 包斜挎在屁股上，夸夸其谈自以为是的本地郊区拆迁户呢。京城里五环外有几套房，就值得那么得意、那么有优越感吗？俨然北京城是他家开的，恨不得来北漂的，都得去他那儿买门票。猪鼻子插葱，装象。谢晓丹打心眼里反感，一众同学使劲撮合，她却连电话都懒得留，正好收到黎光的短信，说他刚落地北京，晓丹噌地站起身，踩着高跟鞋，昂首挺胸地去赴生命里那场注定没有结果的约会了，留下身后一片尴尬的笑容。

2011 年元旦假期的时候，母亲打长途电话告诉谢晓丹：陈青和高畅准备结婚了。

啊！正在澳门文华东方酒店陪着黎光游泳的谢晓丹吓了一跳，陈青他们结婚倒不奇怪，早晚的事，晓丹只是诧异，这消息怎么这么突然，同样身在北京的自己，竟然不知道。这么着急要领证，十有八九是奉子成婚！她暗自琢磨。这俩家伙，背着家人住在一起，早晚要擦枪走火。转脸看看自己的肚皮，那个隐隐的期待，依旧没有发生。唉，怎么什么事儿都赶不上陈青争气呢。

谢晓丹挂了电话，戴上墨镜，端起杯插着鸡蛋花的粉蓝色鸡尾酒找了个躺椅坐下来，天气不错，目光所及之处，尽是碧海蓝天。不远处，黎光不知何时已经从无边泳池里钻了出来，黝黑的皮肤，紧致的身材，如果不是头发中的那刻意保留的一点雪花白，全然看不出中年人的姿态。他拿起条雪白的浴巾披在身上，正和池边躺椅上那个穿着比基尼、身材火爆的混血女孩聊天，不知他们说到什么，旁若无人地放声大笑。

谢晓丹心里隐隐不爽，可除了隐忍，也别无选择。别说他们俩此刻正聊着英语，自己走过去也插不上话，会更显尴尬；即便是黎光当着她的面和中国女孩搭讪，她又能说什么呢？她又算什么呢？以黎光的脾性，倘若自己愚蠢到干涉他的自由，还不给他面子，怕是早分手一百回了。

眼不见为净。谢晓丹索性起身，走到室内的吧台边，拨通了陈青的电话。

"青青，你是不是有什么好事瞒着我啊？"

"哈哈，消息够快的啊，我正准备给你打电话呢，下周六晚上你有时间吗？一起吃饭吧！"

"我就说嘛，怎么我妈知道得比我还早，太没面子了！下周六晚上可以啊，你必须当面安抚一下我受伤的心灵，好好跟我汇报一下是怎么回事！"

"那必须没问题啊！你这会儿在哪儿呢？"

谢晓丹犹豫了片刻："我在澳门呢。"

"是不是'黎叔'又召唤你去侍寝了？"陈青一直不太看好谢晓丹和黎光的交往，倒不是因为世俗舆论，只是站在亲人的立场上，总觉得他们之间的关系很不平等。

晓丹明白，自己这个冰雪聪明的妹妹，丝毫没有嘲讽之意，只是心疼和不平，因此，当着她的面也不怕自黑，有委屈也愿意与她说说："可不是嘛，我只是来'伴驾'的，侍寝没准儿还另有他人呢。"她透过玻璃门，看到游泳池边的黎光正和那女孩交换电话号码，酸溜溜地说。

"姐，要不下周六晚上你叫黎光一起来吧。我觉得你需要让他也参与到你的生活和朋友圈里，不能总是你跟着他混，否则你们俩的关系，太不健康了。"

谢晓丹心想，自己何尝不想这样呢，可是她不确定黎光会怎样对待她的邀请。"哎，还是算了吧，他要真来了，咱们大家肯定都不自在，他特别喜欢给人当人生导师，到时候估计得烦死你们。"晓丹想以一句玩笑，来开解自己的无力和无奈。

"没关系啊，他在事业上确实很成功，如果愿意跟我们分享经验，那是好事啊。他说什么，我跟高畅一定都认真听着。说起来，人家也是我们留美的前辈，多跟他学习是应该的。我只是觉得，你们俩的关系，需要有一些发展，你们在一起也一年多了吧，他好像从来没参与过你的任何活动，这种关系，感觉，没有根基，你明白吗？像浮萍一样，不牢固，对你不公平的。而且，说实话，我很难想象，不平等的情感关系里，会有真正的快乐吗？"

是不是留洋回来的"人生赢家"们都爱给人当人生导师？谢晓丹不禁一乐。她当然明白陈青是非常善意的，而且只是因为事关自己的表姐，否则以她的习惯，也不会对任何人任何现象，轻易做出评价。可惜，陈青只说对了故事的一半：他们之间的情感关系确实不平等，自己也的确一直都不那么快乐。但任何一种关系，之所以长期没有被打破，恰恰是因为它不平等的表象背后，深藏着一种实质上的平衡。谢晓丹之所以接纳了这种"不公平"的情感模式，是因为在其他很多方面，黎光能给她想要的。不单纯以感情交换为基础的恋爱关系，自然不可能像陈青高畅那种纯粹以感情交换为基础的恋爱关系看起来公平。然而，其实也不失为一种公平。

回北京的航班上，谢晓丹心不在焉地攥着遥控器拨弄着航空娱乐系统，身旁的黎光，喝了一杯香槟后，放平了座椅，盖着毯子假寐。如今，晓丹也是头等舱的常客了，她向空姐要了一杯普洱茶，鼓足勇气却又似是不经意地对黎光说："下周末你在北京吗？之前我跟你提过的，我那个在斯坦福读书的表妹，她和她男朋友准备结婚了，请我吃饭，你也一起来吧，你们都是干金融的，她一直说有机会要多跟你学习学习。"斯坦福，金融，这些和自己距离十分遥远的名词，却是她精心挑选出的，仅有的支撑着她尊严的信息：我谢晓丹的家人层次也是不低的。尽管，她也明白，在黎光看来，这点微弱的火光，就像是皇帝的新衣。

黎光依旧微闭着眼睛，表情没有一丝一毫的变化，要不是对他有足够的了解，肯定会误以为他真的没听见。半晌，黎光闭着眼睛淡淡地回答："我就不去了吧，你们年轻人在一起聊天，我也插不上话，我去了，你们反倒不自在。"他侧了侧身，接着说，"他们什么时候结婚啊？办婚礼的时候，以咱的名义给包个大点的红包吧，你定个数，告诉我就行。"

谢晓丹扭头看着舷窗外，血色晚霞中黑色的云海峰峦叠嶂，她啃了半天下嘴唇，到底一个字也没说出来。

周六那天，北京城里下了大雪，洋洋洒洒半个上午，黄昏时分，车轮和脚步将路面蓬松的积雪轧出了乌突突的冰棱，寒意自地面升起，直抵心扉。上周末还沉浸在南海碧波万顷的景致中，此刻又置身在寒冷阴霾的北国之冬，谢晓丹切换得不及时，周中就开始感冒，又是咳嗽又是喷嚏，这种时候，北京三环的"家"就不再像家，原形毕露变回出租屋了，没有亲人，没有爱人，锅碗瓢盆，瓷砖木器，都生硬冰冷得很。几年前，好歹还有个不情愿的丁之潭泡包方便面，如今，黎光还没有楼下保安指望得上。好不容易熬到周末，要不是提前答应了陈青的约，真恨不得一整天都窝在被窝里。下午四点，谢晓丹强打精神起床，戴了副遮挡黑眼圈的黑框眼镜，也顾不得精心装扮，裹上件长到脚踝的黑色羽绒大衣，蹬了双还残留着上一轮雪渍的 UGG 羊毛靴，打车到了日坛路，终于一步三滑地挪到了日坛涮肉。

　　门口蓝底红字的大灯箱，映着一路顶着薄雪的红灯笼直通小院深处，两旁苍劲的枯树上挂满了金黄色的小灯泡，透着股上世纪 90 年代的怀旧和温暖。落雪之日，守在这皇城根儿脚下，最适合就着小酒，烧着木炭，来一口清汤涮羊肉。前院的大厅里蒸汽升腾，热闹非凡，谢晓丹穿到后院，夏天颇为抢手的露天小院此刻安静了许多，四合院东西厢房都改成了一间间的独立小包厢，呼着水蒸气的玻璃窗透出影影绰绰的烟火气。谢晓丹掀开其中一间的蓝布棉门帘儿，起了一阵风，连廊上的积雪扑扑簌簌地落了她一肩。包厢内灯火通明，生气盎然，红底儿镶金碎的壁纸让房间看起来喜庆温暖，小包间不大，一张圆桌便塞得满满当当，桌面上鲜红的羊肉卷，碧绿的大白菜，点着红色腐乳的芝麻酱蘸料盛在蓝花瓷碗里，七八个景泰蓝漆的小铜锅摆在当中，都已经迫不及待地升起了白烟，一群叽叽喳喳的年轻人围坐左右。

谢晓丹一愣，原来不止陈青两口子啊，她下意识地扶了扶眼镜，觉得场面有点不对劲，不会连表妹都要给我介绍对象了吧？

"姐，快过来，坐我旁边，就差你了！"穿着件枣红色羊毛衫的陈青起身招呼，晓丹注意到她身旁还留了个空位置。

一众年轻人都客客气气地点头相让，谢晓丹面带微笑地挤进去，脱了羽绒大衣，从坤包里掏出支迪奥的桃红色唇膏，趁着上菜的热闹，低头迅速擦了一遍，这才压低声音对正在催服务员上酒的陈青说："青青，今天这到底是什么局啊？怎么提前也没跟我说一声，我还以为就咱们仨呢，妆都没化。"

陈青心情看起来相当不错，一反以往稳重素净的形象，她冲谢晓丹飞个眼神："开玩笑，我姐什么颜值啊，素颜都能亮瞎别人的眼！"

"姐，不能再化了，你已经够美了！陈青今天拼了老命才把她那俩眼睛描大了点，你要一扮上，又找不着她的眼了！"高畅大笑着伸过头来凑热闹，陈青一巴掌拍在他后脑勺上，却也丝毫不恼。

对面一个女孩接话："哎，对哦，我说看起来怎么有点变化呢，陈青你今天化妆了啊？哇塞，太难得了，咱俩认识这么多年，除了那年毕业典礼，我好像还从来没见过你化妆呢！"

"怎么样？比那时候进步不少吧？"陈青挑挑眉毛，冲那女孩抛个媚眼。谢晓丹从侧面看着她略显笨拙的眼线，还有涂得像苍蝇腿一样的睫毛，有点纳闷儿，有点着急，恨不得亲自操刀再给她重画一遍。

"哎哟喂，看来今天很隆重啊，到底是什么日子，晓丹姐现在也来了，该给我们宣布一下今天的主题了吧！"高畅旁边的男孩用筷子敲着小铜锅，大声起哄。

热闹的小包间里立刻安静了下来，所有人都把注意力集中在了陈青和高畅身上，小锅下的炭火嗞嗞地燃起来了，新鲜粉嫩的羊肉在咕嘟冒泡的开水里翻滚，大家面前的玻璃杯里也斟满了琥珀色的燕京啤酒，高畅和陈青对视一眼，收起了嬉皮笑脸，有点紧张、有点羞涩地举起了酒杯：

"其实今天约大家来，确实是有件比较重要的事儿要宣布，我跟陈青，我们俩，终于结束了六年的爱情长跑，上周我们领证了。呵呵，在北京，我们也没太多的同学朋友，所以呢，就不打算办了。啊，对，也没钱办，嘿。今天来的，都是我们在帝都最亲密的战友，一直关怀着我们的成长，当然，还特别难得的，也有亲属代表到场，陈青特意把证儿带来了，就请大家给我们做个见证。"高畅终于磕磕绊绊地说完了这番话，故作幽默的言谈中，藏不住地紧张和激动。

夫唱妇随，陈青笑盈盈地从挎包里掏出两个小红本，幸福又从容地说："2011 年 1 月 1 日，就是一生一世，一心一意。"

看着举座都满脸惊讶不敢相信的表情，陈青低头一乐："其实这几年吧，婚礼真没少参加，好像每次都会感动到流眼泪，我也没想到，自己的'婚礼'反倒竟然可以这么平静，"她用清秀明亮的眼睛扫过四周，"所以，是不是可以说，最好的婚姻就应该是这样，一点都不纠结、不疼，甚至都不必觉得多不易、多感慨。我们好像从一开始就知道，彼此都是对方最好的选择，也从来没有动摇过，所以走到今天我感觉特别自然，水到渠成。生活有你就很美好，对吧！"陈青歪头看看高畅，脸红了。

高畅伸出手臂揽住她，一旁的谢晓丹惊讶地发现，他的手竟然紧张得有些发抖："哎呀，青儿啊，你这个'水到渠成'的背后，有我多少坚实的努力啊！原来领导都视而不见……不过领导说从没有动摇过，我还真是很感动。我硕士毕业以后，其实可以有很多能让陈青迅速成为帝都中产阶级的机会，但是，我最终特别不靠谱地选择了创业，大家都不是外人，过去这一年，其实一直是陈青在包养我，我觉得，她真挺不容易的，自己工作那么辛苦，还一直支持我，从来没有怨言。现在我们什么都没有，没有房子没有车，我家最值钱的，可能就是我那把小提琴，我都不好意思求婚，陈青竟然肯嫁给我……"高畅的声音哽咽了，陈青左手从身后揽住他的腰，深情地望着他，右手轻轻拍了拍他的胸口。高畅清清喉咙，平稳了下情绪接着说："总之一句话，我这辈子的奋斗目标，就是让陈青幸福。好啦，就酱，今天就是这个主题，你们怎么都不说话，呵呵，都别拘着了，说吧，你们想怎么个喝法，尽管放马过来，我今天奉陪到底！"

小包间里犹如响了个惊雷一般炸开了锅，举座疯狂。年轻人们从座位上跳起来，碰杯的，祝福的，拍照的，录像的，拥抱的，起哄的……谢晓丹不知道自己是不是被惊着了，双手捂在嘴上，泪水夺眶而出。

没有户口，没有房子，新郎甚至都没有收入；没有婚纱，没有婚礼，连"洞房"都是租来的；在这个木椅子咯吱作响、不足5平米的破破烂烂的小包间里，两个"孩子"过家家一样把人生最大的事儿办了，却比这城市里所有被名利绑架的"成年人"都更有资格得到祝福、收获幸福。

"姐，你是不是觉得我委屈了青青啊？"已经有几分醉意的高畅递过来纸巾，在喧闹的气氛中大声跟表姐表态，"你放心，我一定一辈子对陈青好！"

没有，谢晓丹哽咽着说不出话，只能拼命摆手，我不是那个意思，我就是觉得，真好……

真的，真好！

酒过三巡，高畅被一帮老同学灌得涕泪纵横，陈青并不拦他，在一旁跟着大家时而流泪，时而呵呵傻笑。谢晓丹贴在她耳边，压低声音胸有成竹地说："我问你，老实回答，你俩是不是有小孩了？"

陈青一愣，一脸诧异地反问："你听谁说的？怎么我都不知道呢？"

"没有怀孕啊！那你们为什么这么着急结婚？"这下轮到晓丹不解。

"我们俩在一起都六七年了，现在结婚不算着急吧。"陈青咯咯笑起来。

"不是，我不是说现在结婚太早，我的意思是说，你们为什么不准备得充分一点，好好办一下啊，又没有什么特别着急的事，我还以为你们奉子成婚呢。"

"呵呵，办什么啊，麻烦死了，再说怎么办？我们俩的亲朋好友遍布全国，四川办一场，山西办一场，北京办一场，上海办一场，难不成再回硅谷办一场？那不折腾死了。结婚不就是两个人的事儿吗，今天你们来见证，既有亲又有友，已经很隆重啦！"

"那可是，这么办，你们俩家里能同意吗？"世俗观念的坚定拥护者谢晓丹虽然也感动，却总觉得这么仓促简陋，有点委屈妹妹。

"有什么不同意。给家里人减轻负担啊！他家不用买房子，我家不用陪嫁妆，是不是，你看把高畅乐的！"陈青抬手捏捏瘫在桌上的高畅的脸蛋，故意调侃他，却透着一脸甜蜜。"提前没告诉你们，也是怕大家又要随份子，又要送礼，你说我们俩也没什么好饭招待大家，反倒麻烦。我们都不讲究那些，这样最好。"

"不行，"谢晓丹愣了半天还是摇摇头，"不管你怎么想，我还是要表示一下的，我跟他们不一样，咱俩可是有血缘关系的！结婚怎么说也是人生最重要的事儿，我一定要送你份礼物。你等着。"

陈青带着几分微醺，伸手搂住谢晓丹的肩膀："啊，我的好姐姐啊，我要把这份幸福传递给你，你知道吗，我能感觉到有一个perfect wedding在等着你，就是你想要的那种，blingbling的，豪华酒店，优雅的男人，闪光的大钻戒，气派的房子……它还在路上，但是，someday，你一定会遇到的，I'm sure。"

2012

流动性由紧到松，政策抑制，限购与户口挂钩。

2014

北京市均价
27000 元

1

陈青和高畅领证后，休婚假去土耳其度蜜月，正好连着春节大假，一走就是一个月。

黎光带着父母去洛杉矶和他姐姐一家过春节，这种家庭聚会，谢晓丹肯定是隐形状态。她一个人打包行李，提溜着三四盒稻香村点心，怏怏地回了沈阳。

中学同学的聚会，已经激不起谢晓丹的兴趣：凭你在外边混得多么风光，女人三十岁还没嫁出去，在老家的传统观念里，就是败犬无疑。更何况，小学同学也好，中学同学也罢，话题已然越来越不同，观念更是千差万别，似乎除了酒精渲染的回忆，和酒精遮羞的鸳梦重温，就只剩下借钱，以及借钱被拒之后的酸涩不平衡了。

大年初一的下午，谢晓丹的小姨照例自四川打来电话拜年，照例又和晓丹妈煲了个长长的电话粥。话题从上哪儿给谢晓丹找乘龙快婿，逐渐跑题到了陈青的婚礼。

"丹儿啊，来，给你老姨拜个年!"百无聊赖的谢晓丹正缩在自己那不足 6 平米的小房间里发呆，妈妈一把便推开了那扇被床顶住一半的门，粗犷的风格同十几年前相比，丝毫未变。晓丹注意到，母亲用的手机，还是五六年前自己刚工作那会儿买给她的，该换个新的了。

"老姨，过年好！"晓丹从单人床上坐起身，强打精神接过电话，"都好吧，我老姨父也好吧！"

"好，都挺好的，哎，青青今年也不在家过年，我们这儿可冷清了。"老姨的声音里有几分寂寞，"你咋样啊，丹丹？你看你妹妹都结婚了，你得抓紧啊，别挑花了眼！"

"哎哟，我哪有资格挑啊，老姨，我又不像青青，那么优秀！"谢晓丹其实顶烦这个话题，碍于长辈的面子，好歹也只能对付着。"老姨，我听青青说，她们基金今年业绩不错，又发了十几万奖金，你跟我老姨父别在家闷着了，出去旅游啊，有这么能挣钱的姑娘在，我妈都老羡慕了。"谢晓丹巧妙地换了话题，母亲拉过书桌前的小木椅子，满脸幸福地坐在床对面，看着晓丹讲电话。岁月好快，印象里上一次同妈妈这样面对面坐在这间小屋里，是 2001 年的夏天，那时的妈妈还是中年，正苦口婆心地劝说十八岁的谢晓丹高考志愿别填北京，仿佛只是一转眼，皱纹便爬满了她的脸庞，大把大把的白发藏也藏不住，身形越发消瘦佝偻了。

"哎，旅啥游啊，"小姨略带焦虑的声音把谢晓丹拉回到现实中，"青青他们在北京按说要花钱的地儿那多着呢。两人一点不知道攒钱，平时花得老大了。人家也不听咱的，一说吧，就说这钱我自己挣的，我就乐意这么花。高畅呢，孩子人是真不错，我跟你老姨父都挺喜欢，以前在美国的一个什么大公司啊，一年挣不老少钱哪，你说现在搞个什么创业，好像比以前挣得少多了，主要就靠青青啊。他俩这一趟，旅游结婚，少说两三万又没了。两三万，搁攀枝花，够我跟你老姨父生活大半年的。"

"老姨，从小到大，青青就够让你省心的了，念书，找工作，找对象，该干啥的时候就干啥，什么事也没落下，还都是一流的，一点都不让你操心，你就知足吧！"

"可不是咋的！"妈妈撑着床沿凑到了电话边，"青青这样的，你还不满意，那我把丹儿换给你？书也念不过青儿，挣钱照青青以后更不能比了，本来吧，我还以为找对象这事儿，她总算能争点气，你看，没想到，现在倒把姐姐给剩下了！"

"妈，要不你跟我老姨说吧。"谢晓丹把手机顶到妈妈手臂上，小老太太抖抖肩膀，满脸笑纹儿地又坐回椅子上，"你跟你老姨唠会儿，我俩唠一下午了。"

这就是母亲的天伦之乐，谢晓丹当然明白，父母这几年都在加速老去，回想起当年和丁之潭他妈在银行里干仗的情景，妈妈的精神头真是大不如前了。谢晓丹笑着收回电话，小姨的声音已经迫不及待地传出来："哎呀，我愿意换啊！晓丹多知道疼人啊，三天两头给你打电话，没事给你邮件儿衣服、买个擦脸油儿啥的，啥事儿都愿意跟你们说。青青，那从小主意就大，啥事都是她办完了，再通知我们俩，根本不带商量的，你就说现在吧，每个月定期给我打钱，我说我不要，你们自己存着点儿，北京用钱的地方多，结果人家根本不理我，没有对话机制，该干啥还干啥，我怀疑打钱都是她搁银行设置的自动转账，我要不打电话，她根本想不起来跟我唠!"

谢晓丹和妈妈在电话这头哈哈大笑,小姨的话还没说完:"你就说他俩结婚吧,这是多大的事儿啊,咱就这一个闺女,我跟你老姨父还搁家练呢,想着这婚礼上,总得说点啥吧。好,你妹妹就打了俩电话,第一个电话:我俩准备结婚了,过了元旦就领证;第二个电话:婚礼不办啦,我们旅行结婚。哎呀,给我和你老姨父整蒙了,幸亏还是我反应快啊,我说闺女啊,你这不办事儿,我跟你爸这些年,搭出去的礼金,怎么收回来啊!你猜青青说啥,哎哟,你妹妹现在说话老气人了,她说你们该办办呗,我们把结婚登记照给你洗张大的邮回去,要是实在需要真人串场,找个不加班的周末,我俩飞回去一趟,给你们配合一下也成。"

谢晓丹被幽默的小姨逗得眼泪都笑出来了,母亲显然已经是第二次听小姨学这番话了,笑得很舒心:"老姨,人家青青态度挺端正的呀,都说愿意回去给你们串场了嘛!"

"是,我还得感谢她没管我要出场费呢!这孩子啊,越大越隔路,不行,我寻思着,等天暖和了,我得去趟北京,看看他们哪,这好歹也算是结婚了啊,我怎么都有点没回过味来呢。你说高畅他们家也真沉得住气啊,就这么就同意啦?"

"老姨,人男孩儿家有什么所谓,儿媳妇又不要房子,又不要婚礼,偷着乐还来不及呢!"

"你说得是啊,那我更得去瞅瞅了,别是有啥事儿瞒着我……丹儿,你们在北京联系多,有啥事儿,你可得告诉老姨啊,你不能像他俩那么不懂事。"

"老姨，你放心，真有事儿我肯定第一时间跟你汇报！不过老姨，你要真来北京住哪儿啊，住他俩那儿吗？他们那是个大开间的屋子，住那儿不太方便吧。"

"是啊，青青也说不方便，让我别去，可我不放心，得去啊，闺女养这么大，说嫁就嫁了，算咋回事儿呢，实在不行，我就在附近找个便宜的招待所，也待不了太久。"

"老姨，那你就住我那儿呗，我那儿虽然也不大，但就我一个人，咱俩可以一起挤大床，晚上还能聊天，你要嫌我睡觉折腾，我睡客厅沙发也行，反正自己家，愿意住多久就住多久。"

听到谢晓丹这番话，小姨的声音都舒畅了几分，略推辞两回，就满嘴夸赞着外甥女懂事、疼人，欣然接受了她的好意。

果然，芍药花开的时候，小姨大包小包地进京了。陈青和高畅去机场接了母亲，又约上谢晓丹，一家人在便宜坊吃了顿烤鸭，算是接风。陈青果然还是为母亲预订了酒店，小姨嫌他们乱花钱，死活不下车，母女俩在车里别扭半天，到底还是小的没拗过老的，高畅只好把车开到了谢晓丹租住的苹果社区楼下。

等到一切都收拾停当，陈青带着新女婿悻悻地离去，小姨总算是坐在沙发上歇了口气，她指着大门狠狠地说："没挣俩钱呢，烧的！"话音刚落，笑纹又爬上了眼角，"不过青青这孩子，从小给我跟你姨父花钱就大方，一点不抠。"谢晓丹在门口的穿衣镜里看着小姨笑，她当然明白，这种埋怨是不用劝的。她无非需要个听众，其实，是甜蜜的负担。

小姨的到来，让谢晓丹的生活质量提升了好几个层次。在四川生活了二十多年的小姨，不仅会腌酸菜，也会灌香肠，五湖四海的风味都在晓丹家的厨房里飘荡起来。陈青和高畅几乎每天加班，小姨做了好吃的，有时中午会挤公交车给陈青送到公司去，晚上就彻底便宜了晓丹的胃。最近一段时间，黎光忙得不像样，别说见面，电话都很少打。三十岁的谢晓丹，除了不定期地和非典型男朋友约会，对于各种蹦迪、唱歌、酒吧、饭局，都越来越没有精神头，工作一天，下班就想回家，小姨在，"家"的吸引力就更大了。

初夏的北京，洋溢着一种轻快的节奏。大地蓄起温暖，于是万物生机盎然，好处是晚风依然凉爽，人的姿态自然也舒展飘逸起来。出了地铁站口，谢晓丹没叫三蹦子，舍不得错过这样美好的初夏黄昏，她一路嗅着空气里的蔷薇、丁香的清甜，戴着耳机，听着音乐，溜溜达达地走进了小区。一开门，饭菜的香气扑面而来，桌上是小鸡炖蘑菇、麻婆豆腐、地三鲜，外加一汤盆的豌豆尖汤。这是第一次，谢晓丹在北京有了家的感觉。

谢晓丹和小姨一边吃饭，一边唠家常，电视里正播着《舌尖上的中国》，人的心也跟着味蕾一起，被乡愁撩动。小姨给谢晓丹盛了一满碗汤，来了一周，她已经了解外甥女的习惯——晚上不吃主食——似是无意地说："丹丹啊，你可别因为老姨在，就不跟朋友们出去玩啊？你看我来了一周了，每天你下班就回家，也不出去，这不行啊，得有点社会活动，才能认识更多的人……找对象这事儿，可得上心啊，你不知道，你妈老内疚了，也不敢跟你提。她总跟我叨咕，说当年要不逼着小丁买婚房，兴许你俩也不能分开，要是08年结了婚，估计现在都有孙子了。哎哟，她老后悔了，总说是她和你爸把你给耽误了。"

"我妈咋能这样想哪！老姨，你可得劝劝我妈，那买婚房、炒股票的事儿，都只是导火索，说到底，还是我跟小丁根本就不合适。我现在回想起来，都觉得可庆幸了，当年幸亏没跟他成，要不然，结了也得离！你可别让我妈瞎琢磨，会憋出心病来。"谢晓丹心里有点发酸，她没想到，一贯强势的母亲，竟然会因为这件事自责到不能释怀。

"是，我也总劝她，过了就过了，咱们丹儿这么俊的姑娘，那上赶着的小伙子们还不得排队啊！将来肯定能找一个可心的，比小丁强一百倍的！"谢晓丹低着头喝光了碗里的汤，小姨又连忙倒进去一勺豆腐。

晓丹动了动嘴皮，心里有股冲动，想跟小姨说说黎光的事儿，让长辈们都别担心，更不用怀疑自己的实力，她其实早就找到比丁之潭强一百倍的男人了，而她眼下享受的人生，即便是在这豪气阔绰的北京城里，也只有凤毛麟角的人才见识过；即便是表妹陈青这样的所谓金领阶层，也不可能有她如此的生活品质。虽然她看不清未来，甚至不知当下的人心，可既然人心都不可知，条件好便是真的好吧。

不过她到底还是没说出口，一来，毕竟她也是正经人家的闺女，给人当小三儿，是无论如何也上不了台面的；二来，她之所以心安理得地享受着黎光所提供的物质生活，是因为自己清楚地知道，他欠她一份真情，一份可以通向婚姻的赤诚纯洁的感情。因此，心底里，晓丹对他们的关系，越来越不乐观，特别是目睹了陈青和高畅的简易婚礼之后，她在自己的情感关系中所缺失的那个黑洞，似乎日渐膨胀起来，膨胀到，已经明显盖过了边际效益在递减的物质刺激。

"哎，老姨，啥叫强，啥叫不强呢？我现在要找个能给我买房子的人，不是找不到，可要找个像高畅和陈青这么情投意合的，那是真不容易，也真难得！老姨，我现在觉得，人啊，就是要纯粹点，看你自己到底想图啥，要是就为了爱情和婚姻，那其实跟房子什么的没关系，牵扯的因素一多吧，就容易拧巴。你看青青，从来不在乎这些物质的东西，爱情、婚姻、事业，反倒很自然地都有了，两口子生活得多自由、多幸福。"谢晓丹由衷地感慨。

没想到，小姨撂下筷子叹了口气："唉，也不能这么说，你们毕竟还年轻，两口子过日子吧，跟谈恋爱真不是一码事。这往后会有很多很具体的问题，两个人在一起久了，肯定多少是要有矛盾的，要是有很多具体的问题解决不了，这个矛盾就会越来越多，反过来也要影响感情的。老话儿不是说嘛，贫贱夫妻百事哀。就是这个道理。你看青青这孩子吧，从小就特有主意，本来我觉得这是个好事儿，独立啊，这次整这么大一出，说结就结了，还是不成熟啊，这留下多少后遗症哪！"小姨皱着眉摇摇头，接着说道，"你白天上班，我去楼下那个小花园锻炼，跟那些跳广场舞的老太太，我都打听清楚啦。丹儿啊，当初真不是你妈要求高，北京现在就是这个情况。结婚就得买房子！一般都是男方家出首付，女方家出个装修，条件好点的，再买个车。说实话吧，上回你跟小丁那个事儿一办，闹得我心里也嘀咕，你妈这一内疚呢，我就更没底了。到青青结婚，咱不敢提房子的事儿了！再加上我们也不清楚北京到底啥情况，还按不按咱们中国人的老规矩，怕一提，把女婿吓跑啦！你看，我跟你老姨父，我们也不是什么富裕人家，但毕竟就养了这么一个闺女，我们还都一直预备着呢。别说养儿子的家了。不都说嘛，儿子是建设银行，闺女是招商银行，我就不相信，高畅他家就没给这唯一的儿子预备着？咱也不是说非得让高畅他们家在北京买套房，房子吧，说到底是个态度，我们养闺女的，就是想要个态度。结婚前，你们都不舍得付出，是不认可我们这么多年的培养呢，还是没看上我们闺女呢？那结婚后你们咋对我闺女，我咋能放心呢！"

谢晓丹这才明白，小姨这趟来北京，原来是做市场调研的，调研之后，自然就要指导决策。并且，陈青让她感动又感慨的裸婚行为，看来并没有做通家里的思想工作。谢晓丹不知该如何接话，她猜小姨大概还不清楚高畅创业不但没有收入，还要往里钱，投的，是他们小两口一起攒的钱，并不是高畅家里的钱，否则肯定更不淡定了。

"我听那些老太太说，北京房子这两年涨得是快啊！"还好小姨换了话题。

"可不是嘛！现在随便一个楼盘就得两三万，工资涨的速度根本赶不上房价！"

"啧啧啧，丹儿啊，你来北京这么些年了，咋也没想着买套房呢？"

"唉，小姨，可别提了，我呀，就没那个命。08年那会儿跟小丁都要买了，他不是掉链子了嘛，后来09年我自己又差点买，跟我爸还要了好几万，结果临要签合同，人家涨了3万，我爸死活不同意，就没把握住机会。现在那个房子已经翻了一倍还多了。"

"两年就能翻一番，这挣钱比买理财还快啊！"小姨瞪大了眼睛。

"那指定比理财挣得多！理财还有风险呢，北京的房子戳在那儿，又不会塌又不会飞，比理财安全多了。"

"丹儿啊，你说北京的房已经这么贵了，现在买，能不能变成他们说的，那叫什么，'接盘侠'啊？"

谢晓丹哈哈大笑起来："姨，你哪学的这么潮的词儿，我这么跟你说吧，我有个大学同学，人家 06 年买了 3 套房，现在还每天张罗买房呢！她就经常跟我说，北京的房啥时候买都不算晚，怕的就是不买！以前咱还不信，现在服了。"

"3 套啊，她家是富二代吧，这么有钱！"小姨筷子头的那块茄子，一直都没顾上放进嘴里。

"啥富二代啊，我家照她家是不能比，但姨你家条件跟她家应该差不多，都算是比较殷实的中产阶级吧。主要是 06 年那会儿房子还没怎么涨呢，一平米也就几千块，那时也没限贷限购的，银行查得也松，随便开个收入证明就给贷款！"

小姨若有所思地点点头："你这同学真有眼光，丹儿啊，你看姨来北京了也没啥事干，你们平常上班忙，下次你那同学再去看房，你跟她说说，让她带着我一起，行不行？"

"行，姨，我跟她说，肯定没问题，她最喜欢跟人侃房子的事儿了，她就懂这个。"谢晓丹欣然答应下来。

自从谢晓丹让田蓉和小姨接上头，晚上下班回家就再也吃不着热饭了。房地产的魅力在中国人民心目中真是无与伦比，每天傍晚，小姨不是还在看房没回来，就是看了一天房太累，楼下买了俩煎饼。不过小姨的精神头倒是十分高涨，晚上拖着晓丹分享她一天的收获。什么样的户型好出手，哪个区缺乏教育资源，公寓和普通住宅有啥区别，连租售比、容积率这样的专业名词都时常挂在嘴边。不用问，只能说明田蓉的炒房段位又提升了一级。

"田蓉现在到底有几套房啊？"谢晓丹更好奇闺蜜的经济实力。

"哎哟，你这同学老厉害了！我听她说买啊卖的，怎么也得有七八套了吧？"

"咋可能啊，你听她吹吧！"谢晓丹断然否定，与其说是不相信，不如说是不想相信，就凭那个说话都带着羊肉味儿的田蓉，怎么可能！

"真的，新房也买过，二手房也买过，铺子也买过，公寓也买过，最近张罗买别墅呢，说是有消息很快要出文件，别墅用地不批啦，别墅将来会越来越稀缺，肯定得有一轮涨势。"

"哎呀老姨，电视上天天播'京八条'你没看见哪，'外地户口社保满五年，限购一套'！田蓉她又没北京户口，咋可能有那么多套房，我不信。"

"咳，人家有办法，今天还跟我说呢，可以用公司买，就是未来出手的时候税高点，但是税反正也是买房的承担。小田自己说的，这些限购政策，限的都是老百姓，真正炒房的人啊，有钱又有路子，根本限不住，反倒是每次政府一限购，肯定要大涨！我感觉他们有个圈子，都挺有实力的，有好多内部消息，大家互相还商量，月初廊坊有个新房开盘，他们一伙人开车去，一上午就买了二十多套！"小姨的眼神里充满了神秘和仰慕。

田蓉真有这么厉害了？就像是传说中的山西、温州、福建买房团？谢晓丹蹙着眉头，还是不愿意相信。

"昨天她带我去看一个别墅盘，她男朋友也去了，人家也是炒房的，家里也有好多套房，本地人，户口就是北京的，好像跟什么房管的、银行的都熟，备不住有啥背景呢！"

男朋友？这么大的八卦谢晓丹竟然一点不知道。以田蓉稳重的性格，她约男朋友既然不背着小姨这样的"外人"，想必已经是相当稳定深入的关系了。谢晓丹胃里有点紧，田蓉胖乎乎的背影在宿舍门口那条林荫道上越来越远，自己似乎要追不上了。

入夜，谢晓丹迟迟不能入眠，躺在床上给田蓉发短信：亲爱的，你最近是不是有什么大事儿瞒着我啊？

田蓉：呵呵，听你小姨说的吧，我们也刚确定不久，还没找到机会跟你说呢。

晓丹：行啊，这么大事瞒着我，好了多久了？

田蓉：哪有，也就小半年吧。

晓丹：挺好的，听我姨说是北京人？什么时候带出来聚聚呗。

田蓉：嘻嘻，好啊，不过这个人其实你也认识。

谢晓丹心里一惊，自己也认识，莫非是哪个同学……谁啊？

半响，田蓉回过来三个字：李万兵。

李万兵？谢晓丹觉得这名字有几分耳熟，一时半刻却也想不起在哪里听过。

大概是看她许久没有反应，田蓉又跟了条短信来：去年圣诞节，在钱柜，你还记得吗？

轰的一下，躺在床上的谢晓丹猛地坐了起来，这不正是同学原本介绍给她，她却没看上的那个北京户口男——李万兵嘛。

我去！

2

田蓉和李万兵发展迅速，很快就走到了谈婚论嫁的实质阶段。原本对闺蜜的神秘男友甚为好奇的谢晓丹，那天夜里听到是这个组合，瞬间兴味索然。她只是隐隐地有点好奇，这俩人什么时候搞到一起去了呢？谢晓丹偶然会琢磨，她还依稀记得那晚唱卡拉 OK 时，李万兵对自己表现出的百般谄媚。当晚，她没有和他交换电话就提前离席了，不以为然的态度几乎是写在脸上，尽管如此，事后，她还接到过陌生号码的短信，是李万兵，油腻又膨胀的自我介绍，故作潇洒的邀约饭局……对待那些短信的态度，谢晓丹是爱搭不理，连名字都懒得存。久而久之，自然也没了下文。可是，回想起来，他当时肯定是看上自己了，不会搞错的，什么时候想起退而求其次了呢？谢晓丹在办公室茶水间里，用新添的德国进口 ECM 咖啡机，熟练地为自己打出一杯卡布奇诺，倚在吧台边上对着电视里的 BBC News 发呆。

知识产权部门一个戴着荧光绿框眼镜的新晋合伙人端着空杯子走了进来："Amy，周末过得好吗？"

谢晓丹回过神，礼貌地冲他笑笑："早啊，孙律师，还行吧，你呢？"

"哎呀，不怎么样啊，没有美女相伴，过得很无聊啊。"他涮了涮杯子，也凑到新的咖啡机旁边观察，"换了个新的啊，这玩意儿怎么用呢，Amy，来帮帮我呗，帮我来杯拿铁。"

谢晓丹素来不太喜欢这家伙轻浮的样子，最近新提了合伙人，越发狂妄了。无奈，人家到底是老板，就算自己已是资深的行政经理，冲咖啡也不能理直气壮地说不是本职工作。

谢晓丹放下自己的杯子，走过去三两下帮他冲好了双份拿铁，递过去的瞬间，姓孙的顺手在她手背上揩一把油。"周四端午节放假，你什么安排？我带你去泡温泉吧！"他凑在她耳边调笑。

"对不起孙律师，我已经有安排了，你自己好好泡吧。"谢晓丹皮笑肉不笑地应付一句，准备离开。

"切——别蒙我了，你们黎总，逢年过节肯定是回家陪家人，哪有工夫陪你啊，你不如就跟我去春晖园，闲着也是闲着嘛。"他还是堵在门口不肯离去。

搁在平时，谢晓丹也能不驳面子，不损风度地陪他们应付几句，今天却突然没了兴致："我跟男朋友约了端午去丽江悦榕庄泡温泉，春晖园，你还是带你太太去吧。"

谢晓丹踩着高跟鞋回了办公区，越走心里越委屈，像是中学时和隔壁班女混混吵架没吵赢的挫败感。她急需一种力量来支撑自己，甚至等不及走回座位，就掏出手机给黎光拨了过去。几次三番漫长又执着的等待，还是没换来那声"喂"。谢晓丹不甘心，又追了条短信过去：在香港还是北京？端午节什么安排，好久没见面了，想你了。

一直等到周围的同事们都开始张罗中午饭，谢晓丹等的那条短信才姗姗来迟：端午我要去韩国出差，节后回京约你。

"砰——"一声，谢晓丹把手机重重拍在桌面上，憋了半天气，到底也没发出来。或许是因为他们之间不平等的情感关系吧，她多少有点忌惮黎光，如果是当年的丁之潭如此敷衍自己，晓丹早一个分手电话骂过去了。对待黎光，她却不敢。如此患得患失，到底是怕什么呢？怕失去黎光，还是怕失去他带给自己的物质条件？抑或是更可悲的，怕失去他带给自己的那个关于改变社会阶层的幻象？

谢晓丹深吸一口气，调整心态，到底回归了黎光最适应的那个温婉懂事的形象，她没精打采地回了条短信：保重好身体，最近飞得太频繁了，等你回来。放下手机，她把自己扔进座椅里，旋转到对着落地窗的角度，迎着灿烂的阳光，努力想要理清思路。这像是一个赌局，理智上，她很清楚，如果婚姻是自己想要的结果，那她赢的概率很低。情感上，她又期待着黎光会越来越习惯她的照顾和温暖，一旦习惯变得难以割舍时，她就算是为自己争取到了赢面，有了谈判筹码。何况，黎光比自己年长那么多，他早晚有折腾不动的一天，只要自己一直坚守在他身边，不怕熬不出头。万一，还能有个孩子呢？那一切就更顺理成章了。

可惜，谢晓丹并不了解，她的交易对手到底是个怎样的男人。她以为，他无非就是一个条件优越的花花公子，其实她错了。背景深厚又事业有成的黎光很笃定、很自我，而且越来越封闭。已经没有人，能真正走进他心里，也没有任何事，能比他自己更重要。黎光的富有成功，吸引着很多女人；他的寂寞浪漫，征服着很多女人；最终他的自我和孤僻，又把所有人都拦在门外。他消耗着她们的青春、她们的美丽和温柔，就像蜜蜂采蜜，一旦苦涩乍现，他就会离开，没有任何留恋。

生活不是浪漫的言情小说，霸道总裁，从来不会爱上心存幻想的傻白甜。

端午节前一天，谢晓丹接到了田蓉的正式邀请。虽然只轻描淡写地说好久没聚了，叫上大学闺蜜们一起聚聚，其实大家心里都明白，李万兵要正式登场了。

吃饭的地方，约在了北京本地一家连锁家常菜。收到通知短信时，谢晓丹皱了皱眉，脑海里浮现起人声鼎沸、烟熏火燎的大厅，洒满了菜汤和茶渍的水磨石地板，沾着米粒和油印的猩红色椅套胡乱套在靠背椅上，菜盘子比脸盆还大，服务员的脚步声比踢踏舞还响……唉，谢晓丹摇摇头，好像大学毕业后，就再没去过这样的地方吃饭了，田蓉如今也算是身家千万，品位可真是越来越差。

远远地，她便看到田蓉站在圆桌边张罗，有了爱情的滋润，人看着精神不说，腰肢都婀娜起来。谢晓丹笑盈盈地走过去，两个人亲密拥抱，她自她的肩头看到瘫坐在主位上的李万兵，正叼着根烟似笑非笑地看自己。那件犹如打翻了颜料铺的花 T 恤，包裹着浑圆的肚皮，又粗又黑的脖子上还挂着条金光夺目的大金链子。虽然与第一次见面时的红都夹克衫配 LV 挎包风格迥异，气质却惊人地统一！谢晓丹暗自诧异，田蓉怎么会看上他？虽然她心底从来也没觉得田蓉有多了不起，但田蓉毕竟和自己有着同样的学历，同样的母校，同根同源，好歹也是美女，还和律所的同事谈过恋爱，说起来，她们应当算是同一个阶层的人，择偶这么重要的事儿，怎么能这样一泻千里？难道，真是冲他的拆迁房？田蓉你自己也不缺啊。

"服务员，菜是现种的啊，快点儿，饿了一上午了！"李万兵的公鸭嗓子在本来就喧嚣的环境中，仿佛撕开一道口子，打断了谢晓丹的思路。那个带着浓重鼻音的"饿"字，暴露了他北京郊县的出处。忙忙碌碌的服务员并不睬他，李万兵有点没面儿，抄起木筷子，敲着瓷盘子喊："嘿，跟你说话呢，听见没！再不上菜，我们换地儿了啊！"那个被他吞掉了一半的"我们"令谢晓丹好生尴尬，她斜眼看看田蓉，她倒是泰然自若，似乎还很享受男朋友这种夸张的主人翁意识，当然，还有房产证撑起来的自信与豪迈。

就算他有一个亿，我也不会嫁给他，谢晓丹心想。

谢晓丹款款落座，李万兵的眼神谈不上不规矩，却盯着她贼气十足。整张桌子，就他一个男生，似乎越发激发了他的雄性荷尔蒙，从中美关系一直侃到房市走势，自以为是的浅薄，和虚张声势的显摆，真是让谢晓丹倒足了胃口。饭吃了一半，手机响起来，竟然是田蓉的前男友，谢晓丹的前同事范鹏华，他半个月前离开了金达律所，跳槽去了一家上市公司当法务总监。范鹏华打电话是为了找人事经理 Amy 谢开"离职证明"的事儿，晓丹起身走到大厅门口，才终于能听清他在讲什么。三两句说完了正事儿，两人寒暄起来："你在哪儿呢，周围这么热闹？"

谢晓丹回头看看大厅里的圆桌，有点故意地说："我正跟田蓉吃饭呢，她订婚了，男朋友请我们宿舍的人聚餐。"

时光荏苒，八年前，率先步入社会的优秀毕业生范鹏华，专程请田蓉宿舍的闺蜜们吃饭，对人生规划、面试经验都侃侃而谈。如今，八年过去了，再没人叫他师兄，在饭桌上分享"成功秘籍"的男朋友也不知换作谁人了。范鹏华在电话那边愣了两秒，还是忍不住问了句："哦，她要结婚啦，那要恭喜她啊，她找了个什么人？"

"找了个北京人，本地的，家里有一堆房子。"谢晓丹的夸张里带着几分调侃，范鹏华听来却是又酸又涩。

"她还真找了个北京的啊。"他的声音低沉起来，似乎陷入了往日的回忆。

谢晓丹一听这话里有话，连忙追问："什么意思啊？田蓉一直想找北京的吗？哦，原来当年她是因为你没有北京户口把你抛弃了啊，哈哈！"她故意逗他。

范鹏华果然上套："什么抛弃啊，我看她是赌气吧！当年我们俩感情出了点问题，正好我刚认识了我媳妇，其实就是巧合，结果她就非认定我是看上人家是北京的才跟她分手。是，有个北京户口，买车买房，孩子上学都方便，可感情是前提啊，谁会为了那么个小红本，把这辈子押上啊。你别看田蓉不爱说话，有时候可偏执了，她不会是为了气我，才故意也找个北京的吧！"

这个玩笑开得可不轻，谢晓丹不知道该如何接话了。她回想起范鹏华和田蓉分手时，他们还一起租住在团结湖的小房子里，她清楚地记得田蓉把自己关在屋里哭了好几天，怎么问也不开口，那时的田蓉，什么也没有，没有工作，没有房子，像这城市的孤儿一样漂泊无依。如今，那些曾被时光掩埋的伤痕，随着光阴的潮水退去，化作了今日故事的心梗。

匆匆挂了范鹏华的电话，谢晓丹感慨万千地回到饭桌，酒过三巡的李万兵正心满意足地揽着他甜美又质朴的未婚妻的肩膀，拍着胸脯对一桌人说："蓉蓉，今天当着你这些个闺蜜的面儿，我说句话，我保证，咱俩一领证，第一件事，就是把你的户口迁北京来，你放心，男人讲话，一个吐沫一个钉，保证办到！"

听到这样的"情话"，一帮同学面面相觑，不知道该鼓掌，还是该起哄，田蓉看起来倒是蛮受用，一本正经地追问："现在拆迁补偿是按户走，还是按人口走？我迁进去，你姐他们会不会有意见啊？"

"他们有什么意见？他们谁敢有意见！我们家我说了算，这些事用不着你操心！"大男子主义的李万兵生气地一摆手，一脸醉态。他牛饮一杯茶，突然觑起眼睛盯着谢晓丹："晓丹，你以后要对我们家田蓉好点！我知道，我们俩走到一块你多少有点不开心。那次相亲吧，本来确实说的是你，但是说句实话你别恼，你这人，长得是好看，但你压根儿不是过日子的人，咱俩要在一起，确实不合适。"

这话听着就有些变味，明明是自己没看上他，怎么反倒好像是她成了落选的秀女，谢晓丹气不打一处来，当着众人的面又不好发作，她白李万兵一眼："喝多了吧你，这哪儿跟哪儿啊，赶紧醒醒酒去！"

"不是，你别懂装不懂！谢晓丹，我知道你瞧不上我，但是你又羡慕我，我告诉你，我是为你好！房子这些其实都是身外之物，你也三十了，赶紧找个男人把自己嫁了，这是当务之急！再好的女人，上了岁数，也就不值钱了。我说你们这些来北京混的女孩子啊，都不容易，要是找不着归宿，北京城再好，它也不是你的啊！"李万兵脸红脖子粗地站起来，手舞足蹈地比画着，彻底喝多了。

　　这句话，戳到了谢晓丹的痛处，她火冒三丈地憋红了脸，噌一下站起身："谁羡慕你啊，你不就是个郊区拆迁户嘛，也太把自己当回事了吧！神经病！"话毕，她拎起古驰的经典酒神包转身离席。

　　一顿饭吃得不欢而散。谢晓丹一个人在绿柳成荫的亮马河边溜达，北方夏夜的风拂过河面，把怒气吹成了委屈：北京城里哪家五星级酒店的健身房设施最新；哪家大堂吧里有马肉吃；哪个高尔夫球场景致最美；哪家私人会所里的下午茶最棒……你们知道什么！有个户口有几套房，北京城就是你们的了？一群傻逼！谢晓丹恨不能带着黎光让他们见识见识，我男人才是北京城里真正的主人。只可惜，黎光是绝不会允许他们的生活圈子有交集的，不仅如此，这一两个月来，黎光的疏远已经明显不是忙可以解释的了。

　　谢晓丹心里，还在琢磨着那个赌局，那个她与黎光之间的赌局。在这张牌桌上，她已经坐足了四百多个日夜，五花八门教女人如何拴住男人心的书也都读了个遍。可惜，黎光仍像是那阵没有规律的季风，让人无法预判，更无法跟从。到底要不要再赌下去，还是索性骄傲离场，收拾残局，愿赌服输？投入了时间、情感和青春，特别是寄予了过高的期待，谢晓丹的判断已经不再理性敏锐。李万兵说出那些话之前，她不愿意去思考她的赌局里其实还有第三种可能，那就是黎光要先行退场了，甚至都不需要告别。这种可能当然不是没有，只是此前，她的潜意识不想面对。

谢晓丹望着铺满河面的残阳拨通了黎光的电话，那长长的嗡鸣声，像沉入水底的失落与寂寞。一阵晚风，吹破了水面的颜色，她突然不想再这样盲目被动地等下去了：就算你黎光讨厌被别人强迫，在你身上耗尽青春岁月，我也有权利让你讨厌一次。谢晓丹从河边的长凳上站起来，深吸一口气，发出了那条她编好很久的短信：不知道为什么你最近总是躲着我，忙只是借口，我们都明白，如果你有什么想法，至少应该坐下来认真谈谈，好歹在一起这么久了，即便要分手，也该有个交代。

约莫两个半小时后，黎光回了八个字：早点休息，周末约你。

北京城有多好，这一年多跟着黎光，谢晓丹算是领教过了。北京城到底属于谁，沉浸在夏凉如水的夜里，她突然意识到，这个问题，原来自己有着好深的误会。

周日上午十点，快一个月没见面的黎光和谢晓丹面对面坐在银泰中心65层柏悦酒店的酒廊里，选在这个时间见面，通常不会是为了浪漫的约会。谢晓丹多少有点不好的预感，她一直在想，是该继续保持自己过去精心维护的懂事乖巧的形象，以期黎光的感情能够峰回路转；还是索性放肆地崩溃一次，发泄掉一年多里所积压的种种不满，再顺理成章地谈谈补偿？

落地窗外，脚下的城市被淡淡的雾霾笼罩，燥热自下而上蒸腾，五星级酒店里的冷气却过分地足，让人不寒而栗。黎光穿着最简单不过的白衬衫、蓝色牛仔裤，就如同他们初见时一般，他眉头紧皱，一只手按压额角，另一只手在那只漂浮着冰块儿的柠檬水玻璃杯上反复摩擦。他欲言又止地反复说着那么几句：我考虑了很久，觉得自己尚没有做好再婚的准备，然而你也不小了，我不能再耽误你云云……

黎光的眼神中没有丝毫忐忑躲闪，却满满的烦躁痛苦，谢晓丹明白，令他痛苦的其实不是和自己分手，而是分手这一刻的压迫感。倘若自己立即起身离去，从此人间蒸发，他大约会如释重负，顶多花半个小时感怀，午餐时便会一切如常，晚上便能拖着另一个女孩的手入住楼上的豪华套房。谢晓丹突然强烈地不平衡，从二十八岁到三十岁，黎光享受了她盛放一般的最珍贵的年华，然而她得到了什么？除了吃喝玩乐，没有像样的名分，也没有像样的感情，甚至没有任何可以抵得住岁月磨蚀的硬资产。如今，他想换地方消费了，买单时，怎么可以连像样的小费都舍不得给？谢晓丹的身体在冷空气里发抖，委屈和愤懑在胸腔里淤滞，她好想流点眼泪，换点黎光的同情或者内疚，然而，感情那道大门已经在心底里关闭了，一切受其支配的表达都功能尽失。她只剩下飞速运转的大脑，和大脑里那些其实同样卑微的算计。

黎光的电话突然响了，是房产中介，问顺义的那套别墅还卖不卖，他不客气地回绝了。

"别墅又涨了吧？"谢晓丹吸了口气，主动打破了沉默。

"是啊，都找到买家了，她又不想卖了，非说要再等等还能涨。"黎光烦躁地回答，"她"是他们之间对黎太太的特殊称呼。

"她还是不想跟你离吧，想再拖一拖，不卖别墅只是借口。"

黎光愣了愣，他熟悉的谢晓丹从来不会这样分析问题："不可能，分居都七八年了，离婚也是她提出来的。"

"那她知道你在国内一直有女朋友吗？"

黎光警觉地看谢晓丹一眼，考虑了片刻才回答："谁也不会主动去说这些事儿，但她肯定也能想到吧，我们都十年没有'在一起过'了。"

黎光到底是很忌惮他太太的，谢晓丹一直隐隐地觉得，黎太太一家一定有着比黎光家更深厚的背景。

"如果她知道你在国内有女朋友的话，估计就不会只要那一套别墅了吧？女人嘛，再说不在乎，也不会对这种事儿完全无所谓，特别是有地位又要强的女人，更会有报复心的。"谢晓丹像背台词一样涩着嗓子说完了这段话，呼吸急促，心跳不已。

黎光换了个姿势，双手抱合在胸口，似笑非笑地看着谢晓丹，半晌才回问一句："问题是她怎么会知道呢？有谁会专门去说吗？"

"那谁说得准，要想人不知，除非己莫为，现在都是互联网时代了，消息传播的速度快得很。"谢晓丹强压着自己紧张到发抖的身体，可她的感官却从没有像此刻这样清晰过，"那套别墅现在也得有三四千万了吧，真卖了还有点舍不得，毕竟我们在那儿也有过那么多回忆，你说是不是？"

黎光觑起眼睛盯着谢晓丹，眼神里的怀疑和嫌恶慢慢变成了不以为然的笑容，他哈哈冷笑一声，看起来比刚才释然多了："Amy，我中午还约了人吃饭，先走一步，你能这么想我很高兴，回头有什么问题，咱们随时电话交流。"

谢晓丹愣了愣，不知道他这话是什么意思，却也只好起身相送。黎光很客气很绅士，其实是很有距离感地和她拥抱了下，拍拍她的肩膀说："Amy, take care of yourself."（Amy，你自己多保重。）谢晓丹目送着他的背影匆匆离开，丝毫没有留恋，一次也没有回头。

没想到，这场云中的博弈，竟然就是他们的最后一面。

仿佛打完一场大仗的谢晓丹迅速瘫软下来，她盯着黎光留下的那半杯水发了许久的呆，努力平稳情绪。正当她准备离开时，服务员走过来温柔可亲地对她说："对不起小姐，账还没有结，一共是 420 元。"晓丹一愣，她明白，心思缜密的黎光是不会忘记买单的，这不过是他给自己的一个提示，或者说教训，告诉她 CBD 里的一切都是有价值的：两杯咖啡，一片有雾霾的景致，或者是一个不切实际的想法。

看来，她从来都没有赢的可能。

谢晓丹的直觉是对的。那天之后，黎光的电话再也没有打通过，她才发觉，在北京这样人山人海的大城市里，人与人之间的关系其实是那么缥缈无凭，无论是萍水相逢，还是同床共枕，也就都只靠着一串数字连在一起。要想让谁从自己的世界消失，不消费神，手机号码拉黑即可。比起失恋的痛苦，人与人之间如此寒凉粗暴的关系，才彻底让谢晓丹清醒了过来。

她还没来得及在黑夜的角落里舔舐自己的伤口，便有个姓刘的律师打来电话，约她在中国大饭店的大堂吧见面。谢晓丹穿着套装踩着高跟鞋，趁着工作的间隙溜到楼下，等了二十分钟后，刘律师才姗姗来迟。这个身形圆润、笑容可掬的中年男人，问服务员要了条热毛巾，拭去了满头满脸的汗水之后，用夹杂着上海口音的普通话问了好，开场白倒还算客气得体。

"谢小姐你好，我和黎光是多年的朋友了，他非常信任我，有很多事都交由我来打理。最近他都不在国内，他走之前跟我见过一面，聊起你们之间的情况，其实之前我就听他念叨过你，走到这一步，也是挺遗憾的。黎光这个人，我是了解的，他特别不会和女孩子交往，往往出发点很好，结果却都不太好。他对你呢，这一年多，也付出了很多的感情和精力，说实话，也希望能好合好散，你说是不是。"

那一刻，如坐针毡的谢晓丹突然明白，为什么所里的律师们挣钱要比中后台人员多得多，想来他们的人生，每分每刻都在承受着这样的压力，还要在压力中稳定情绪，调整思路，寻找机会，控制全局，轮到她自己，只怕是这一战都撑不下来。

"是的，我也没想到我们之间会这样，他有什么事儿不能直接跟我说，还要派个人来，打电话永远不接，发短信也不回，玩失踪吗？我又不是不知道他家在哪里，他能失踪一辈子吗？"谢晓丹觉得自己的声音都在发抖，不知是气愤还是紧张。

"你看，我就说你们之间一定有误会，所以我这趟来还是很有必要的。你们上次见过面没几天，黎光就回美国了，最近他身体一直不太好，回去做个全面体检。他就是怕越拖你越误会，所以才让我来先跟你聊一聊。至于你说他不接电话，谢小姐，你对黎光应该也是了解的，一来他确实忙，电话会都开不完，从来不喜欢在电话里讲私事；二来，他也是个臭脾气，他知道你现在有情绪，一接电话，三两句不投机，你们在电话里杠起来，不是更不好嘛。"刘律师推了推顺着汗水滑下来的金丝边眼镜，"况且呢，谢小姐，我觉得你有些短信啊，发得也欠考虑。我听黎光说，你是在金达做行政？虽然不是律师，但在这么大的律所工作这么多年，应该也比一般人有法律常识啊，你发的有些短信，严格地说，已经构成敲诈了，那可是要负刑事责任的。你也别怪黎光生气，他还蛮委屈的，觉得你怎么一点不念旧情呢。"

谢晓丹喉头发紧，双手冒汗，她喝了口水，尽量让自己的表情和姿态看起来松弛一些。她是发过些短信，在黎光的电话永远打不通的情绪里，从那些脑残电视剧里学来的桥段，她真没想要敲诈谁，自己不过就是说了些气话，想要回自己该得的。显然，不念旧情的不是自己，是电话那头那个冷酷的男人："我没有想要敲诈谁，我们在一起这么久，他还有家室，现在说消失就消失，难道他不应该给我一些赔偿吗？"谢晓丹用颤抖的声音回复，已经乱了方寸。

听了她的这番话，刘律师情不自禁露出了微笑，原以为CBD里的白骨精会是场硬仗，没想到不过就是个银样镴枪头。"谢小姐，你看，刚才你自己也讲了，他有婚姻，你从一开始就知道，可你还是跟他交往了，没有谁胁迫你吧。既然是自愿的，谈恋爱嘛，分分合合的，时间精力双方都在搭，哪存在谁赔偿谁呢？而且我估计，你们在一起这一年多，黎光在你身上也没少花钱吧。女孩子，不能想着靠和男人谈恋爱发家致富，这说轻点，叫不自尊不自爱；说重点，那可真就涉嫌诈骗了。"

谢晓丹脸色发白，被笑面虎刘律师骂得结结实实，一句话也说不出来了。对面的胖男人和善地笑笑，胸有成竹地从电脑包里掏出一只透明的文件夹，里面夹着份三页纸的协议："事到如今呢，你们的感情恐怕是覆水难收了，你给黎光发的那些短信、提的那些要求，全都是不合理的。但是，怎么说呢，我也劝黎光，感情的事儿，千万不能够感情用事，我也让他站在你的角度上想想问题，他还是听进去了，也多少能理解你心里的感受，所以今天我来，也是希望给你们之间做个了结。首先说，感情的事儿，没有对错，也不存在谁负谁，这个咱们一定要有共识；当然，黎光对你还是念旧情的，知道你一个人在北京漂着也不容易，所以也希望你能记得他过去的好。他让我帮忙想个方法，看怎么能帮到你。谢小姐，你看这样好吗，我们签个东西，也算走个形式，黎光他愿意拿出10万块给你，希望你无论去读读书呢，还是去散散心，总之想开一点，世界大得很嘛。但是你呢，有义务对你们之间的所有关系保密，这笔钱，会由我分两年支付给你，签字之后我马上打给你3万，明年这个时候，如果你的保密义务履行得不错，我会再打给你5万，后年这个时候，把剩下的两万打给你。这个嘛，也不是什么大钱，我也明白，谢小姐你就是为了出口气。这10万块，就当你惩罚他每年还再送一份生日礼物给你好了！这样你气也出了，咱们都还是君子嘛，分手不出恶言，好不好？何况不念旧情，也要念未来嘛。"

谢晓丹下意识地用手指翻动桌面上那三页合同，其实一个字也没有看进去。这就是最终的结果了，她努力平复自己的情绪，却忍不住想，当年和小白领丁之潭分手时，他好歹还给了自己10万块，那还是几年前，也没让她签过什么奇怪的东西，算上通货膨胀，富豪黎光搬出职业律师，开出的价竟比丁之潭还低。真是越有钱越算计！可是，也不能拿丁之潭给出的数去说事儿，否则岂不是让这个刘律师认定自己是感情诈骗的惯犯了嘛。谢晓丹很不甘心，却也想不出对策，刘律师看她不语，便笑盈盈地问道：

"对了，杜文强今天在所里吗？好久没见他了，我们俩本科是同班同学，当年一起追过女同学的，哈哈，他要在所里，我一会儿上去给他个惊喜。"

杜文强是金达律师事务所的创始合伙人，走在那层楼里的人，谁都要看他脸色行事，谢晓丹一愣，突然明白刘律师那句"不念旧情，还要念未来"是什么意思了。她的脑袋越来越乱，只听到刘律师接着说："说起来这个世界真是小，我跟金达很有缘呢。你们行政部门，原来有个行政总监，Samantha 吴，应该和你共过事吧？我在加拿大的房子，离他们家不远，也算是邻居，两家人经常一起聚。下次她回国，我约上她咱们一起吃个饭，她还挺怀念在金达工作的日子呢，现在在家当全职太太，没事做，整天闷得发慌，哈哈。"

谢晓丹的心脏越绷越紧，她当然明白看起来和蔼慈祥的刘律师肯定不是闲得无聊才和她唠家常。在刘律师的眼里，她不过就是他们的好朋友黎光遇到的一件麻烦事，是个来路不明没有廉耻的小捞女。他们那个圈子，他们那个阶级，资源丰富神通广大，维护统一的尊严，保持格局的稳定，是大家共同的任务，想要拉黑你不过是一眨眼的事儿。但是他们心存善良，人品高尚，所以只是点到为止，只要你闭嘴消失，大家也可以相安无事。

很遗憾，他们所有的预判都是对的。北漂谢晓丹，没有任何实力敢和他们去玩鸡蛋碰石头的游戏。何况，最根本的劣势在于，已经要过男人两次分手费的谢晓丹，也经常在午夜时分质问自己：你到底算是个什么女人？

那一年夏末秋初，谢晓丹和黎光的恋情拉上了帷幕。初见曾如春光般灿烂，分手亦如秋霜般萧瑟。谢晓丹独自过完了三十岁生日，人生又开始了新的迷茫。经过黎光，似乎再难有人能入得了自己的眼。可惜岁月不饶人，鱼尾纹渐长，法令纹渐松，真应了那帮不怀好意的男人的话，她最有价值的核心资产，正在加速折旧。到底还是得找个人嫁了，自己又不像是表妹陈青，正在财务自由进而人格自由的康庄大道上阔步前行。谢晓丹把塔罗牌铺了一沙发，是该收心反思，改邪归正，降低标准，积极相亲，回归到一个大龄剩女的正常生活？还是，彻底解放思想，不以结婚为目标，只以物质为坐标，容颜既然加速折旧，那就让它快速变现，别在乎别人怎么说，也别在乎自己怎么疼？

还没等谢晓丹想明白下一步的选择，陈青家已经闹开了锅，当然，还是为了房子。自从小姨每天奔波于北京的各个楼盘，买房的愿望就像信仰一样在内心深处生根发芽。不过，或许是听了田蓉的建议，她不再以结婚就一定要有婚房为理由，而是换了个投资保值增值的角度去劝说女儿女婿。这一招果然好使，高畅和他的父母很快被说服了，大概多少也觉得就这么裸婚有点对不起女方，于是很痛快地提出方案：支持买房，首付款他们出六成，亲家出四成，房贷小两口自己还。小姨算了算，北京城里随便一套像点样的房如今也要三百来万，三成首付款，差不多100万，亲家出60万，自己出40万，相差的20万完全不能彰显他们养育了这么一个好女儿的功劳，更不足以让儿媳妇受尽十月怀胎之苦，生出来的孩子还姓高。但好歹，也是亲家的一片诚意。小姨左思右想，反正证都领了，也没什么谈判筹码，一咬牙，一跺脚，40万出就出吧，横竖是为了女儿。谁想到，小姨刚刚吐口，陈青却跳出来坚决反对。她说背那么多房贷，严重影响生活质量，自己公司里好几个老外同事，都租房住，也没见人家活得比谁不痛快！

陈青的倔强，小姨一点办法也没有，她求外甥女谢晓丹去劝劝闺女，晓丹心想：陈青那么自信又有主见的人生赢家，怎么会听我这个 loser（败犬）的，但到底还是约了表妹去东三环边上的椰子鸡火锅喝汤涮菜。席间，姐俩儿并没有谈多少"房事"，话题却绕不开地说到了情事。谢晓丹和黎光的事，陈青算是为数不多的知情人，听说他们分开了，自然也要陪着姐姐唏嘘几声。

"他跟他太太离婚离了这么久，到底是什么原因啊？"陈青隔着蒸腾的白汽发问，抬手往锅里撒了把水灵青翠的香菜末，手腕上那只银色的浪琴表闪闪发光，那便是谢晓丹送给她的结婚礼物，用陈青的话说，这是她最值钱的家当了。

谢晓丹正好不想承认和黎光分手压根儿跟他"离不了婚"这件事没关系，也就就坡下驴，顺着陈青的话说下去："财产分割不了啊，美国的房，香港的房，光北京的几套房都打得不可开交呢。我跟他也耗不下去了，晚分还不如早分。"

"黎光怎么买那么多房啊？他不是一直在华尔街的投行工作吗？"陈青不解地问道。

"在投行和买房有什么冲突，挣了奖金就得有地方花啊，吃吃喝喝的能用多少。黎光一直说，北京这几套房是他回报率最高最成功的个人投资呢。"跟着黎光一年半，谢晓丹的经济术语比以前可溜多了。

"不是，我的意思是说，他在美国读书，又在美国工作了那么多年，怎么没受点美国文化的影响呢，还那么爱买房？"

"哎哟，青儿，"谢晓丹把一块冒着热气的软烂鸡肉放进嘴里，吸溜着回答，"黎光经常说，美国人买房没那么积极，是因为美国的房地产已经过了高速增长的周期了，所以没必要把钱都放在房子里。至于说什么人生自由、不做房奴，说这话的绝大多数都是美国的普通老百姓，说白了，都是寅吃卯粮的，哪有什么钱买房，真正美国的富豪阶级，也一样全世界地置业啊，不过人家不只是买一套，要买就买一栋，怎么说来着，对了，全球'资产配置'，你还做投资的呢，应该比我懂啊。"

陈青似乎是有点听进去了，带着疑惑的眼神问："政府现在调控力度这么大，去年连续五次加息，现在全国有四十多个城市限购，未来还能有多大上涨空间呢？黎光怎么还不赶紧把房子卖掉，不怕变成接盘侠吗？"

一听这话，谢晓丹明白，表妹也并非完全神仙做派，全然不关注楼市，相反，从宏观到微观，了解得不少呢，不过眼下中国，又有谁能完全置身于楼市之外呢。"这我就不懂了，但是你看，这房价是越限购越涨啊！美国倒是不限购，还鼓励买房呢，房价不也涨不上去吗？可见中国的事，就是有中国特色，照搬哪国经验都不好使。"

陈青愣了愣，若有所思地点点头，转了话题："那你和黎光就这么算了？"

"唉，那不然怎么样，再耽误下去也不见得有结果。我已经三十了，耗不起。别光说我了，高畅最近怎么样，你们俩有要孩子的计划吗？"谢晓丹心虚，连忙转话题，怕一不留神说出 10 万赔款的事儿，在有些女人面前，这是能力是骄傲；在表妹陈青面前，这就是自己被钉上耻辱柱的呈堂证供。这个价值观混乱的天朝，谁都活得力不从心。

"哈哈，才不要，买房这事儿就够闹心的了，再来个孩子，Oh my gosh，我可不要我的人生沦落到这样庸俗的套路里。"陈青仰起脸大笑，左手还不停地摆，仿佛人人乐此不疲的红尘生活，是一种可笑又可怕的设定。

热汤暖红了陈青的小脸，谢晓丹也情不自禁被她清爽的笑容感染，她一直挺佩服这个表妹，所有世俗眼光中的"人生大事"，在她眼中似乎都没什么意义，她和他们的世界里，除了工作，好像就只剩下旅行、读书、聚会、看演出、看展览、体验滴滴、Airbnb 这些新鲜事物，外加——思考人生。

好吧，苟且都留给我们了，诗和远方，都在他们的笑容里。

2014

重启救市模式，两年内六次降息，降至历史低位。

2016

北京市均价
34000 元

1

　　田蓉的婚礼谢晓丹找了个理由没去参加，别说上次吃饭和李万兵的那场口角，已令大家的关系微妙紧张；单就给"土豪"炫富当观众这件事，她本来也毫无兴趣。听到场的同学事后描述：婚礼场面简单粗暴，郊区密云一个假五星酒店，浩浩荡荡摆满五十桌，大白瓷盘子里扎扎实实咸死人不偿命的红烧肘子、肉丸子，和田蓉身上挂满了的金镯子金钏子金箍子交相辉映。有一个特色环节是打着男女双方互表衷心的名义，展示两方的聘礼和嫁妆：主持人在台上拿着红礼单，还夹着厚厚一摞红本子，说到哪个就翻开哪个面向观众晃一圈，简直就是祖国大好江山，从一线城市到四线城市各种房产证的集中展示。李万兵家的亲戚喝得已经浑身冒汗，T恤都卷起来堆在腋下，露出一个个黑锅盖似的肚子，主持人每翻开一本房产证，他们便叼着烟一哄而上到台前围观，女眷们带着金镏子、玉镯子，在台下拍着壮硕的腿大笑。现场宾客更是笑骂不绝，酸爽不已。

　　田蓉的父母因为是客场，显得低调很多。老头儿穿着豆沙色的长袖衬衫，衬着脸上的沟壑越发深邃，无论宴会厅里如何热浪翻滚，风纪扣和袖口始终一丝不苟，任凭汗水打湿了后背；田蓉的母亲来给同学们敬酒时，一句话不说只是笑，眼神里漾满了幸福和满足，对比一旁高喉咙大嗓门的亲家公婆，这两口子就像隐形了一般。田蓉的父母此刻应当佩服女儿当年的魄力和远见，若不是几年前咬牙置下了那三套房，一脚从无产阶级阵营跨入有产阶级，如今这阔绰的婚礼，殷实的家境，红彤彤的北京户口，实在是想都不敢想的。任何一场婚姻都是势均力敌的交换，你的实力体现在脸上，荷包里，还是父母身上，总得占得住几头儿。女儿终于不用漂在这人潮汹涌的大都市了，她为自己找到了一片土地，踏踏实实地扎下了根。

谢晓丹心想，田蓉这次是嫁对了人，三观高度统一，双方家庭还都满意，这在当今社会也不是件易事，确实值得祝福。然而，已婚的人和未婚的人，就像是河的两岸，说起来只差了一张纸，立场和圈子却瞬间不同了。田蓉和谢晓丹之间横亘着的藩篱，除了有产和无产，如今又多了已婚和未婚，不经意间，便越发疏远了。

婚后的田蓉彻底不工作了，一心一意在家待着要孩子。可惜事不遂人愿，不知是田蓉的体质问题，还是北京的生活环境太恶劣，整整两年丝毫没有动静。一家人抓耳挠腮地到处求医问药，各路大仙道士都请到家中了。2013年10月，吃了大半年中药的田蓉终于怀孕了，全家像伺候贵妃娘娘一样伺候她，司机保姆，鱼翅燕窝。好不容易平平安安地度过头三个月孕早期，北京最冷的日子来临，雾霾锁城六七十天，整整一冬没有一片雪。田蓉躲在五六个净化器同时工作的卧室里，连大门都不敢靠近，更别说外出溜达。谁承想家里的保姆出去买菜被传染了流感，回来后又传给了田蓉。田蓉体质差，怀孕还不敢用药，很快转成了肺炎，咳得肺都快吐出来了，除了输液什么抗生素都不敢上，饶是如此，孩子到底还是没有保住。

已经连续发烧一个星期的田蓉，躺在单人病房里听着医生的宣判，整整两年半，花了多少心血精力和金钱才求得的、牵动着全家老少全部心思的这个仅仅四个月大的胎儿——"胎停育"了。田蓉发了足足十分钟的呆，突然拍着医院的被子歇斯底里地号啕大哭起来。她这辈子，从来没有这样释放过，也从来没有这样悲恸过，这个结果，和她对自己的人生预设差距太大。从小到大，她其实是个平庸的人，平庸到自己的人生选择里，承受不了任何的"与众不同"。她从没有潇洒地买过一件衣服一样首饰，更别说一次说走就走的旅行，或是一场不计较结局的爱情。她活得谨小慎微，步步为营，而所有受的委屈吃的苦，终极目标不过一个，和千千万万最传统的中国人一样：安全平凡地活在这个红尘乱世里，找个男人嫁人生子，再把所有的期待、精力、财富都以爱的名义，传递给自己的下一代。一切为了孩子，在还不知道那个孩子的父亲是谁的时候，就已经开始了。然而，医生手里的那张薄薄的诊断书，一瞬间，就荒废了她人生幸福的前提条件和最终目标。

田蓉对着伏在床头低声安慰自己的母亲哭喊："没有孩子，光有房子有什么用！早知道一套房子都不要，我就只想生个孩子，咋就那么难！"她声嘶力竭的声音传到拥挤的走廊上，过路的小护士忍不住翻白眼嘟囔："这满医院到处都是要不上孩子，保不住孩子，而且还没房子的人，你就知足吧！"

第二年春天，终于从丧子之痛中回过神来的田蓉，着魔似的开始了一项新事业——移民。

突然有一天，她发现身边像她这样的人很多，而且越来越多。结婚多年怀不上孩子，怀上孩子没几个月莫名其妙就胎停育，甚至是各种各样被先天性疾病折磨的新生儿，似乎满大街都是。原来我不是唯一的那个，原来不是因为我做错了什么，或是得到了太多才遭的报应，田蓉空虚的子宫和心脏，在那一刻似乎感到了一丝暖意。她和那些同样失落痛苦的女人抱头痛哭过几次之后，向来善于以最朴素的智慧治愈心病解决问题的田蓉，为自己的心结找到了一个出口。她把查不明原因的不孕不育，全部归咎于北京被严重污染的环境，以及国内建材、装修、食品、用品无处不在的添加剂和毒素。所以，无论去哪，付出怎样的代价，为了下一代，她决定了，必须要离开。

田蓉折腾孩子折腾移民的时候，谢晓丹清清静静地过了两年，要说她没男朋友估计没人相信，但事实的情况的确如此。似乎年龄越大，越难得心动，即便偶尔悸动，顾虑也更多，很偶然的时候，跟某个前男友"鸳梦重温"一回，大概也只是为了解决心理的空虚和生理的需求，当然，这类"前男友"既不包括丁之潭，也不包括黎光。

情场失意、职场得意的规律，这两年也不灵了。高级经理Amy谢，可能是在新上任的行政总监怀孕生子时表现得过于积极，夺权篡位的司马昭之心路人皆知，总监回归后高度集权，又提拔了 HR 的一名经理重点培养，眼见着升职无望。谢晓丹觉得自己的人生陷入了低谷，不只桃花不开，前途也渺茫不堪。

周末，谢晓丹去陈青家蹭饭。"新青年"陈青到底赶在自己之前怀了孕。这个看起来自由个性、从来无视世俗观念的表妹，读书、工作、结婚、生子，却样样都踏在节奏上，全然不让家里人操心。大概聪明人向来知道自己要什么，更知道如何把握，谢晓丹这个表姐不服不行。满心欢喜的小姨专程从四川飞过来照顾怀孕的陈青，和女儿女婿住在刚刚交房的小两居里，其乐融融。

没错，就是两年前在小姨苦口婆心的坚持下，他们买下的那套北五环外的期房。半年前终于交房了。

小姨在厨房里忙活一上午，高畅跟着打下手，中午时分，四凉四热陆续上桌：酱肘花、凉拌拉皮、芝麻酱拌菠菜、虎皮青椒、川味蒸腊肉、咸烧白、辣子鸡丁、清炒丝瓜尖。高畅让小姨先就座，自己在厨房煮饺子。

"不用盖锅盖，不看饺子胖起来，漂起来就可以出锅啦！"小姨一边摘围裙一边冲着厨房叮嘱。

"放心吧妈，你们先吃！"高畅系着围裙在厨房里忙碌，准爸爸的兴奋之情溢于言表，这两年他最明显的变化，倒不是啤酒肚，而是额顶的发际线，越来越退后了。

"啥馅儿饺子啊，老姨？"谢晓丹只穿着袜子踩在暖融融的木地板上，口水都快下来了。

小姨端着最后一盘菜走出来，冲晓丹挤挤眼睛："酸菜馅的，你们姐俩都爱吃！"

阳光照进 90 平米的两居室，屋内饭菜飘香，笑语喧阗。精装修的大理石地砖，原木地板，暖黄色的壁纸，洁净的品牌卫浴。楼下的小区不大，树木花草也都还细小，桂花萎了，柿子树上刚结了小果儿，小区中心的软胶地垫，红红绿绿摆满了滑滑梯、跷跷板，邻里们素质不低，谦和有礼，对公共设施也是爱护有加，小区内人车分流，管理得也算井井有条。陈青跪在木地板上折腾她新买的音响播放器，不一会儿，一曲谢晓丹叫不上名字的曲子就在房间内流淌起来。

"有个自个儿的地儿是好哈！"谢晓丹看着走廊上大小不一、错落有致的照片墙，都是陈青和高畅四处旅游的合影，由衷地感叹道。

"好什么啊，住在这儿，每天上班路上来回多花一小时，还背着房贷，现在换手机我都得想想了。"有关置业的事儿，陈青虽然还是嘴硬，与两年前的不屑和反对已完全不同，顶多算是口头"撒娇"。

可惜，她娘连撒娇的机会都不肯给："还说这话！你好好感谢我吧！要不是我当时坚持，你们现在还在那个大开间租房子住呢，孩子马上出来，睡哪啊？丹儿啊，老姨跟你说啊，这房子当时开盘的时候，那家伙，你是没见那个阵势啊，跟抢大白菜似的，售楼处里乌泱乌泱全是人，好多人家五六点钟就来排号了。九点一放号，妈呀都跟疯了似的，排到跟前儿，每个人就五分钟，什么关系都不好使，剩什么房就是什么房，没的挑，爱要不要！不要？走人，下一个。到我们的时候，原本咱看上的那种纯朝南的户型已经没有了，高畅还犹豫呢，"小姨满脸笑容地压低声音，朝厨房努了努嘴，像是怕女婿听到她们在背后的议论，

"说青青喜欢阳光好的房间，这套西北朝向的怕冬天冷，要不再看看。我立刻就给他摁住了，我说等你看了别处再回来，连地库都没有了！"

谢晓丹哈哈大笑，这已经是不知第几次从小姨口中听到这段故事，但每次听到这里，她都还是会由衷地被小姨的快乐所感染。

小姨指指窗户："这不现在太阳照得挺暖和的嘛！北京不像我们四川，只要楼层高，朝哪儿都不耽误晒太阳！"

"这房子现在也涨了吧？"谢晓丹适时地抛出这个问题，保证这一餐饭都能在快乐的气氛中进行。

"涨？你得问涨了多少！当时我们买的时候是一万二，我昨天去楼下的中介问，他们说现在两万五都找不到房源！北边的二期已经开始排号了，据说开盘三万起，还得两年后才交房，交通也没咱一期方便，所以啊，未来还得接着涨！"小姨的眉毛都在笑，她看女儿还没有对自己的英明决策彻底臣服，决定吊打她年轻的骄傲一回，"青青，你不学金融的嘛，你给算算咱这套房，两年回报有多高？是不是比你在银行里存着高！"

陈青自知老妈说得有道理，可又向来不服软，只能哭笑不得地打岔："妈，涨了多少你不卖，还不都是浮云啊！"

"那谁知道呢，兴许有卖的一天呢！那时候田蓉就常跟我说，钱存在银行里十年后看，就是废纸一堆；钱存在房子里，不仅能解决自己住的问题，十年后能生出几套房！"

"哎姐，你那同学是职业炒房的吗？我妈已经完全被她洗脑了，现在绝对是她的铁粉。"陈青饶有兴趣地转头问谢晓丹。

"嗨，她也就是撞上了。我们在学校的时候，话都说不利索，毕业以后工作换了好几份，都干不好，倒是在一个二手房中介打工的时候，发现了买房子的机会，所以人家下手早啊，06年就买了3套房，后来今天买明天卖，来回折腾，越折腾越大了。天津、苏州、杭州，反正是有点钱就买房，从一线城市倒腾到二三线城市了，现在肯定赚了不老少。"

去厨房取碗筷的小姨，一听到说起了自己的"偶像"，立马拉大嗓门朝客厅补充道："田蓉现在跟咱们不一样了，人家现在不是买一套房两套房的问题，他们那些人在一起啊，一买都是一栋楼啊！"

"你跟她那么熟，当年怎么没想跟着她买房啊？"陈青对母亲远距离的啧叹不感兴趣，接着跟表姐聊天。

谢晓丹愣了愣，她从来没从这个角度想过问题："我？我中间有几次机会没把握住，现在想买也买不起了啊。咳，我跟你们不一样，要考虑家庭，考虑孩子。我现在一个人吃饱全家不饿，也就没那么迫切地要买房。"

话虽这么说，谢晓丹心里还是有些凄凉。眼看着快要三十二了，没有男人，没有钱，也没有房子。自己曾经唯一的骄傲——国贸的工作，也到了瓶颈期。看着所里新来的小律师、小助理，谢晓丹似乎能看到十年前的自己：他们由外而内地重塑着自我，偷偷换下了廉价的皮鞋、假冒的名牌；各地口音集中矫正，都变成中英夹杂的CBD范儿；学会了喝红酒，抽雪茄，打高尔夫，也摸透了各大机场的餐厅休息室礼品店……十年后，等他们已经是CBD中的精英、代表、中流砥柱，那一刻，内心的重塑才会慢慢袭来：我到底是谁？自何处来？该往何处去？

"对了，姐，下周末你有时间吗？高畅他们公司有个新产品要上线了，弄了个发布会，你没事也一起来捧个场呗，应该挺好玩的。"陈青的话阻断了谢晓丹上一秒的抽离。

"好啊，周末我一般都没事，没问题。不过高畅，说实话，"谢晓丹的眼神追着高畅忙里忙外的身影问，"我一直都搞不懂你们这个什么 AI 啊，人工智能啊，到底是干什么的，能给姐科普一下吗？"

放下饺子的高畅给谢晓丹斟满啤酒，兴致盎然地回答："其实很简单，你可以把它理解成机器人，但是呢，并不一定有传统机器人的外形，它是一种技术，可以通过一系列的程序设定，在一定程度上代替人的工作，应用场景很多，各行各业都有。下周我们要发布的产品是个 Mini 家庭机器人，技术不复杂，但是很好玩，主要功能就是代替父母陪伴儿童，可以给孩子讲故事、教英文、哄睡、叫醒，甚至聊天都可以，爸妈还可以远程视频监控，远程操作。"

"机器人会哄孩子睡觉！怎么个哄法？"小姨更觉得抽象了，也伸过脖子问。

"妈，给您看看我们拍的宣传片就明白了。"高畅一说到自己的专业就兴奋，起身去沙发上拿来 iPad 给岳母展示。屏幕上，一个约莫五六岁的大眼睛小女孩，扎着两根羊角辫，趴在沙发上和一个鸡蛋壳一般的银灰色小机器人聊天；过一会儿又在书桌前拿着笔跟它一起念英语；天黑了，小女孩抱着小机器人在床上睡着了，那个金属蛋壳蓝光一灭，悠悠地说了句"宝贝，晚安"。

这时房门被轻轻地推开了，年轻的妈妈从门缝里看了看，心满意足地退出去了。

小姨戴上老花镜，认真地看完了三分钟的广告片，皱着眉头问道："这是啥意思？机器人以后可以代替父母养孩子了？爹妈都不用管了？"

高畅哈哈笑起来："那倒还没那么先进，目前这一代的产品只是起到一个辅助作用，未来等到收集的样本数据足够多，就可以和孩子有更深度的交流，那时候应该能发挥更大的作用。"

小姨似懂非懂地看着他，试图挤出一个赞赏的笑容，眉头却皱得更紧了："哎呀，现在这技术真是，那啥啊，"她搜肠刮肚地想找一个词，最终还是用那啥代替了，"不过，我咋看这个小姑娘有点可怜呢，爹妈上班都忙，也没个兄弟姐妹，只能跟个小机器人玩了。可是，机器人没有感情啊，怎么能代替父母呢，整天抱着这么个铁疙瘩睡觉，将来长大会不会得自闭症啊？"

"妈，你这什么理论啊！"陈青不爱听，"高畅他们团队研发了快两年，克服了多少技术上管理上的困难，好不容易钱也融到了，产品也要上线了，你这不是当头泼冷水吗？！"

"哦哦，高科技的事儿我不懂啊，我瞎说的，高畅你别往心里去……"小姨讪讪地笑，"我是说带孩子的事儿，咳，想到哪就说到哪儿，你们毕竟还年轻嘛，有些感情啊，真得等你们当了爹妈的时候才能明白。你说是不是，小家伙！"小姨弯下腰，对着陈青的肚皮提高了声音，脸上又洋溢起幸福的光辉。

在一旁的谢晓丹不敢轻易点评，她既不懂技术，也不懂融资，不懂创业，更不懂为人父母的情感，这个世界，她不懂的还有太多太多。不过眼下看来，似乎也没什么人真的懂这个光怪陆离的世界。

一周后，谢晓丹根据陈青发来的微信位置，按图索骥，很容易找到了位于中关村的展览中心，科技的确在改变生活。会场很大，能坐下两三百人，请的礼宾服务并不是很专业，小腹微凸的陈青穿着黑色长裙忙前忙后。原以为高畅他们这家估值数亿元的创业公司有很大规模，其实里里外外也就三十来人，遇到这样的大型活动，家属都得齐上阵。会场里有点闷，怀孕的陈青忙活了一会儿便觉得胸闷气短，谢晓丹扶她坐下，挂上妹妹的工作牌，接着陈青的活儿干起来。

这可是谢晓丹的专长，各种各样的讲座、论坛、会议，她少说也组织过数十场，且都比今天这个规格高，流程复杂。没一会儿工夫，晓丹已经把十来个礼仪小姐安排得有条不紊，现场环境渐入佳境。

"你好，小姐，请问Daniel到了吗？"一个身穿黑色修身西装，系着韩版窄领带的年轻男人拦住了谢晓丹的去路。

"抱歉，Daniel是谁？"谢晓丹看看走路带风的男子，反问道。

"哦，高畅，高总，我是他的朋友，他请我过来的。"小伙子晃了晃手中的VIP胸卡。

"您好，高总正在后台准备演讲稿，发布会马上要开始了，您有什么特别着急的事吗？或者我先带您去座位，您的座位号是？"谢晓丹礼貌又专业地回答。

还没等小伙子开口，在嘉宾席坐着休息的陈青招手迎了过来："哎呀，大忙人你来啦，高畅还说你今天不一定有时间呢。"

"我从机场赶过来的,本来晚上还要在上海跟一个朋友吃饭,都推掉了,这么重要的时刻,兄弟我必须要给力啊!哎,陈青,这位女神是你们公司新请的 CMO 吗?也不引见下。"男生眼含秋波地冲谢晓丹挑挑眉毛。

"啊?哈哈!"陈青左手撑在腰后笑起来,"这样的 CMO 上哪里去请啊,这是我表姐谢晓丹,今天来给我帮忙的!姐,这位是高畅他们兄弟公司的 CEO 蔺达,创业明星,身家据说好几亿了吧,也是高畅的老朋友,我们在美国就认识啦。"

所谓兄弟公司,就是同一个投资人投资的创业公司,创始人之间抱团取暖、资源共享、互称兄弟。原来高畅公司天使轮的投资机构,正是蔺达公司 A 轮的投资机构,说起来当年蔺达还有引荐之功,两个人又是老相识,因此格外投缘。

"得啦,你别调侃我啦。失敬失敬!原来是神仙姐姐啊!陈青你们家基因好强大,净出高品质美女。"蔺达神采奕奕地伸出右手,"你好,丹姐,很荣幸,你叫我蔺达也行,叫我 darling 我就更开心了,呵呵,刚才偷偷观察你半天了,相当专业,不知是在哪里高就?"

这样幽默活泼、油腔滑调的小伙子,谢晓丹也不是头回见,不过难得他颜值不低,分寸把握得也好,并不让人反感。何况陈青刚才那句略带调侃的有关他身价的介绍,多少也更让人青眼相加。谢晓丹从墨绿色的宝格丽蛇头包里掏出金色的 GUCCI 名片夹,用纤纤玉指拈出张名片大大方方地递过去。

"哇哦,国贸大厦,高大上啊!我说气质非同凡响呢,一看就不是混我村(中关村)的。"蔺达一脸真诚的赞赏,说话的腔调，也是北京城的创业者们独有的。正好又有熟人过来，陈青迎上去打招呼，就只剩下谢晓丹和蔺达两人，气氛突然有点不自然，谢晓丹为了打破沉默，随口问道："那么你们公司是做什么的呢，不会也是人工智能吧？"

"哈哈，丹姐你不会以为创业的都是做人工智能吧，我是做SaaS（Software-as-a-Service 软件即服务）的，"蔺达看她一脸茫然，扬扬手中谢晓丹的名片又补充一句，"主要是 HRO（行政人事外包），跟你的工作有很多接口。"

谢晓丹撑不住了，呵呵笑起来："看来我和你们创业的真有代沟，连你们干吗的我都听不懂，人工智能就够抽象的了，你这个听起来更可怕，SARS？非典啊？"

蔺达看着这个不装逼、不做作的 CBD 姐姐，也由衷地笑了，眼神里流露出些许温柔。

2

遇到蔺达是谢晓丹人生中的一个意外。她都有点记不清，他们之间是怎么开始的。那次发布会之后，蔺达就杳无音讯了，并不像在会场上表现的那般殷勤。谢晓丹翻了翻他的朋友圈，不是各种加班至深夜的办公室鸡血照，就是各种关于马斯克乔布斯这些创业英雄的鸡汤文，完全没有个人生活或者情感的蛛丝马迹，俨然工作就是生活，创业就是一切。谢晓丹戏谑地想，他给我的这个微信号，不会是专给投资人开放的吧，如此热血奋进、执着一根筋，和真人所表现出的圆滑幽默、眼带桃花，完全不是一个状态嘛。他一定还有另一面，谢晓丹有点好奇，另一面的他是什么样的呢？

大约一两个月后，有一天，蔺达突然在微信上冒出来，请教谢晓丹一个关于律师事务所薪酬个人所得税的计提方式，这个问题太具体了，谢晓丹觉得蔺达不像是在没话找话，于是花了点工夫，认真地给他讲解明白，蔺达发过来一堆又是磕头又是作揖的动态表情，说改天请神仙姐姐吃饭，谢晓丹笑着摇摇头，真真是个九零后。

又过了半个来月，有天快下班的时候，接到蔺达微信，一个H5 页面——"2015 创客跨年音乐会：为梦想燃烧"，外加一条微信，表达方式简单粗暴：丹姐，陪我一起跨年吧！三十二岁的谢晓丹一个激灵，竟然已经到 2014 年的最后一天了，上高中时千禧年跨年的悸动她还记忆犹新，转眼，奔着中年去了。蔺达滚烫的邀请就在手边，H5 页面的音乐也红彤彤地鼓动人心，谢晓丹突然发现很多年没有这样的感觉了，像是初恋时在寒风里等着男生的表白；也像是在王菲的演唱会上，黑暗里听到第一个音符奏响的瞬间，这样想着，鸡皮疙瘩便落了满地。如今她的生活平静简单，全无人打扰，没有轰轰烈烈，也没有惊心动魄，即便是新年的到来，都忘却在了九霄云外。谢晓丹看看镜子里一脸素颜还架着黑框眼镜的自己，胸中那缕春风有点飘摇，摇摇头想着还是推辞吧，却不知为什么，鬼使神差地回了一个字——好。

那天晚上，谢晓丹见到了一个完全不一样的蔺达：真挚、可爱、疯狂、孩子气。没想到，蔺达竟然还是一个创客乐队的主唱，上台唱第一首歌的时候，有点紧张走音，随着酒越喝越多，现场气氛越来越热，他唱歌的动静也越来越大，从台上跳到了台下，淹没在无数双手的拥抱和欢呼的声浪中。毫无疑问，蔺达是那个圈子里的明星，很多妆容艳丽的女孩子都争先恐后地冲过来和他脸贴着脸拍自拍；很多年轻的 VC 投资人、创业者，也都争相与他认识，希望新的一年能建立合作。谢晓丹被燃烧躁动的气氛包围着，安静地坐在声浪中间，看他们肆意挥洒着青春，以梦为马。

接近午夜的时候，蔺达和其他两个同样年轻的男生一起登台，听旁边的女生流着哈喇子说，他们仨是多少家投资机构联合评选出的 2014 年度最具价值的创业项目的创始人，身家都在亿元以上，且数蔺达颜值最高！谢晓丹在台下欣然微笑，突然觉得自己被这场舞会的"小王子"亲自邀请，也是件值得虚荣的乐事，虽然小王子像只繁忙的蝴蝶，整场飞到东又飞到西，并没怎么顾得上招呼自己。

风起了，会场静了，音乐响了。蔺达带着有些颤抖的声音开了口：

怎么大风越狠

我心越荡

幻如一丝尘土

随风自由地在狂舞

我要握紧手中坚定却又飘散的勇气

我会变成巨人

踏着力气　踩着梦

吹啊吹啊　我的骄傲放纵
吹啊吹不净我纯净花园
任风吹　任它乱
毁不灭是我　尽头的展望
吹啊吹啊　我赤脚不害怕
吹啊吹啊　无所谓　扰乱我
你看我在勇敢地微笑
你看我在勇敢地去挥手啊

是你吗　会给我一扇心房
让我勇敢前行
是你呀　会给我一扇灯窗
让我无所畏惧

你看我在勇敢地微笑
你看我在勇敢地去挥手啊
怎么大风越狠　我心越荡
我会变成巨人
踏着力气　踩着梦

十二点的钟声淹没在全场年轻人对着暗夜的嘶吼咆哮中，他们淌着眼泪大声合唱着这首歌，舞台上的大屏幕，捕捉到了蔺达的特写，他高举着右拳，通红的双眼坚定地看着远方，泪水在眼眶里打转。

谢晓丹心里一动，他们的骄傲，他们的梦想，他们的屈辱和来之不易，她其实并不太懂，但那少年一般的赤诚坚定，那不惜代价的勇敢燃烧，却同样令她为之动容。

2015 年的开始有些与众不同，唱完歌的蔺达走到台下，被一群年轻人抬起来抛向天空，坠落的时候，他看到人群的角落里，那个笑容恬静温暖的谢晓丹，他穿过人群，径直向她走去，给了她一个紧紧的拥抱。

2015 年的第一天，他们就这样在一起了，谢晓丹像是逃课闯入了一场少年们的嘉年华。

有时候想想，自己穿着高跟鞋在国贸大厦和男人们约会时，小她八岁的蔺达还是个穿着校服背着双肩包的初中生，谢晓丹都忍不住摇头自嘲。不过看来这个世界还是挺友好的，曾经以为只有在法国电影中才会出现的浪漫桥段，现实生活中其实也并不罕见。

如果说和蔺达的交往是个意外，那之后，让她更加意外的是：CBD 往西北 20 公里的中关村，竟然还有这样一个世界。那里的人们年轻勤奋，朝气蓬勃，他们聚在一起，没人关心房子、车子、股票，他们讨论的是创新科技、商业模式；他们在朋友圈里晒的是加班、团建，比的是拼搏、奋进；似乎人人都有颠覆世界、改变未来的梦想；似乎人人都有让明天变得更高效、更平等、更美好的情怀。和他们在一起，你会情不自禁地被感召，甚至被点燃。原来一直以来被谢晓丹羡慕又敬仰的陈青和高畅，只是他们中的一员，那个圈子里仿佛到处都是这样可爱又质朴、勇敢又执着的年轻人。

谢晓丹突然明白，为什么民国电视剧里，那些家境优渥、衣食无忧的少爷小姐要抛家舍业地跑延安，因为无论怎样的现实，都不会比梦想更迷人，哪怕它真的就只是个梦。

蔺达和谢晓丹的关系很原始，也很高级。在遇到蔺达之前，谢晓丹从没发现床上运动原来是这样一件令人身心愉快的事。头几次约会，两人还会找个地方吃口饭，后来就直奔主题，绝不忸怩作态。用蔺达的话说：时间宝贵，有吃饭的空儿，还不如直接吃你。床笫之间，他们充分释放着自我，不吝于尝试任何一种新的可能；战斗结束后，两个人并肩而坐，点一支烟，也会聊那些不愿与他人诉说的衷肠。

见面的时候争分夺秒，灵肉交融；不见面的时候各忙各的，互不纠缠。这样简单高效的关系，对谢晓丹来说十分新颖，对于这个小自己八岁的男人，观念传统的谢晓丹从来没想过和他会有什么未来，不忌惮结果，底气便足了很多，享受过程就好。有了这个预设，蔺达是怎么想的，似乎也没那么重要了。两人都没想过要确定什么、证明什么，或者宣布什么，男女之间没了角力，只是不带目的心无旁骛的交往，回归到男女之间最本真的诉求，反倒难得地美好默契。直到有一天，蔺达给谢晓丹发了条微信，约她在华贸中心的丽思卡尔顿酒店吃烛光晚餐。

曾经和黎光交往了那么久，五星级酒店的晚餐对谢晓丹来说，早都习以为常；可对于一个月只拿 5000 块的创业公司 CEO 蔺达来说，这顿饭钱就几乎是他一周的薪水。赴约的路上，谢晓丹有点兴奋，又有点烦恼，这么正式，莫不是他想要跟我说什么？

那天蔺达确实跟晓丹说了件很重要的事，只不过和她的想象不太一样。蔺达一反床上的风流粗犷，很谦逊正经，而又自信满满地邀请谢晓丹加入他的创业团队，担任 CMO（首席营销官）职位。在摇曳的烛光灯中，谢晓丹的惊异之色写了满脸。来的路上她还一直在想，倘若晚饭时他正式邀请自己做女朋友，该如何应对。对蔺达，她当然是有点动心，可八岁的年龄差摆在那里，偷摸享受年轻的身体，和承受诸多压力的姐弟恋，那完全是两码事儿。眼下看来，她的思虑有点自作多情，蔺达抛出的橄榄枝不是爱情，却是事业！谢晓丹有点没回过神，不过仔细想想也不赖，生平第一次，有男人从这样的角度肯定着自己的价值，听起来倒是比那些惯常的夸赞外貌的溢美之词更令她受用。

蔺达并不是随便说说，他严肃认真、神采飞扬地给谢晓丹介绍起云达公司的商业模式和愿景，市场有多大，用户的痛点在哪里，服务有哪些场景，行业里有哪些竞品，云达的优势和已经取得的成绩又有哪些……自信却不狂妄；懂得给自己贴金，也舍得自黑；信手拈来的各种数据，让他的分析和逻辑显得真实可信；不时冒出的幽默段子，又让他的宣讲生动不枯燥。随着他的演讲，晓丹或侧耳倾听，或开怀大笑，她渐渐明白，为什么他们那个圈子里，那么多人把蔺达视若英雄，的确，普普通通一份工作经他描绘，即便是和创业完全不搭边的自己听来，也热血沸腾。

"去年，也就是 2014 年 9 月 19 号，发生了一件有历史意义的事儿，你知道是什么吗？"蔺达向餐桌微微俯下身子，伸开双手，谢晓丹呆呆地摇头，被他的目光抓住了所有注意力，"19号那天，有一万多个穿着橙色T恤的人，一夜之间变成了千万富翁。他们什么也没做，不一定比你更努力，也肯定没有你好看！"晓丹扑哧笑出声，眼神却舍不得从蔺达的神话故事里挪开。"他们只做对了一件事，那就是加入阿里巴巴。阿里9月19日在美国上市，一万多个持股员工一夜之间成了千万富翁。人的一生有很多选择，你只需要选对一次，就够了。"蔺达双眼里燃烧着火焰，是谢晓丹从来没见过的模样，她有点闪躲不及，仿佛自己也要被点燃。"现在你面前就有一个这样的机会，抓住它，赌一次！你的人生不能总是这样循规蹈矩，一成不变！再不搏一次，就真的没机会了！"

谢晓丹痴痴地坐在对面，手心渗出了汗，这个梦想显然鼓动了她，但她没想明白蔺达选择自己的原因。两人交往的过程中，她确实帮蔺达出过些主意，也介绍过一些关系，外企的人力行政，也的确是晓丹过去十年最熟悉的业务，但这和成为一名创业公司CMO的要求还相去甚远吧。何况蔺达也并不是做无本的生意，他答应给谢晓丹2%的期权，根据公司上一轮融资的投后估值来计算，就是一个500万的大礼包。

"可是，为什么是我？我能帮你做什么呢？我什么都不会啊。"谢晓丹把自己的犹豫和盘托出。

蔺达靠向椅背，静静地看着谢晓丹，半天才开口："你知道吗？有很多漂亮姑娘，因为长得美，别人就很容易忽略掉她其他的特质，久而久之，她自己都忘了，除了外貌，她还有好多难能可贵的品质。比如温柔却也有坚持，世故却也很淳朴，成熟练达，又不失纯真性情。神仙姐姐，难道你没有想过，想和我在一起的漂亮妞那么多，为什么我独独喜欢你？只懂得消费青春和外貌，那是老男人干的事儿，毫无品位可言，像我这样的人，才懂得欣赏什么是真正的美。士为知己者死，女为悦己者容，冲哪一条，你都该跟着我干。你知道吗，我也不是一时兴起，其实所有可能的候选人我都聊过了，有比你简历漂亮的，有比你条件好的，但你是我最信任的人。互相信任，对于一个高速发展的创业公司核心层来讲，比什么都重要。和我在一起，你还有什么好怕的？"

蔺达的最后几句话，不偏不斜戳中了谢晓丹的心。从小到大，她顶多是别人手中的洋娃娃，却从来不算是谁的心头好。无论是长辈，还是生命中经过的那些男人，又有谁曾真正看到她内心的欲望和力量。

在丽思卡尔顿淡淡的音乐和香氛中，心旌摇曳的谢晓丹决定买单了，其实不见得是买蔺达口袋里那个他卖过很多遍、卖给过很多人的创富梦想，单单就只为了买他那几句话。

也就是十年光阴，时代突然就变了，成功的标准也变了。如今最优秀的大学毕业生们，不再打破头地去投行、金融、咨询公司，外资企业也渐渐褪去了昔日的辉煌，年轻人都在说：出任CEO，迎娶白富美，去纳斯达克敲钟，走上人生巅峰。眼下最性感的选择，是做自己的主人，做时代的英雄！是屌丝逆袭，是大众创业！于是，北大法学院高材生去卖牛肉粉了；西交大自动化的研究生去卖肉夹馍了；几个海归美女拍几张性感全身照就众筹互联网咖啡了；做个PPT，卖个情趣内衣就变成创业先锋了……

"白日梦"和"梦想"之间到底有多远？其实就只差一张 VC（风险投资人）的支票。

为了赶上时代的洪流，也为了不辜负这种信任，在经历了几次失眠后，谢晓丹做出了人生中最勇敢也最冒险的一次选择：辞掉稳定的工作，加入创业公司。为了庆祝这个伟大的决定，她和蔺达通宵达旦地折腾了一宿，谢晓丹甚至还想起来许多年前在大学时读过的那首诗——《以梦为马》：

> 我要做远方的忠诚的儿子
>
> 和物质的短暂情人
>
> 和所有以梦为马的诗人一样
>
> 我选择永恒的事业
>
> 我的事业
>
> 就是要成为太阳的一生

这匹承载着梦想的骏马向着西北方向奔跑，挥着最鲜明的旗帜，冲破所有的桎梏，蔑视所有的庸俗，团结所有年轻的灵魂，包容所有受伤的躯壳。至于这匹马的终点到底是哪里，谢晓丹没来得及想，蔺达其实也并不清楚。谢晓丹充满感怀地告别了奋斗快十年的 CBD，国贸大厦挺立在这里已经二十年有余，它见证了大北窑从一片平坦的街道工厂，发展成如今摩天大楼鳞次栉比的商务中心；它见证了数万人的青春年华，喜乐人生；也见证了这个时代的脉络与痕迹：被改写了无数次的成功标准与价值观，和从未改变的追梦者与弄潮儿。

再见，CBD；再见，我逝去的青春年华。

加入创业公司，其实并没有谢晓丹想象的那般美好。首先是往返60公里的办公距离。晓丹每天一大早从东三环穿城而过直奔上地，在拥挤的地铁里遭遇过小偷、咸猪手，还挤掉过一只鞋。日子一夜之间回到了十年前初入职场，每天从海淀挤地铁来国贸上班时的情景。十年过去了，奔波的方向反了，身体恢复得慢了，地铁更拥挤了，不变的却是依然如故的奔忙和一无所有。除此之外，创业公司6×12（每周工作六天，每天工作十二小时）的工作节奏也让懈怠了有几年的晓丹身心俱疲。好不容易熬到周末，平均年龄二十五岁的同事们还要相约去撸串蹦迪，不熬到凌晨三四点不肯放她回去。和他们在一起，有一种生理的快乐，到处飘散着年轻的气息，哪里都有热烈的争吵、热情的拥抱；以蔺达为首的管理层，个个都是段子手，深夜加班时把一众程序狗、运营猫逗得前仰后合。每天回家，谢晓丹都有种大学时跑完八百米的感觉，浑身疲惫，却精神矍铄，日子说不清为什么就过得很快，也许，这便是所谓的充实吧。

云达公司的办公室比起那些在咖啡馆工作的创业团队，已经颇显"豪华"，但和谢晓丹在国贸大厦工作了十年的写字楼却是完全不能比，天花板连吊顶都没有，各种管道刷上灰漆，任其裸露在外，美其名曰后现代主义，不过是为了省些开支。四白落地的墙壁，倒成了年轻同事们施展个性、信手涂鸦的创作田野，这边墙壁上有人挥毫：永远年轻，永远热泪盈眶！对面就有猩红色的标语：谁敢横刀立马，唯我云达铁军！市场部的姑娘们在墙上画个大白，IT部的小伙子们就在对面喷涂一个乔布斯……在这些或潇洒或拙劣、或精致或生硬的"艺术创作"面前，谢晓丹常常想起中学时的黑板报，便也不觉得违和或粗陋了。当谢晓丹代表云达公司谈下第一个大客户时，蔺达赋予了她一份巨大的荣誉：给你一块墙壁，一桶颜料，画下任何你想表达的东西，这是专属于你的领地。谢晓丹握着排笔，面壁站了四十分钟，到底还是放弃了。原来她早就不会表达自己了，而面对着满墙冲击眼球的所谓自由表达，她竟自心底升起一种深深的疲惫。

比起黑板报、打鸡血和加班，最让谢晓丹受不了的其实是办公楼里的厕所。自然是比不了国贸大厦那每周更换兰花、永远飘逸着淡淡音乐香氛、大理石和昂贵的德国陶瓷铺就的厕所，可连基本的清洁都难以保证，就实在是让人无法接受：洗手池里永远有茶渍堵塞，马桶圈上永远有黄色的尿渍，厕所隔间的门有的合不拢，有的锁不上，更别提永远没纸的手纸卷，永远散不尽的恶臭之气，怪不得很多女生要夹根烟上厕所，烟味倒是暂时冲淡了臭气，可飘在马桶里的烟蒂，落在地面的烟灰，混合着生理恶臭的化学恶臭，让后来的人更加坐立不安了。

谢晓丹捂着鼻子从厕所里仓皇逃出，幸亏穿着平底鞋，否则那半悬在马桶圈上空的马步功夫，可不是轻易能够完成。尽管如此，她还是有些头昏腿麻、踉踉跄跄地挪回公司，发现一众同事正好奇地看着会议室，见她进门，眼神都有些闪烁。谢晓丹循着大家的目光望去，看到那间玻璃墙隔出的会议室里，一个女人背对着墙壁坐在会议桌旁，蔺达坐在会议桌的首座上，正双手托腮一脸谄媚地对着她笑。

"谁啊？"谢晓丹看着那场面有些奇怪，禁不住问前台的女孩。

"林萃!"女孩伸起脖子,表情夸张地从舌尖上挤出几个字。

林萃是谁?谢晓丹丈二和尚摸不着头脑。

"四季投资的,正在和咱们老板谈融资的那个女投资人啊!"

谢晓丹哦了一声,斜睨着会议室,慢慢往自己座位上走。自加入公司,她和蔺达的关系发生着微妙的变化。蔺达倒从没有刻意疏远过自己,公司上下似乎也都对他俩的暧昧心照不宣,只是随着蔺达的生活越来越多地暴露在自己面前,她越来越确定和蔺达有着暧昧关系的女人,应该并不止自己一个。

会议室里的林萃似乎在生气,无论蔺达怎么上蹿下跳、鞠躬作揖,她始终别着头不看他,不知蔺达说了什么,她突然站起身,扬起手一巴掌扇在蔺达左脸上。蔺达条件反射地看向玻璃墙外,正对上一脸惊愕愣在那里的谢晓丹。他慌张地站起身,走到玻璃墙边拉下百叶窗。谢晓丹觉得那眼神里有紧张有愤怒,似乎还有委屈。

接下来半小时,会议室传出激烈的争吵,外间办公室的人都默契地放低声音,八卦地偷听时不时从不隔音的会议室里飘出的诸如"骗子,小白脸,疯了,搞死你"这样的关键词。再往后,声音逐渐低了下去,里面说什么做什么都听不到,大家自然也就失去了兴趣。除了谢晓丹,大约没人再关注那间会议室的动静。整整两个小时后,林萃才垮着脸离开。谢晓丹迫不及待地推门走进会议室,蔺达正双手交叉地撑在脑门前,看起来很疲惫。

"刚才没事吧?"晓丹问他。

蔺达发了会儿呆才说:"这个女人不正常。"

"她来跟你谈融资的事儿?"

蔺达看了看谢晓丹："不全是工作的事儿……都怪我当初不该招（惹）她。"

谢晓丹一愣，没想到蔺达会这样坦诚，她反倒不知该说什么。的确，自己也并不是他名正言顺的女朋友。"活该，你说你每天那么忙，怎么还有这么多闲工夫不务正业！现在工作的事儿也耽误了吧！"晓丹心里到底是有些不痛快的。

"当初我也不全是为我自己啊！她总上赶着，我要一点面子不给，她肯定看都不会看咱们公司！"蔺达愤怒地踹了脚凳子，"女人怎么都这么不理性，床上的事儿和桌上的事儿永远分不清……我说这话不包括你啊，你跟她们不一样，你比她们成熟，我们才是真正志同道合的人。"

谢晓丹有点困惑地看着蔺达无辜又清澈的眼睛，竟然词穷。他是真的这样以为：志同道合的同志之间，彼此相爱，彼此支持，可以一起创业，一起玩耍，一起奋斗，一起做爱……除此之外，只有一件事是高尚的，那就是理想，理想是去纳斯达克敲钟，为了理想，可以牺牲小我的一切。

没等她真正理解这个从 CBD 到中关村一百八十度逆转的世界观，很快，牺牲小我的考验也落到了谢晓丹同志头上。

林萃把蔺达在床上不忠不睦的行为，上升到了人格层面，包装成另外一个故事散布到大半个投资圈，意思是要绝了云达融资的路。按说她一个 VP，不至于掀起什么波澜，哪晓得正赶上四季投资和一家老对头基金掐架，被人家雇的记者把这件事抓了典型，连根拔起，铺天盖地，闹得满城风雨，林萃最终被辞退，蔺达和他的云达公司，一夜之间也从创业先锋沦为了圈子里的笑柄。

要说过去很多投资人看好蔺达，也不能说人家判断失误。在这样巨大的压力面前，创业公司CEO最该具备的品质——脸皮厚心理素质好，就在蔺达身上充分显现出来。他每天泰然自若地该上班就上班，该social（社交）就social，开会的时候还和同事们自黑：能在桌上解决的问题，就不要在床上解决，否则赔了夫人又折兵，我可是有深刻教训的！

钱当然要继续融，创业公司CEO无非三件事：找人、找钱、找方向。为了迅速在市场上形成规模，俗称"跑马圈地"，云达公司上一轮刚融到的2000万已经花得差不多了，这点钱扔进中国这个13亿人的大市场，连点小浪花都没激起来。对外，他疯狂地约投资人，有时一天要见四五拨，演话剧一样兴致盎然地一遍遍重复着同样的话；对内，他的耐心逐渐消磨殆尽，不断地调整KPI考核标准，不断地尝试新方向，且美其名曰——拥抱变化！会议室里越来越频繁地传出他的咆哮声，没人知道他到底要什么，好像他自己也说不清。

谢晓丹最近有点绕着他走，林萃的事儿是一方面，更重要的是，她越来越茫然，越来越不自信，过去十年的工作经历，谢晓丹的执行力一直无可置疑，可让她根据公司总体战略设定市场营销目标，自己分解任务，再设定KPI管理团队，还要跟着老板的节奏随时掉转船头作出调整，这些工作都是谢晓丹从未涉足的领域。她每天像无头苍蝇一般，东闯西撞，马力全开，却并没有什么成效。而蔺达，从来不要听过程，只要结果。每周例会，还没等谢晓丹开口解释，一看到那红色的未完成目标，蔺达的烦躁和嫌恶瞬间就会写满一脸，藏都藏不住。他们俩已经两三个月没有上过床了，谢晓丹一直空窗，蔺达是在哪里解决的，在重如磐石的工作压力面前，她也根本无心猜想。

6月的一个下午，谢晓丹满身大汗地从外边跑业务回来，一进办公室，就看到蔺达和几个同事正陪着个投资人参观公司，蔺达还是那样充满理想，热情四射，好像完全不记得早上例会时，财务才说公司账上的钱维持基本运营也就只够六个月了。谢晓丹一低头想躲过去，突然觉得那个投资人的声音有些耳熟，定睛一看，那对剑眉凤眼也正望着自己。

"谢晓丹！不会吧，真的是你！你怎么会在这儿？"

谢晓丹想起他是谁了，却死活想不起名字，捂着嘴惊讶地站在原地，在脑海里艰难地搜索那个答案，还是蔺达有眼力见儿，他猜到了晓丹迟疑的原因，不失时机地问道："怎么，晓丹，你认识赵总？"

没错，就是他，赵临冬！当年她没有相中的那个"上地码农"。他怎么会在这里，他怎么会成了投资人？众目睽睽之下，谢晓丹也不好多言，客客气气地问了好，赵临冬眼里的兴奋和倾慕倒似乎与十年前没什么分别。蔺达见状知趣地回避，安排谢晓丹亲自送赵总。正赶上下班晚高峰，电梯总也挤不进去，两人对着上上下下的数字灯，一支烟的工夫，便把十年的事儿都聊完了。

十几分钟后，谢晓丹重新回到公司，老远听到蔺达又在吼人，和刚才陪着赵临冬时的自信风趣、神采奕奕全然不像是一个人，她还没坐定，蔺达就冲到自己面前："你怎么这么快就回来了，没和他一起吃饭？"

谢晓丹抬眼看他，趁着四下无人，压低声音说："难得你还有关心我私生活的时候，他说一起吃饭来着，今天这么蓬头垢面的，哪有心情。"

蔺达坐在她桌上，很自然地端起她水杯就喝："我哪敢关心你的私生活，爱慕你的优秀男人那么多，我算老几？这个赵临冬跟你也有一腿？"

"什么腿不腿的，当年压根儿没看上他，哪想到他现在这么成功。"谢晓丹一把夺回蔺达手里的茶杯。

"也没什么成功，就是运气好，他们那个狗屁公司，点踩得太准了，赶在市场好的时候在美国上了市，这几个元老都财务自由了，又攒出个基金来，当心这横财来得快散得也快！你等着吧，将来我一定比这帮傻逼都成功！"蔺达坏坏地笑，俊朗的面孔写满了不以为然。

"你刚才是不是被他刺激了，说话怎么这么酸啊？"

"谁也刺激不着我，"蔺达淡淡地回答，对着窗户里自己的倒影捋了捋额前的碎发，"他刚说咱们商业模式不错，担心团队的执行力不够。你去约他吃饭吧，把他搞定，让他见识见识我们的执行力，费用我报销。"

谢晓丹听着这话有点别扭，觑起眼睛问："你什么意思啊，怎么搞定啊，搞到多定？"

蔺达懒懒地蹭下桌子，眼睛看着别处叹了口气："随便你，你也不需要事无巨细都跟我报告，公司要是再拿不到融资，半年之后就会破产，所有人就都得死。为了公司，我做什么都在所不惜，有时候，是需要为事业牺牲小我的。"

"蔺达！"谢晓丹只觉得一股怒气顶到喉头，把眼泪都酸出来了，她噌一下站起身，"我告诉你，公司死了，谁也死不了，我没准活得还更好呢！创业就是个狗屁，你别把自己都骗了！"

马年春末的时候，外甥高小骏诞生了。那个3月，全国人民的注意力都集中在吉隆坡飞往北京的那架航班上，几乎没人意识到，自2009年春天又高歌猛进了五年的北京楼市，历史性地出现了小拐点：二手房全市均价从36700元一平米，悄无声息地跌到了32900元一平米。

当了妈妈的陈青，看着月嫂、外婆、奶奶、爸爸和宝宝都挤在90平米的小房子里，生平第一次，体会到了房子的重要性。从小信奉"凡事预则立，不预则废"的她，躺在床上皱着眉头规划未来的生活，想来想去，发现手中的牌不够打。像高畅说的，出了月子再租个三居室，把这套房租出去，可三年后，小骏上幼儿园的时候怎么办，六年后，小骏读小学的时候又怎么办？租房终归是有不稳定因素的，小两口今天搬这儿明天搬那儿没问题，可孩子需要有稳定的成长环境和相对固定的社交圈子，这个问题该如何解决。

陈青脑海里回想起母亲和表姐曾经说过的话：很多情感，真的是要为人父母后才能真实地体会；而中国的事儿一定是有中国特色的，哪国经验都不能照搬。

2016

流动性由松到紧，政策由鼓励到抑制，组合拳频出。

2018

北京市均价
63000 元

和绝大多数创业企业一样，蔺达的云达公司发展得并没有想象中那么顺利；和绝大多数创业企业不一样，至少蔺达的公司曾经登上过巅峰，看到过风景。

　　无论关起门来有多少不堪和眼泪，两年里，他毕竟披荆斩棘地迅速拿下了三轮融资，注册企业用户过万家，业务遍布北京、上海、广州、深圳，公司规模从十几个人迅速发展到 200 人，一度成为中国企业级服务的独角兽公司，颇受资本和媒体的青睐。蔺达本人也曾经一夜成名：九零后，身家上亿，为自己代言，前途无量；每天接受媒体采访，出席各种活动论坛，三不五时去电视台录节目，像娱乐明星一样被广大女粉丝疯狂追求，忙得不亦乐乎。然而这些外在的光环，几乎是和所有内部的失败、茫然、艰辛相伴相生，没有任何一刻是纯粹的幸福快乐，他和他们被一股巨大的力量推动着，通向高不见顶的巅峰，抑或是深不见底的深渊。云达像是一驾越跑越快的马车，车轮木轨里的钢钉都快要被震出来，可它根本停不下来。

　　谢晓丹在公司的职位早已被悄然调整，她的确胜任不了CMO 的角色，此外，公司的战略方向也由一开始的服务外企，调整为服务广大中小企业。因此，她的资源和经验可发挥的价值就更加有限了。蔺达从一家对标的竞品公司挖来了新任 CMO，股份和钱都给得很到位，二十七岁的小姑娘凌厉十足，杀气逼人。谢晓丹的名片换成了市场总监，汇报给比自己小六岁的 CMO。

期权的事儿，一来公司就每天忙得脚打后脑勺，谁也没想起来签合同，职位调整后，谢晓丹自觉能力不足，业绩不好，更不好意思提这事儿了。蔺达倒是有次主动和她说起来：期权我会给你留着的，你放心我说到做到，但 2% 肯定要往下降，要留给市场上更优秀的人才，只有人才来了，公司才能壮大，只有公司壮大了，期权才有意义，你要理解我。

谢晓丹心里还来不及迟疑难过，就被新的号角声震昏了过去，公司像打了鸡血一样，到处都燃烧着一种非理性亢奋。随着了解的日渐深入，谢晓丹对蔺达的认知也在发生变化，他对于战略发展、商业机会的认识非常成熟又敏感，可他好像不太会和人相处，总是能在很短时间内给人留下很好的印象，但不出三五个月就会搞得一团糟，无论男人还是女人。用陈青的话说就是：蔺达很聪明，但他毕竟太年轻，社会经验太少，缺少对人性的基本了解和把控。谢晓丹有时候怨恨蔺达，有时候又心疼他的不容易。看得出来，蔺达对于这个创业道路上亦姐亦友的小伙伴倒真是很信任，尽管他依旧一刻不闲地发挥魅力、征服异性，也说不清是为自己，还是为工作。

上一次在办公室重逢后，赵临冬几次三番地约谢晓丹共进晚餐。本来她可以欣然接受，但因为蔺达的那番话，她反倒别扭地推辞起来。直到有一天，有个合伙人不声不响辞了职，带走了美女 CMO，还带走了一队人马，二百多人的工作群，一个周末就少了三分之一。蔺达把自己关在会议室里一根接一根地抽烟，黑眼圈比姑娘们的眼影还重。之前几轮的投资人陆续叫他去问话，员工的报销单堆了一桌，也找不到他签字，公司上下开始人心惶惶，前几天还热血沸腾、喊着"云达必胜"的小伙伴们，原来也都是在拼演技。谢晓丹看着微信里赵临冬发来的问候短信，咬了咬牙，终于决定去赴这个对公司或许很重要、自己却不摸深浅的约会。

赵临冬约谢晓丹在国贸商城的古早味餐厅见面，他们的新基金就坐落在国贸三期写字楼。走进国贸大厦的落地玻璃门，一切似乎都没有改变，谢晓丹深吸一口气，犹如鱼儿重回海洋，这里优雅的气息和节奏，与世隔绝般精致美好，仿佛这个世界上从不曾有悲苦粗陋，仿佛生活在这里的人，都是生来如此，没有来路。

远远地，便看到一身灰色西装的赵临冬坐在古早味餐厅门前的小花园里，阳光透过天井洒在一人多高的杉木上，他正跟台湾老板娘聊天，不知说起什么，开怀大笑，俨然已是熟客。看到谢晓丹走过来，他起身迎接，自信的模样，倒显得比十年前更年轻精干了。

落座后，谢晓丹有几分拘束，想来是心有所求，便不能那么坦荡，赵临冬见她客气，便熟练地点了几道菜：一碗麻油鸡面线，一份豌豆苗，一份猪腰面线，一个三杯鸡。点菜的方式简朴自然，毫不虚张声势，正巧还都是晓丹爱吃的，她便也慢慢放松下来。

"不够再加，"合上棕红色皮质的菜单，赵临冬笑意盈盈地看着她，像是有千言万语又不知从何说起，终于，他喝了口茶开启了话题，"有没有觉得这一幕很熟悉？"

"对啊，回到国贸就觉得很熟悉，我在这儿上班的时候也经常来古早味吃饭的，现在竟然有种恍如隔世的感觉。"谢晓丹四下看看感慨道。

赵临冬把身子向椅背靠去，笑意里带着点不易察觉的自嘲和失落："看来，你真的是一点都想不起来了。"

谢晓丹愣了愣，不明白他在说什么。

"05 年冬天，我来国贸找过你一次，你还记得吗？那天，你就约我在古早味见的面，坐的就是这张桌子，点的就是这四样吃的。整整十年了，国贸里的餐厅换了这么多，还好古早味一直开着，不然今天都不知道去哪里缅怀了。"

谢晓丹一愣，没想到他竟然这么有心。可惜，即便经他如此翔实地描述，晓丹也只是隐隐约约记起有这么档子事儿，但回忆就像是隔着层层雾霭，始终也看不真切。

"其实那天见你的时候，我状态特别不好，灰头土脸的。下午我来国贸是见一个投资人，结果被他拒绝了，那天他是我见的第三拨投资人，但是没有一家愿意投我们，那时候公司现金流马上就要断了，我不知道回去后怎么跟大家说，小伙伴们还都在办公室里满怀期待地等着，所以就在国贸里漫无目的地溜达……"赵临冬的情绪隐隐地有点起伏，大约是想起了十年前那个绝望的日子，他顿了顿，给谢晓丹添了柠檬水，才又接着开口，"当初范鹏华介绍咱俩认识的时候，我就很清楚你没看上我，我本来是想等创业成功之后再约你。可那天下午，我觉得成功这辈子跟我都没什么关系了，所以，我就鼓足勇气给你发了条短信。说实话我都没想到你会来，我当时就趴在冰场上边的栏杆那儿等你，"他抬手指了指不远处，"听着那么欢快的音乐，看着下边的小姑娘像跳芭蕾舞一样地滑冰，心里好像慢慢暖和过来一点。"赵临冬拿起杯子抿了口水，"晓丹，其实那天我约你，没有任何想法，就是单纯地想见见你，我知道那时候的我根本配不上你，所以你能来，我就很感谢了。当时你点菜的时候，我心里其实挺慌的，我知道国贸的东西都贵，怕一会儿买不起单就丢人了，那时候公司困难到我连信用卡里的额度都透支光了。结果，那天你就只点了这么几样菜，不知道你是不是看出了我当时很窘迫，我心里真是又欣慰又心酸啊。"

炒豌豆苗端上来了，清亮的油光浸着嫩绿的菜叶，像青春一样水灵灵地支棱着，赵临冬往谢晓丹盘子里夹了一筷子，接着说："呵呵，后来我每次吃豌豆苗的时候，不知道怎么的就会想起你，想起那个黄昏。你记得吗？那天吃饭的时候，你说过一句话，对我心里的影响很大，你说：人这一辈子，谁没有点过不去的坎儿啊，再过个十年八年回头看，都是故事。"赵临冬兀自笑起来，眼睛里都是温暖，"那时候我觉得十年好远，连明天都看不到，没想到，十年这么快就过去了。今天回头看，当年还真就像个故事一样。你看我，奋斗了十年，终于来到了国贸，没想到你反倒离开了 CBD，去了中关村创业！生命竟然这么无常，太有意思了。"

谢晓丹被赵临冬故事里那个善解人意温柔体贴的姑娘所感

动，陪着他湿了眼眶，却全然不记得，那个姑娘就是十年前的自己。来的路上，她一直琢磨该如何把话题往融资上引，还不能显得太急功近利。那一刻，被浓浓的回忆和淡淡的哀愁所侵扰的她，突然什么都不想说了。倒是同样善解人意的赵临冬，把话题引到了"正事"上。

"晓丹，上次我去过之后，你们公司是不是遇到点麻烦，听说有个合伙人走了，还带走了团队里很多人？"

"是，走得很突然，对公司的打击很大。"谢晓丹叹了口气低下头。

"你知道他们都去了哪里吗？"赵临冬又夹了块嫩滑焦甜的鸡肉到晓丹盘子里。

"谢谢，"谢晓丹客气地点点头，"听说都去了'小蜜蜂'，我也不太清楚，没跟他们私下联系过。"

"你怎么看'小蜜蜂'？"赵临冬淡淡地问。

谢晓丹没想到他会问这个问题，不假思索地答道："'小蜜蜂'，我们最大的竞品呗，不过他们的数据基本都是刷出来的，没什么参考价值。"

赵临冬摇着头呵呵笑起来："这是蔺达说的吧？看来你们两家搞得还真有点白热化啊！创业公司哪个数据不造假，多少而已，你以为云达的数据就绝对不掺水吗？我自己创业出身的，都明白。你们两家的定位、发展阶段都很接近，但是'小蜜蜂'团队的执行力比你们要强，创始人也更成熟一些。"

谢晓丹突然有点疑惑，他跟自己说这些干什么？她微微蹙眉："看来你对'小蜜蜂'很了解啊？"

赵临冬脸上划过一丝不易察觉的尴尬，他拿起水壶给谢晓丹加水："实话跟你说吧晓丹，你们两家公司我们基金都看过，也做过些调研，相比之下还是更看好'小蜜蜂'，我们已经决定要投他们了。这次不光我们要投，还会联合蓝杉、四季几家品牌基金一起投，坦白地讲，等这次投资做完，云达就没有任何机会了，最多半年，就得破产。"他不动声色地看看一脸惊愕的谢晓丹，"你知道你们公司那些人为什么现在这么着急地加入'小蜜蜂'吗？"

谢晓丹手里握着筷子，茫然地摇摇头。

"'小蜜蜂'正在做 ESOP（职工持股计划），C 轮融资 close（交割完成）前进入公司的，都能做进去，所以他们才会在这个节骨眼儿上，拼了命往里钻。今天我约你来，其实也是想给你交个底儿，别在云达干了，来'小蜜蜂'吧，我推荐的，他们一定会给你一个很好的位置和待遇。"

谢晓丹全然没想到赵临冬约她，竟然另有目的，她大脑一片空白，有点木然地放下筷子："临冬，我知道你是想帮我，可我，我觉得，我还是不能离开云达。"

"为什么？蔺达答应给你期权？"

谢晓丹呆呆地点点头。

"你们有签协议吗？"

谢晓丹想了想又摇摇头。

赵临冬冷笑一声："晓丹啊，这么多年，你还真是单纯。那么多签了协议最后都不想认账撕逼的，别说你们这种口头承诺了。难不成你还相信什么君子之约？这么说吧，我相信蔺达说给你股权的时候是认真的，没想骗你，但如果有一天这点股权值几千万的时候，我把话放这儿，你看他有没有可能痛痛快快地给你兑现。不要企图考验人性，因为人性是根本禁不起考验的。说白了吧，人都是有价的，只不过有的贱，三五万，有的贵，三五个亿罢了。"

听了这话，谢晓丹心里有点不舒服，人都是有价的吗？那在赵临冬心里，自己是属于"贱的"，还是"贵的"？没错，她不能否认自己虚荣，贪图享受，还问男人要过分手费，甚至前一秒赵临冬含泪诉衷肠的时候，她脑子里还闪过一个不那么光彩的念头：要不要忽略他无名指上的婚戒，和这个有钱又有情的男人谱一段红尘恋曲。但这一刻，她突然什么兴致都没有了，生活赤裸裸地、血淋淋地摊在面前，想要逼你放弃任何幻想，可她，却突然来了股倔强，并不想如此就范。

"其实，我一开始加入云达，就不是冲着那点股权，所以也一直没追着蔺达签协议。你说得没错，人都是有价的，要是有人愿意拿钱砸我，不用几个亿，几十万就行。"谢晓丹自嘲地笑笑，"拿钱砸的，有钱就来，没钱就离开，天经地义。但蔺达当初找我来，没拿钱砸我，说出来你可能觉得我幼稚，但我确实就是冲着他的信任来的，只要他的信任还在，我就不能走。"谢晓丹深吸一口气，"临冬，其实你刚才跟我猛地一说，我只是下意识地觉得我不能走，跟你这么一聊吧，我反倒想明白了，人这一辈子，赚钱的机会多着呢，能任性地遵守誓言的机会，越长大越稀少。没前途就没前途吧，你不是说最多半年吗，说实话云达最辉煌的时候，我也没做出什么贡献，人才太多了，轮不着我，现在如果它真的不行了要垮了，至少，我可以选择做最后离开的那个。"

说完这些话，谢晓丹觉得自己整个人都轻松了，仿佛终于逆转了过去一个小时，她这个"假女神"被对面逆袭的屌丝吊打的局面。

赵临冬欲言又止地看看她，没有再说一句和工作相关的话，只是闲聊叙旧，一直到把谢晓丹送上出租车，看着车尾的红灯一闪一闪绕过转盘，往东三环上驶去，才发了条微信给她：发现你好像特别爱说"人这一辈子"，今天这顿饭，又教了我一句，够我再琢磨十年了。

出租车内的谢晓丹在黑暗里看到这句话，被自己感动得抽泣不已，窗外的霓虹映着她满脸的泪痕，她清了清嗓子对司机说："师傅，不去双井了，去中关村。"

蔺达还在公司加班，他白天在外边四处找钱，日常工作都压到晚上来做，一方面为了提高效率，当然也是想逃避公司上下慌乱又怀疑的眼神。谢晓丹带着一身寒气冲进来的时候，蔺达刚给自己冲好第三杯咖啡，迎面撞上她时，吓了一跳。

"你怎么又回来啦！落东西了？"

谢晓丹看着他日渐消瘦的脸庞，突然不知道该怎么开口。

"说话啊，怎么了？不会碰上色狼了吧？"蔺达虽然是一贯的玩世不恭的语气，眉头却皱了起来。

"什么色狼啊！"晓丹白他一眼，"我刚才，约赵临冬吃饭了。"

"哦，"蔺达的声音平静了些，翻了翻眼睛说，"那不还是色狼嘛。约他吃饭干什么？"

"不是想着，看看他们基金能不能给咱们公司投点钱嘛。"

"你傻啊！他们基金都准备投'小蜜蜂'了，怎么可能还投我们。"蔺达一听是这事儿，又恢复了死猪不怕开水烫的模样，随便找个椅子坐下，把脚跷在了办公桌上。

"我哪知道啊，吃饭的时候他才跟我说的。"谢晓丹不知该如何往下说，欲言又止。

这样反倒激起了蔺达的疑心，他觑起眼睛问："你这大半夜的，吃完饭不回家，又跑回公司来，就是要跟我说这个？不对吧，赵临冬是不是还跟你说什么了？"他盯着谢晓丹的眼睛，她郑重地点点头，"……他是不是叫你去'小蜜蜂'？"谢晓丹又点点头。蔺达噌一下从椅子上站起来，抓着她的手臂就往办公室门口推，路过晓丹座位的时候，还不忘把座椅上的毛绒靠垫顺手塞进她怀里："走吧走吧，都走吧！一个也别留！"

谢晓丹好不容易从他手中挣脱开来，大声喝道："你推我干吗，我又没说我要走！赵临冬是让我去'小蜜蜂'，可我拒绝他了，我肯定不会离开云达的。"这个劣质写字楼晚上没有暖风，谢晓丹突然发现蔺达的手好冰。

蔺达呆呆地戳在那儿，半晌才开口，还是那句话："谢晓丹你傻啊！待在'云达'有什么前途，我跟你说这个月全体高管发半薪，下个月连半薪都发不出来！现在是讲义气的时候吗？你以为拍电影呢，动动嘴皮子不用付代价的，我告诉你，下个月出去跑业务，连地铁票都报不了，你这样的大小姐还打车呢，自己往里垫吧！你赶紧去找赵临冬，趁着他没反悔，这个公司里只有一个人没退路，那就是我！剩下所有的人都有选择，你犯不着！你自己不都说吗，公司死了，没准你还过得更好呢，真犯不着较这个劲……"

谢晓丹看着蔺达越说越急，越说越乱，竟然把自己给说哭了，她没再多说一句话，只是走过去，给了他一个紧紧的拥抱，一如一年前的冬夜，蔺达从那个绚烂的舞台走下来，给了自己那个紧紧的拥抱。

谢晓丹从来说不清什么是理想、什么是成功，当初团建的时候，每个人都要说说自己选择云达的原因，别人都说什么改变行业、改变世界，谢晓丹实在没有把牛逼吹上天的本事，她吭叽半天，就说了一个词：信任，因为信任。没想到，还真就是冲着这份信任，她把这个入职第二个月就想辞掉的工作，硬是坚持到了最后。

2015 年秋天，夏天那场股灾的影响传导到了一级市场的股权投资，资本市场遇冷，几乎所有的投资机构都关门谢客，创业圈急速进入寒冬。媒体天天都在幸灾乐祸地炒作：大浪退去，看谁没有穿裤衩！实际上是，穿没穿裤衩，都抵御不了寒冬的侵袭。

蔺达的公司是做中小企业的行政人事社保等外包服务，之前投资人每天跟他讲，变现不是最重要的，重要的是迅速扩展规模，占领市场。蔺达深以为是，因此把公司融来的钱，大量用作广告宣传，补贴客户。传统行业出来的谢晓丹，看着公司每天只出不进，心里没底，私底下也问过蔺达这个问题。蔺达说：无论是 to B 还是 to C，互联网的打法最终都得 to VC，VC 说什么就是什么，一分一分地挣，一点一点地滚，那是传统的买卖，不是创业。

然后突然有一天，VC 的标准变了，除了关注商业模式和规模化，更要关注盈利能力。于是一大批像云达公司这样没有足够的造血能力、又没来得及"绑架"足够多的投资者的创业公司，哗啦啦地倒下了。倒下的过程比车祸现场还难看，爆发出一桩桩一件件的撕逼事件：创业者和投资人撕；合伙人之间互撕；员工和老板撕……梦想破灭了，情怀也粉碎了，美好的乌托邦不复存在了。

谢晓丹陪着蔺达经历过一拨拨的撕逼：客户起诉退还储值卡现金的，员工劳动仲裁讨要工资的，投资人质疑管理层公款私用的……眼见着他从意气风发走路都颠儿的英雄少年，颓废成胡子拉碴驼背弓腰的屌丝青年，前后也不过半年工夫。就跟当初赵临冬的预言一样，开完投资人的最后一场清算会，送走最后一名员工，公司正式宣布了破产。谢晓丹在网上联系了几拨人，三文不值两文地卖掉了没被供应商拉走、也没被员工砸烂的办公桌椅、沙发书柜，又冲到写字楼物业办公室舌战群儒，企图要回他们趁乱不肯退的两个月押金。蔺达躲在走廊里抽烟，他一直在试图逃避这些场面，仿佛是梦醒得太突然，还有点回不过神来。谢晓丹的争吵声越来越大，很明显她的努力都是徒劳，蔺达掐灭了烟，趿拉着凉拖去物业办公室把她拖走了。

曾经叱咤风云的云达公司就这样不复存在了，早在前台山墙上聚酯玻璃的大 LOGO 被砸烂之前，各种网络媒体已经有铺天盖地的报道。在那些文章里，蔺达有时候像个暴君，有时候愚蠢幼稚至极，还有很多的阴谋论，比如他早就把投资款转走买了房。所有的文章谢晓丹都偷偷看了，每一篇似乎都有蔺达的影子，每一篇里的那个年轻创业者，又都不是蔺达。眼前这个苍老的少年，把自己淹没在汹涌的人群里，只留下半个背影，他的头发应该是很久没剪了，乱蓬蓬的像顶着个鸟窝。两个人在夜幕初临的北京城漫无目的地溜达，初夏的暑气渐渐消散，穿着T恤大裤衩的蔺达在五道口的路边摊坐下，要了扎啤和烤肉，又点上一支烟。谢晓丹拿餐桌上粗糙的餐巾纸象征性地抹了把凳子，就把穿着七分裤的屁股重重放了上去，如今的她已经很适应这样的环境，像是回到了大学时代，曾经的那些奢侈品锁在柜子里，许久没派上过用场了。谢晓丹问蔺达，接下来你怎么打算？蔺达发狠似的撕咬下三块羊肉，仰头闷一大口啤酒，用手背蹭蹭嘴，凝视谢晓丹许久，只说了两个字：娶你。

　　快要三十四岁的谢晓丹心里五味杂陈，上一次有人说娶她，奥运会还没开呢，北京的房价还有四位数的呢；没变的是，中国老百姓又经历了一次股灾，又有一拨人破产，一拨人跳楼。谢晓丹知道，那一刻的蔺达是认真的，她吞了口冰冷入骨的啤酒答道："都什么时候了，你还开玩笑。"

　　就把这句表白，当作最后的肯定吧。谢晓丹早就想明白了，她是不可能选择蔺达的，他身家上亿风流倜傥的时候都不会，更别说现在了。谢晓丹也看明白了，这个倡导平等自由的所谓新世界是个伪概念，这个世界里的人用梦想和情怀做旗帜，不过就是想抄近道儿去占领那个旧世界，那个她迫切想要回去的、现实又虚荣的旧秩序，哪怕在那个世界里她也并不在食物链的上游。

　　烧烤店的破音响正放着张震岳的《再见》，深情的节奏淹没在食客们的嬉笑怒骂和马路上汽车的鸣笛中，这一点点伤感和无奈，在后工业化的大都市里竟无处藏身。天边的晚霞，收起最后一抹亮色，晓丹明白，那个曾经绚烂的梦醒了，她也该谢幕了。

> 我怕我没有机会
>
> 跟你说一声再见
>
> 因为也许
>
> 就再也见不到你
>
> 明天我要离开
>
> 熟悉的地方和你
>
> 要分离我眼泪就掉下去
>
> 我会牢牢记住你的脸
>
> 我会珍惜你给的思念
>
> 这些日子在我心中
>
> 永远都不会抹去
>
> 我不能答应你
>
> 我是否会再回来
>
> 我不回头
>
> 不回头地走下去。

　　大约一个月前，许久没有联系的 Samantha 吴突然加了谢晓丹的微信，说她们全家从加拿大回国了，还是国内机会多。谢晓丹一开始忐忑不安，生怕 Samantha 的出现，会和当年代表黎光和自己谈判的刘律师有关，所幸，一切担忧都只是担忧。Samantha 约谢晓丹喝过一次下午茶，聊了聊各自的近况。晓丹很久没来过这种地方了，比邻雍和宫的京兆尹素餐厅还是那么静谧幽雅，竹林里仙雾缭绕，点心精致可口，竖琴响起来的瞬间，她的心都酥了。Samantha 还是那样的优雅精致，在慢节奏的加拿大养了几年，曾经的犀利和欲望淡下去，人看起来平和安定了许多。她离国内的创业圈很远，完全不了解创业是怎么回事，只看到谢晓丹名片上赫然印着"市场总监"，人也更成熟稳重了，由衷地赞扬她敢于主动闯出 Comfortable Zone（舒适地带），值得敬佩。这大概还是第一次，从曾经的偶像上司口中听到如此肯定之词，谢晓丹隐隐有些不安，却也第一次觉得，这趟虽然没有挣到钱的创业之旅，其实也并不是一无所获。还是那句话，所有的经历，都会在你的生命中留下痕迹。

过了没两周，Samantha 在微信上说有个朋友想介绍给晓丹认识，是他们过去在棕榈泉的老邻居，人特别好，做艺术品投资管理的，家教也好，书香门第。男未婚女未嫁，这样的介绍是什么意思，大家都心照不宣，双方约定见面的时间，恰巧就是蔺达求婚的第二天。

那天晚上，谢晓丹告别蔺达，又是地铁又是三蹦子地从中关村辗转回到自己在东三环租来的"家"，这每天往返的六十公里，恐怕是最后一次经过了。她把自己关在不开灯的房间里，放肆地哭了一场，以祭奠过去的五百多个日夜。等灯光重新启明的时候，谢晓丹就已经又是 CBD 的 Amy 谢了。她认真地洗了澡，吹了头发，去衣柜里翻出那些许久没有派上用场的名牌行头，轻轻拂去防尘袋上的灰尘，为第二天的相亲认真做准备。

十年前能住在北京棕榈泉小区的人什么身家，什么段位，谢晓丹心里是有数的，这或许是自己三十四年的人生中最重要也是最后的机会。两种矛盾的情绪在她心中此起彼伏，时而患得患失，时而又觉得意兴阑珊，她双手揽着条裙子，光脚坐在木地板上发呆，心里空落落的，像是眼泪流干后的倦怠和空洞。她突然想起蔺达方才在人潮汹涌的地铁站台上的那个背影，那个邋遢颓废的背影，他还不知道，她已经在心中做了选择，也在心底里道了别。谢晓丹抹了抹眼角的泪痕：二十六岁的你可以颓废半年，以缅怀那场燃成灰烬的青春；三十四岁的我走到这里，能流出眼泪，亦可算对过去最好的缅怀。

又是春夏之交，东三环的农业展览馆正在举办一年一度的艺术北京博览会，谢晓丹和那个神秘男人的相亲地点就安排在那里。发了力怒放的谢晓丹，穿着一身纪梵希紫罗兰色的连衣裙，戴着顶米黄色的贝雷帽，美得像初夏里的那缕阳光。江中亮远远看到她就露出了微笑，笑容里充满了欣赏和赞扬。

四十二岁的江中亮未婚，身材颀长，白净斯文，在全国各地有五六家画廊，做艺术品展览和经纪业务，还是一家大型拍卖公司的小股东，平时除了收藏，自己也喜欢画两笔，当年从美院肄业后，笔倒是一直没放下。颇有天赋的他，如今在圈子里也小有名气，只是他从不卖自己的画作，只送给相熟的朋友。江中亮的父母都是北京知名大学的教授，就这一个独子，事业有成，衣食无忧，只是不放心他的终身大事。

谢晓丹觉得自己是中了头彩：有钱有闲，有品位有教养，颜值也不低的男人，不是离异丧偶，没有私生子，也没有纠缠不清的前女友，这样的男人居然轮得到自己？谢晓丹打起一百二十分的精神，精心藏好鱼尾纹蝴蝶袖，每一次约会都努力表现得美好又得体，蔺达那边的工作走到了终点，她也并不着急找新工作，一门心思全职谈恋爱。相比起这么完美的"归宿"，上班那点事儿又算得了什么呢。

江中亮有着慵懒随性的艺术家气质，什么事都不着急，什么关系似乎也都淡泊松懈。谢晓丹稳住自己火急火燎的一颗心，耐着性子陪着他慢慢往前走。然而天助自助之人，交往第二个月的时候，江中亮七十三岁的老母亲突然中风，谢晓丹知道自己的机会来了，她陪着江中亮送老太太去医院，办手续，又形影不离地在床前照顾，按摩煲汤，使尽浑身解数。清醒后的江妈妈万分感动，拉着谢晓丹的手，用知识分子特有的理智和矜持说："丹丹啊，对于传宗接代抱孙子这些事儿，我们其实都看得很开，有自然好，没有也没关系，只是中亮这个性格，你也看到的，将来我们走了，他一个人照顾不好自己的，我不放心啊。"江中亮跷着二郎腿，揪着鼻子，在角落的单人沙发里啜泣起来，半晌，他定了定神清清嗓子说："妈，您别操心我了，还是先照顾好自己吧，我爸还等着你出院给他过生日呢！"

半个月后，江妈妈出院了，江中亮向来不食人间烟火，一应琐事，都是谢晓丹忙前忙后不辞辛劳地张罗，除了老太太，江中亮看她的眼神也充满感激。没过几日，江中亮约谢晓丹在 Capital M 吃饭。前门 M 餐厅，坐落在北京前门大街的中心，与天安门城楼遥相呼应。在 Capital M 用餐，饕客们既可坐拥天安门和紫禁城独一无二的宏伟景色，又可享受米其林品质的充满怀旧与经典的欧陆菜肴，作为北京最负盛名的餐厅之一，这样的规格让谢晓丹隐隐觉得气氛不同。她从中午就开始准备，去发廊做了造型，又专门挑了件纯白色的拖地纱裙赴约。

整个晚餐，精致典雅，江中亮飘逸潇洒的道骨仙风里藏着点淡淡的局促紧张，果然，正餐结束后，穿着燕尾服的演奏家拉着小提琴走来，两个服务生端着个罩着亮得能映出人影的弧形铁盖的白盘子跟在旁边，笑眯眯地对晓丹说："女士，请享用您的甜点。"盖子揭开的一瞬间，晓丹看到镶着银边的白色瓷盘上用巧克力汁写着一句话：Will you marry me？周边点缀着五颜六色的花瓣和糖浆。江中亮胸有成竹地对她微笑，谢晓丹松了口气，有一种马拉松终于跑到终点的释然与激动。她眼含笑意地点点头，第二个服务生又端来一盏盛冰淇淋的晶莹剔透的水晶杯，拿近了看，空杯子里静静躺着一枚 Tiffany 经典六爪钻戒，目测得有两克拉，钻戒的光芒和水晶杯的光芒交相辉映，映在谢晓丹飞满红晕的双颊上。江中亮起身为谢晓丹戴上钻戒，周围几桌中外客人都微笑着送来掌声和祝福。

一切就像是童话故事，自然又纯净。露台上夏夜的晚风吹起谢晓丹乌黑的长发，不远处的前门华灯初上，在夕阳余晖里温暖又坦然。来北京的第十五个年头，她这个"北漂"，终于上岸了。

谢晓丹摸摸自己的胸口，心跳正常，似乎还没有蔺达在路边摊说"娶你"时跳得快。可惜，心跳这件事，恐怕只有默多克、杨振宁这样的人有福消受，普通人如你我，在泱泱大城里的立锥之地都还没有搞定，多巴胺也好，荷尔蒙也好，就都先放一放吧。

谢晓丹和江中亮这么快就订婚了，Samantha 吴特别高兴，陆续介绍了很多他们顺义别墅区的太太和晓丹认识。一开始，谢晓丹还有点拘谨排斥，大概是从小爱国主义电影看多了，一叫张太太、李太太，就让人联想起国民党搔首弄姿的姨太们。接触多了后，发现这些太太虽然都不工作，可比起 CBD 的白骨精，气质言谈都毫不逊色，日子过得更是有声有色。谢晓丹第一次参加聚会，以为是打麻将，不想却是请了美院的教授来讲当代艺术。第二次聚会，谢晓丹提前恶补了几天毕加索梵高，主题却又换成了音乐派对，初秋慵懒的午后，钢琴声、小提琴声，在八百平米的豪华别墅里流动，园子里金色的银杏护着赤红的杉树，客人都满眼笑意与温暖，有个太太当年也是上央视春晚唱美声的名角，端着红酒杯倚在三角钢琴旁，说话间就用意大利语唱起了茶花女里的《祝酒歌》。那份恣意和潇洒，让周遭的光与影都像是活了一般。

度过了初期身份认同的焦虑，江太太谢晓丹很快便沉醉其中。太太们三五成群地定期聚会，组织读书观影，学习花道或者茶艺，除此之外，她们无一例外都十分重视子女教育，经常相约带孩子们去听音乐会，参观博物馆、艺术展，周末参加各种大使馆的开放日活动，听各类专家讲座，寒暑假更是结伴周游世界。

谢晓丹看着那些半大孩子，个个的见识、智慧、思想、表达，都比自己强太多，他们的父亲不是学者名流，就是财富新贵，母亲们看起来也都举止得体，见识卓越。优渥的物质环境，丰富的精神追求，即便成人之间真真假假，此间少年们的确全然不必局促于生活的苟且，把精力和热情放在长远的积淀和理想上。这些孩子不是在顺义的国际学校读书，就是在市里的名校汲取着全国最优质的教育资源，他们带着各自家庭的资源、气质、价值取向来到学校，形成共振的同时又建立起新的圈层。这样的孩子，不是未来中国的主宰和希望，谁又竞争得过呢？谢晓丹想起陈青最近老提的一个词：阶级固化，不觉内心感叹。

当然，太太们在一起有时也会聊聊房子和股票。张太太说，去年股灾之后，股票市场一直萎靡不振，国家不能眼看着经济这样垮下去，股市不行，创业不行，还得回到楼市里；春节过后，政府便开始救市，降息降税组合拳，好嘛，这半年房子涨得不像样！这样下去，早晚又要回到限购的老路上，但是限也是限不住的，都是些治标不治本的手段。

晚上，谢晓丹把听来的新闻都学给江中亮听，江中亮正托着新得的一件官窑瓷瓶对着灯光端详，他从来不关心社会经济的事儿，听了一耳朵，便问晓丹这话是谁说的。晓丹说张太太，江中亮点点头，那不奇怪，张先生是做地产投资的，这些事儿张太太最门儿清了。转念想一想，中亮对晓丹说："怪不得这半年天天都有中介给我打电话，干脆把棕榈泉那套老房子卖了吧，空着也是空着，按现在的市价也翻了五倍了，谁知道万一将来限购是什么行情呢，最近人民币这么跌，还不如挪点钱去国外买房。这样吧，辛苦你明天带着司机去趟棕榈泉，跟中介做个钥匙委托手续，顺便帮我把那儿搁着的几幅画搬回来，以后就让中介带着看房吧，省得天天打电话，据说都攒了十好几拨客户了。"

谢晓丹和江中亮在一起已快半年，他什么事都不愿意操心，难得对谢晓丹也充分信任，两人虽然还没有领证，但早已同出共入，家里的事儿基本也都交由晓丹打理。那个红色小本儿，对于江中亮来说，不过就是个手续，对于谢晓丹来说，那可是诺亚方舟的船票。江中亮还是一贯的懒散，什么事儿都不紧不慢；谢晓丹看看无名指上两克拉的大钻戒，总算是聊以慰藉，可到底是不踏实的。别说江中亮身边总有舞蝶飞舞，Samantha 先生的"好朋友"刘律师，也像颗定时炸弹，让她常常夜不能寐。通往幸福的道路暗流涌动、危机四伏，不知道哪颗炸弹会爆炸。

　　这一年的秋老虎力道不小，谢晓丹一身燥热地打开棕榈泉那套 190 平米的三居室大门，一股热浪迎面而来糊了一脸。这套房子，她还是第一次来，传说中的棕榈泉小区，位置绝佳，气势宏大。但毕竟已是十几年前的潮流和品质，在日新月异的北京城，显得有几分强弩之末。这个大三居装修得很用心，低调却不失高雅，丝毫不显得过时，但一看就许久无人居住，虽然定期也有保洁打扫，房子却已没了生气。谢晓丹让司机把江中亮事先交代的小卧室里存着的几幅画搬去地库，自己在房间里四下转转，等着中介来办委托手续。主卧的门关着，她推门进去，再简单不过的几样家具：一张双人床，两个床边柜。唯独床头墙面上的那幅油画惹人眼：橘红色深浅不一的背景里，抽象的两个白色人体纠缠在一起。谢晓丹上前一步看，画的右下角有"J.Z.L 2009"一行小字，原来是中亮自己画的，看来 2009 年他还住在此处。谢晓丹又定睛看看那幅画，总觉得哪里有点不对劲。她退后几步，托着腮看得入神……

　　突然，谢晓丹明白了，明白的不只是这幅画，还有这段关系里始终说不清道不明的那种异样：画里纠缠在一起的两个裸体，是两个男人。

房间闷热，一瞬间，谢晓丹有点眩晕。她迫不及待地走到窗前推开窗，脚下的朝阳公园成片的绿荫映入眼帘，掩映其中的是红顶的游乐园，还有阳光下泛着光斑的碧蓝的湖面。20楼的风很劲，吹得晓丹的心也聒噪不安。她眉头紧皱，下意识地一遍又一遍擦拭着手上的钻戒：早就知道幸福没有那么简单，那颗炸弹到底是爆了。这道题目出得有点脱纲，对谢晓丹来说实在超乎想象。她想过自己的身世败露，想过和各种前女友、小美女来竞争，却独独没有想到这一层。晓丹仔细回顾，除了当年健身中心的私教有此嫌疑，自己的生活圈子里，从来没有这样的人。这件事到底有多糟糕呢？她实在拿捏不准。

可是，眼前还有很多她拿捏得准的糟糕处境。晓丹又看了眼房东前几天发来的短信，通知她月底之前必须搬家，愿意赔偿三个月的房租，因为房子的新买主不打算出租了。又是房价飞涨惹的祸，即便是每天和各种太太们出入中央别墅区的高档聚会，谢晓丹心里再清楚不过，没有了江中亮，自己就又会被迅速打回原形，甚至更惨：一个连固定居所都没有的，大龄北漂剩女。谢晓丹觉得自己有一万个理由咬牙认了这件事，可她情不自禁又回头看看那幅画，想起自己和江中亮在床上的缠绵，想起未来他们还要生活在一个屋檐下生儿育女，胃里顿时翻江倒海，浑身的鸡皮疙瘩掉了一地。

就在谢晓丹犹豫不决时，门铃响了，中介来办钥匙委托手续。晓丹来不及深想，连忙整理了情绪，深吸口气打开门，穿着绿色劣质西装的小中介晒得黑里透红，满头大汗，身后还跟着十几个男女老少。

"姐，这五拨客户都等着看咱这套房呢，一直没钥匙也看不了，今天趁着您在，我就先约他们一起过来了，您不介意吧？"

谢晓丹愣了愣，点头示意他们进来，北京的有钱人是多啊，1500万的房子，跟动物园批发市场150块的牛仔裤一样，一帮人排队抢。

"晓丹，是你吗？你怎么在这儿！"人群中有个声音带着疑惑响起来。

谢晓丹循声望去，竟然是田蓉！她戴着墨镜，背着BV的包，身材发福得已经和"美女"二字无缘，两个老同学快两年没见过面了。

"这是你的？"田蓉一脸惊诧，她四下看看，拉着谢晓丹到角落问，"这是你的房子吗？"

"这是我……"谢晓丹一顿，任凭她上一刻内心有多纠结，这一刻，她还是舍不得把江中亮推远，"这是我未婚夫的房子，趁着现在市场好，我们想着把这套卖了。"

"啊，你要结婚啦！啥时候的事儿，咋都不通知我！"田蓉激动地拉起晓丹的手。

"只是订婚了，什么时候办还没定，确定了肯定会告诉你的。"晓丹扬手将过额前的一缕碎发。可惜，田蓉并没有注意到她纤纤玉指上的大钻戒。

田蓉压低声音兴奋地说："呀，那太好了，哪天咱俩单约，你得好好跟我说说你老公是干啥的！哎呀，咱真是太有缘了，这套房子我还真看上了，完了我私下联系你老公吧，咱们自己交易，别走中介，凭空让他们挣去四五十万中介费，这钱还不如咱两家自己分了呢。"

看着田蓉兴奋的样子，谢晓丹好奇地问："现在都涨成这样了，何况你都有多少套房子了，你怎么还买啊？"

"买！肯定得买！我跟你说，越限购越涨，这十年你还没看出规律吗？特别是朝阳公园这种核心区域的，肯定还得升值！北边泛海的新房，都15万一平米了，照样秒光呀，那还是四环外呢！我上个月卖了套房，得赶紧把卖房的钱再存到房里去。"一说到房子田蓉就兴奋，一口气说了很多，突然又担心谢晓丹听了这番话不卖了，急忙生硬地往回找补几句，"不过买房卖房的这点钱，也就是我这种炒房的挣挣，也担着风险呢，据说房产税马上要开征了，到时候肯定要跌一下，闹不好还砸手里呢。你老公肯定特别有钱吧，我这种辛苦钱，你们都不稀罕挣的！"

谢晓丹越听越无聊，房房房，这几年什么时候见到田蓉，她都在说房子的事。还好，她最后找补的那两句，听起来还算受用，晓丹未置可否地笑笑，转了话题："哎，跟你们家李万兵怎么样啊，婚后生活挺幸福的吧？"

田蓉刚才还神采奕奕的脸立马灰暗了几分："唉，就那样吧，对付着过呗，娃也要不上，你说能咋样……对了，忘告诉你了，我移民办完了。"

"啊，移民？你怎么想起移民了呢，移哪里了啊？"

"嗨，我能去啥地方，英语那么烂，无非就是搞个身份呗。新西兰，投资移民办得快，明年我得去蹲个'移民监'，在北京的时间就越来越少了，咱们要常聚啊。那天他们在大学群里说入学十五年要聚会，你看到没？哎呀我当时都一惊，一转眼咱认识都十五年了，我还记得你刚去国贸上班的时候，特别羡慕你那个女老板，说她住在棕榈泉，那时候说实话我都不知道棕榈泉是啥。你看，这就是命吧，现在你卖棕榈泉的房子，我买棕榈泉的房子，人哪，不可能啥事情都顺利，咱们这十年，也就算是没白活的。"

听到这番话，谢晓丹应该满足的，但说不上为什么，她觉得胸口堵得慌。倒不是因为她跟田蓉的这场暗战看来还是胜负难分，这么多年，她们都拼了命想做自己的主人，城市的主人，命运的主人，时代的主人，结果，逝去了青春梦想，貌似只换来了华丽生活的一片残局。

高小骏两岁半的时候，陈青怀了二胎，是个计划外，但高畅想把孩子留下来。

陈青焦虑地看着已然拥挤不堪的小两居，满脸愁容地对丈夫说："没房子怎么要老二，你给出个方案。"

高畅说不服她，请表姐谢晓丹来家里玩，顺便做做媳妇的思想工作。谢晓丹心想，陈青那么有主见的人，思想工作是随便能做通的？不过，她还是来了，来看看小外甥。一进门，高畅正嬉皮笑脸地跟陈青说："你看人家九零后都不买房，不也一样过日子嘛，只要生出来，就一定养得活，大不了再租个三居室，车到山前必有路。"

陈青马上反驳："什么九零后不买房啊，这跟年代有关系吗？每个人二十出头的时候，都以为自己能改变世界，买房这么庸俗的事，都不屑去想，更何况囊中羞涩，想买也买不起。等过几年挣了钱有了家，第一件事就是买房！咱们刚回国的时候，不也死活都不买嘛，还幸亏是我妈坚持买了这套，否则小骏住哪儿，现在房市交易这么活跃，'买卖不破租赁'在中国根本不好使，你看姐都要让房东赶出来啦，租房子？你让孩子们跟着我们一起颠沛流离吗？姐你昨天看腾讯新闻了吗？一个上市公司都要靠卖两套北京的住宅来保壳，现在是做什么生意都不如炒房挣得多，这就注定了'脱实向虚'啊。现在很多人动不动说时代扭曲，说有什么用呢！每个经济高速发展的国家，都逃脱不了这个过程，美国也好，日本也好，香港也好。高畅我跟你讲，这就是一场革命，在中国房子不仅仅是经济产品，它和教育资源、医疗资源、政治资源、经济资源都挂钩，社会阶层就这么重新洗牌了，强者恒强，弱者更弱；不流血的革命，却比暴力革命来得更彻底、更残酷。"

"跑题了，跑题了，咱就生个老二，没到要闹革命那么严重的程度。"高畅笑呵呵地给陈青端来一碗绿豆汤。

"没跑题啊，先不说老二了，小骏明年上幼儿园，再过三年上小学，你打算让他去哪儿读啊？这附近连个区重点都没有。"陈青眉毛一立，接过绿豆汤顺手就放在了一边。

"青儿，你想这些都太远了，咱们这样的精英阶层都养不了孩子、教不了孩子，那别人家还活不活了。"当着谢晓丹的面，高畅有点儿挂不住。

"远？现在都已经晚了！你知不知道，东西城那些重点学校，都要求落户三年以上，有的甚至要求出生就要落在那儿。你还别觉得咱们是精英阶层，就咱小区对面那个破学校，你知道每年全校重点率有多少吗，有几个人能考上复旦、交大？告诉你我打听过了，一个都没有！你是希望小骏将来受的教育还不如咱俩吗？咱们从攀枝花、从大同那样的十八线小城市靠着两代人的努力才奋斗到北京来，你是想二十年以后，小骏他们再被竞争出局，打回原籍吗？"陈青越说越激动，眼圈竟然红了。她撂下一句话，起身去卫生间："总之，不换房子，就不要老二！"

"陈青现在已经被房子这事儿绑架了，"看着媳妇单薄的背影，高畅无奈又尴尬地笑笑，眼神里有点落寞，"不过生活在天朝帝都里，想要独善其身也不容易……所以姐，我还挺佩服你的，能坚持自己的选择，这么多年也不买房。"谢晓丹嘴唇动了动，啥也没说出来，原来买与不买都是无奈，原来在当代中国，读过多少书，见过多少世面，都既做不了自己的主人，也做不了时代的英雄。

2016 年的北京房市，用疯狂形容丝毫不为过，自 6 月起，单平米房价每个月少说涨四五千，四环内不到一百平米的小两居，恨不得一个月就能涨七八十万。每个售楼处门口，都乌泱乌泱挤满了人头；每个小区里，都遍布穿着各色廉价西装的二手房中介，为了抢一套房吵架打架、托关系找门路的屡见不鲜。谢晓丹想不通，北京哪来这么多有钱人，江中亮在棕榈泉的大三居，前后有四五十拨人来看，看起来也都不见得阔绰富裕，却没有一家对房价皱眉头。还没等她说什么，几家中介为了抢成交，就开始比着往高抬价，很快就从 1500 万涨到了 1700 万，却也并没吓退几个买家。那个秋天，钱不是钱，只是数字。江中亮越观望越觉得邪乎，嘱咐晓丹见好就收，赶紧卖了了事：上帝欲使其灭亡，必先令其疯狂。

十一大假前夕，就像张太太当初预测的那样，政府在连续几次辟谣说不会调控房地产行业后，突然就发布政策限购了。果然，楼市迅速进入冷静期，成交量开始下滑。谢晓丹有点忐忑，九月底的时候，在田蓉的鼓动下，他们越过房中介，直接签署了买卖协议，可因为房产交易中心排队过户的人太多，一直预约到11月。这时候如果田蓉毁约，江中亮就只能吃哑巴亏，连个从中约束调解的中介都没有，这么多年的关系，还能告她不成？好在是田蓉颇稳得住，按部就班地准备各种资料，看起来丝毫不像要毁约的样子。好容易挨到过户的日子，已到了秋高气爽的时节。田蓉在房地产交易中心的各个窗口轻车熟路地奔走，江中亮在她的指挥下该签字签字，该照相照相，半天工夫，就给双方省下了50万中介费。

北京的房市妙就妙在，办完过户的那一刻，买家卖家皆大欢喜，都觉得自己占到了便宜，至于过阵子谁会后悔，就没人说得清了。办完了手续，田蓉安排母亲先回家，跟着江中亮去棕榈泉收房，谢晓丹自然作陪。车上，谢晓丹压低声音问她，这套房你怎么写的是你妈的名字？田蓉脸上闪过一丝尴尬，憨憨一笑解释道："我们都没资格了，也就我妈还能买。"谢晓丹对这个答案显然不满意，自大学时压着田蓉半头已是习惯，这一刻自然也不肯放过她："你写你妈的名字李万兵没意见？钱可是你们俩的共同财产啊！"田蓉瘪瘪嘴，看着窗外明亮的秋光铺洒在黄叶上，半晌才嘟囔道："这钱是我卖了婚前我自己买的房子倒腾出来的，和他本来也没什么关系。"看她的表情，谢晓丹再次验证了自己的判断，田蓉和李万兵的婚姻裂痕看来不轻，分钱往往都是分家的前兆。

终于到了棕榈泉国际公寓，小区正门插着翅膀的石狮子，在秋风里显得有几分萧瑟落伍，江中亮背着手沉默地在前边带路，夕阳把他本来就颀长的背影拉得越发长，像形单影只的一棵白杨。田蓉有一种革命者成功进城的喜悦，挽着谢晓丹的手臂，一会儿说要把这房子3万一个月租出去，一会儿又因为池塘里的锦鲤和耀眼的银杏改了主意，满眼放光地计划自己搬进来住。谢晓丹应付着她，注意力却在前边那个沉默的身影上，他一定是想起了什么，是在缅怀青春，还是在怀念故人？那个男人是谁？那个偷走了她男人的心的男人是谁？

房子交接得很顺利，田蓉对江中亮赞不绝口："个子高长得帅，儒雅又有气质，有钱还有文化，晓丹啊，你这么多年真是没白等，老天待你不薄！"谢晓丹的笑容和心一起拧巴着，老天待自己是否不薄她不确定，看起来对田蓉倒是一直爱护有加。房市冷了两个月之后，又开始井喷式地增长。到2017年春节前后，棕榈泉那套同户型的三居室，报价已经接近两千万，而且供应量越来越少，用中介的话说，上来一套都是秒出。一两个月工夫，田蓉的身家就又涨了300万。好在江中亮是淡泊之人，对房事冷淡，对房市也冷淡，并不清楚那套房子后续的涨势，想来即便知道，也不会太有所谓吧。

谁也不明白房市为什么会如此疯狂，所有的经济学规律在中国都不好使了。写字楼电梯里，办公室里，小区里，同学聚会上，工作应酬中，三句话就会说到房市；朋友圈里各种预测，各种分析，各种段子更是满天飞；不管是路边吃碗牛肉面，还是星级酒店里吃顿自助餐，周围陌生人说的也都是房子的事儿。中国当代的老百姓，抢过粮票油票肉票，抢过批条美金国库券，如今又流行起抢房子，就像是饕餮的那张大嘴，永远都饥肠辘辘，永远都没有安全感，无论你来自哪里，有钱没钱，谁也不能独善其身。

这一轮为房子疯狂的，还有陈青。2017年3月15号，她把母亲当年拍板买下的小两居卖了，和买方签合同时专门预留了三个月的交房期。那一头，陈青已经拉着高畅看好了海淀区的一套小三居，虽然是老楼，但是学区房，学区名额也未占用。卖了这套房，还了贷款，到手有四百多万，再加上这几年两口子攒下的二百来万，付首付，交中介费，交税款，还能剩下二三十万简单装修下房子。这种买法，按照房产中介的专业说法，就叫作"连环单"。连环单最大的风险在于：你卖了房，想买的那套房又没买到，房价像坐电梯一样嗖嗖涨，很快，你手里的那点现金，就连你原先卖掉的那套房都买不起了。

中介给陈青出主意：房价这么涨，很多房主签了合同又变卦，宁可双倍返还定金，也不想再卖房。所以姐你要想保险，就得多交定金，交得越多他越不敢反悔，退一万步说，就算房东真变卦了，赔偿你现金，你一个月就挣三五十万，也不亏啊！做投资的陈青想想有道理，先交了50万定金，除非那套房一个月能涨100万以上，否则房主就犯不着毁约，即便他真毁约了，一个月挣50万，这IRR（内部回报率）直奔着100%去了，实在是笔好投资。一切办妥，双方约好了下个周二，也就是 3 月 21 号去做网签。

星期五下午，挺着大肚子的陈青难得没加班，踩着晚高峰堵了一个半小时才回到北五环的小家中。掏出钥匙打开门，房间里原本锣鼓喧天的动静一下子静了下来，高畅和婆婆两个人都拉着脸，不肯看对方的眼。快三岁的小骏正目不转睛地盯着电视，对妈妈的归来似乎也无动于衷。陈青情不自禁蹙了蹙眉，也不好多说什么。她进屋换了家居服，洗了手，去厨房里找正在做饭的高畅。

"你刚才又跟妈呛呛啦？"陈青压低声音问。

"你听到啦？"系着围裙的高畅一点不像是创业公司的 CTO，发福的身材就是个标准的居家男人。

"我下了电梯就听到了，你老跟妈呛呛干吗呀，你把老太太气走了，又准备把我妈招来啊？我妈回攀枝花还没半个月呢！"

"不是我跟她呛呛，我一进门就看到小骏又在那儿玩 iPad，妈自己不知道又跟哪个老太太煲电话粥呢，你说我妈以前也是老师出身啊，怎么到孙子的问题上就这么没原则呢。"

陈青摸摸高畅的头，结婚七年了，高畅还是最懂自己："我知道你是为小骏好，不过你想想，咱妈也挺不容易的，小骏这每天的活动量你又不是没数，跟着他跑一天，确实够累的，妈有时候想自己歇会儿，就只能让他玩 iPad 看电视了啊。"

"所以我说嘛，还是请个育儿嫂方便，又不是请不起，咱们就给她严格规定，什么能做什么不能做，按月付钱，省得还老觉得欠着老人似的。"

陈青的头摇得像拨浪鼓："你可算了吧，除非家里还有个老人看着，单留育儿嫂和小骏在家，我可不同意，安摄像头也不放心。"

"房子这么小，哪可能住那么多人，月嫂在的时候，你又不是没体会，过道里转身都能撞上人！"

"是啊，谁让房子小啊，这个问题不是很快就能解决了嘛！等咱们搬到海淀的那个三居室，再顾个育儿嫂不就得了，妈就行使个监督职能，她也不累了，心情也好了，皆大欢喜！再坚持一下啊，也就两个月的事儿。明天是周末，你想着收拾打包行李啊，有些东西直接淘汰了再买新的吧。"搞定了房子的陈青心情愉悦，说话声音都抑扬顿挫的。

高畅对陈青始终抱有几分愧疚，他们的创业公司迟迟没有上市，估值虽然年年增长，毕竟没有套现，结婚快七年，一直是陈青撑起家中大半边天。媳妇不但从没有半句怨言，和自己的父母也都相处得甚好，只是平常工作繁忙，对家庭和孩子的照顾少些，好不容易小骏到了要上幼儿园的年纪，陈青原本想在事业上拼搏一把，又意外怀了老二，她本不打算要，在高畅的坚持下，到底留下了这个孩子，身为丈夫，还能要求她什么呢？

不一会儿，高畅煲的乌鸡汤，婆婆做的烩锅面，还有陈青叫的外卖小龙虾都端上了桌。老太太看看红彤彤的一盆皱了皱眉："别老吃这些，对身体一点好处都没有！"陈青跟老公挤了挤眼睛，正色道："就是高畅，别老吃这些，你胃本来就不好，说多少回也不听！"

高畅摇摇头给陈青盛了一满碗汤，又把小骏抱上了宝宝椅，婆婆迫不及待地把电视从动画片换到北京新闻，一家人刚刚坐定，陈青突然皱起眉头，循着声音朝电视望去。

"怎么了？"高畅看她脸色不对，连忙追问了一句。

"别吵！"陈青厉声打断他，索性离开餐桌走到客厅的电视前，只听到电视里的女播音员正字正腔圆地说：

今日下午，北京市住建委，市国土委，市住房公积金中心，市银监局，人民银行营业管理部联合举行新闻发布会，主要政策如下：居民家庭名下在本市已拥有一套住房，以及在本市无住房，但有商业性住房贷款记录或公积金住房贷款记录的，购买普通自住房的首付款比例不得低于60%，购买非普通自住房的首付款比例不得低于80%……以上政策，自本通知发布次日起开始执行。

陈青一屁股坐在沙发上，双手颤抖着拨通了中介小刘的电话。高畅也觉出了问题的严重性，他放下筷子，走到沙发前，眼看着陈青对着电话吼了起来："这什么时候的政策，你怎么早不跟我说啊！你们怎么可能不知道，你们不就吃这碗饭的嘛！这对我们影响有多大你知道吗？！我不管，我就问你现在怎么办？什么叫你也没办法，你们收几十万的中介费，都是吃屎的吗？！"陈青的愤怒鼓动着眼泪也流了下来，可惜无论她怎么咆哮咒骂，现实已经没法改变。而充当她发泄对象的小刘，今晚已经被骂了七八回，可怜的他原本也只是个不该承受这一切的无辜小民。

2017 年 3 月 17 号，"史上最严厉的限购政策"出台，"认房又认贷"。已经变成无产者的陈青和高畅，因为买上一套房时贷过款，突然就被认定成了二套房买家，海淀房子的首付要从三成提高到八成，比他们原有的预算一下多出去两百万。

周五晚上，陈青抱着被子坐了一夜，这套房子已经卖了，再过两个月就得腾房；海淀那套如果不买，50 万定金收不回来了，而且一家三口很快就面临着无家可归的境地。天空微微泛白的时候，她把高畅拽起来，红着眼睛，告诉他一个重要的决定：我们离婚吧。

高畅吓了一跳，以为媳妇一夜之间让房子逼疯了。但是陈青很理智很冷静地对老公说："高畅，政策我研究透了，这是我们现在唯一的出路。这套房当时只写了我一个人的名字，那时候你没有收入，贷款也是我一个人贷的，所以，只要我们离婚，你马上就能算首套房，首套房首付只需要 35%，我们的预算还是够的。你不用担心，这只是个策略，我肯定跟你复婚，你要有什么不放心的，小骏归你，钱也都转给你，我净身出户，怎么样？"

"不是不是，"高畅彻底被吓醒了，他打断陈青，"这不是复不复婚的问题，我们怎么能为了买房子离婚呢！这不是天大的笑话吗？！将来孩子长大了看我们结婚证，怎么解释啊，小骏都三岁了，咱俩才结的婚？何况你这还怀着老二，万一那套房过户拖个两三月的，这孩子岂不成了私生子啦！我不同意，肯定不同意！"

陈青呆呆地看着高畅，突然哇一声大哭起来："那你说怎么办！让我去大马路上生老二吗？那 50 万就不要了吗？你不离婚，那你倒是出去借两百万啊！"

看着媳妇脆弱又无助的样子，高畅心里也发酸，他紧紧搂着陈青安慰她："别哭了，一定会有办法的，我来想办法，实在不行，咱们就回美国去，你不是总抱怨北京的空气太差，对小骏身体不好吗，不行咱就走。"

没想到，陈青哭得更凶了："回美国，你说得容易！现在关系资源都在这儿，怎么回去？！当初就是你非要回来创业，拿着Google 的 offer（录取函）也不去，创业创业！创业这么奢侈的事儿，是我们这样的普通家庭玩得起的吗？！你说你随便在哪个公司上几年班，现在咱家至于差这 200 万吗？！我不管，不离婚你就去借钱，反正那房必须买，50 万的定金我要挣大半年呢，说不要就不要，你怎么那么能败家呢……"

高畅是不可能开口跟人借钱的，何况两百万这样的大数字，大概也没人会借给他，所以，一如既往地，他还是拗不过陈青。2017 年 3 月 23 日，在纠结了一周之后，在他们结婚的第七个年头，两个曾经让旁人羡慕不已的神仙眷侣离婚了。高畅扶着挺着肚子的"前妻"走出民政局，突然想起那个飘雪的冬日，在日坛涮肉那个氤氲温暖的小包厢里，陈青拿着小红本幸福地对同学朋友们说：2011 年 1 月 1 日，就是一生一世，一心一意……

春风拂面，高畅的泪水糊了一脸。

陈青离婚的第二周，江中亮终于跟谢晓丹提领证的事儿了，其实还是江妈妈的意思，她说："我现在身体虽然恢复得不错，但这个病终究是好不利索，你和丹丹的事儿办得半半拉拉，万一我又病了，叫我怎么放心。"江中亮这才想起来，原来他和谢晓丹不是过家家，还需要领个结婚证。吃早餐的时候，中亮问晓丹，你什么时候有空，咱去把证领了吧，婚礼也得计划计划，想要个什么样的婚礼都依你，别让我讲话或者表演节目就行。

这张谢晓丹盼了许久的、通向上流阶级的船票终于到了，她的内心却百感交集。她从不奢望和江中亮之间能有那种惊心动魄的爱情，只是期待时间的价值能让他们相濡以沫，可眼下看来，这份普通的期待，也是奢求，注定两个人要同床异梦一辈子了。还有一些很现实的问题，比如，孩子怎么解决？不知道江中亮的性取向时，谢晓丹还曾努力在两个人索然无味的性生活中制造生趣，自那个领悟占据她的大脑，他的亲吻都令她排斥。她尝试着把他看作亲人，这似乎是唯一的出路，可一想到要和亲人同床共枕，要为亲人一辈子守身如玉，那种绝望就令人窒息。

这种时候，谢晓丹就不止一次地想起蔺达，想起他年轻的气息和奔放的荷尔蒙，他背着背包去周游世界了，各种各样的明信片从世界的各个角落飞到谢晓丹北京租来的"家"，他的不放弃看起来没有道理，和从前的漫不经心同样说不通。夜深人静的时候，她翻看蔺达的朋友圈，看高山大海，灿烂的笑脸，诗和远方，那些明亮的色彩和线条翻飞着，扭转着，幻化成另外一幅画，一幅霸占着她的大脑，挥之不去的画。

谢晓丹低着头喝咖啡，未置可否。从十五岁起，她就在策划这场婚礼，穿什么样的婚纱，放什么样的音乐，吃什么样的蛋糕，装饰什么样的鲜花。眼前唾手可及的这场婚礼，有非常大的可能性，比自己过去二十年的想象都更加阔绰荣华，她离开了东北那个逼仄的小房子，跟着几千万人的洪流涌入北京，登上全中国最高的楼，住进了最富有的中央别墅区，种种物质和精神上的奢侈与丰富，远远超越她年少时乏善可陈的想象力。没错，这场婚礼，是上流社会生活的开始，同时也通向她人生中最绝望的桎梏。

江中亮虽然从来没爱过他的未婚妻，到底也是个敏感的人。他当然感觉得到谢晓丹这段时间的逃避和沉默，他有一点担心，担心这个父母看中的还算不错的传宗接代的对象，会去给更适当的人传宗接代。江中亮正犹豫要不要说点什么，表现得更热情或者更憧憬一些？谢晓丹的电话响了。她的脸色由沉默急速地转为慌张，嘴里的咖啡还没完全咽下去，屁股已经离开了座位。"好的，好的，我马上过来，你别着急！"谢晓丹讲完电话，抄起餐布擦了擦嘴，就匆匆离席。江中亮不知道发生了什么事，却隐隐地松了口气，让"领证"这颗子弹，再飞一会儿吧。

陈青昏倒了，倒在早高峰拥挤不堪的地铁里。高畅接到电话后，第一时间打给了谢晓丹，刚到中关村的他又掉头往朝阳医院赶。晓丹和高畅几乎同时赶到了医院，办住院手续的当口，高畅填表，看到"病人家属姓名，与病人关系"一栏时犹豫了，他对晓丹说："姐，我跟陈青这个情况，现在我签字是不是不太合适，要不还是你来签吧？"谢晓丹这才知道，原来前两天，表妹和妹夫离婚了。

折腾了一上午，陈青住进了医院。她的问题不严重，本来就瘦弱，孕期又连着几天没休息好，急火攻心，就昏了过去。但因为有先兆流产的症状，医院开了液体葡萄糖，让住院观察。谢晓丹坐在病床边轻轻握着妹妹的手，她手臂灰白的皮肤下铁丝一样的血管像是要戳出来，手腕上还是自己当年送她的结婚礼物——

银色的浪琴手表保养得不好，好几处都磨花了。晓丹有点不忍心看，眼神移上去，又迅速逃下来，陈青那一向炯炯有神的乌黑的眸子，没了生气，带着怨怼，死气沉沉地盯着窗外，一瞬间，像是老了十年。

"青儿，你和高畅的事儿，老姨他们知道吗？"

陈青的瞳仁飘过一道白，就算是摇头："不知道，离婚只是战术问题，不用让他们知道。你也别跟你妈说，省得他们担心。"

谢晓丹连忙点头："你放心，我不会跟他们说的，问题是，下一步你们怎么打算呢？"

陈青愣在那里，屋子里的寂静像是能憋死人，她没有开口眼泪却流了下来："我真没想到，从读书，到工作，奋斗了这么多年，一刻不敢松懈，到头来，连在北京城里安个家都做不到。姐，以前我多少还有点优越感，觉得我们念过那么多书，走过那么多地方，每天还坚持思考学习，不说改变世界吧，至少可以影响我周围的人，让生活变得更美好。现在越来越觉得，其实我们和别人一样，什么都不是，不过就是亿万屁民中的一个而已……高畅跟你说了吧，我们这婚算是白离了。"

谢晓丹不知该如何接话，方才一进医院大门，还没见到陈青，高畅就把她拉到一边叮嘱："姐，政府一早上又出了个政策，北京地区离婚一年内的贷款人，依旧参照二套房政策执行；也就是说，我们想买的海淀那房子，首付还得付八成，我跟青儿这个假离婚，白离了。一会儿你见了她可千万别提这些事儿，上午她在地铁里看到这条新闻，两眼一黑就昏过去了，青儿平时不至于这样，这不是怀着孕呢嘛，激素分泌不稳定，咱别刺激她。"

"这政府也是，怎么三天两头改政策，还不一趟说清楚，这不是明摆着给人挖坑嘛！"谢晓丹跟着埋怨道。

"北京市过去这十天里，这是所谓的第六条新政了，朝令夕改，法律没有稳定性，还有什么严肃性可言。"陈青虚弱的声音里，透着寒凉的无奈，她抹了把眼泪，挺了挺身子说，"姐，我现在已经没有退路了，为了这套房子付出了这么多代价，不可能眼看着让小骏和老二都睡到大马路上去。刚才我跟高畅谈过了，他必须去跟他爸妈，跟他们家亲戚，还有他的同事同学借，能借多少算多少，现在也顾不得脸了，他这次倒什么都答应了。可高畅的情况，我最清楚，把他逼死，他那些亲朋好友，能凑出七八十万来就算不错。姐，"陈青顿了顿，顶着乌青的两个眼圈看向谢晓丹，苍白的嘴唇上下翕合几次，到底开了口，"我实在没有办法了，你能帮我想想辙吗？"

谢晓丹使劲点头："没问题啊，青青，我这几年存了有小二十万，你全拿去，我再问问我妈，看他们那儿能拿出多少来，不过我觉得他们，"晓丹撇着嘴摇头，"我家的情况你也知道，我觉得他们悬，最多也就是三五万，你跟你妈说了吗？你妈那儿应该还能拿出点吧？"

陈青的眼睛里没有亮光，继续灰暗着："我问过我妈了，她把所有的理财存款都拿出来，能支援我50万，这就是我们家的全部家底了，可还是不够啊，还差七八十万呢。"

"那怎么办？"谢晓丹也跟着起急，"上哪能贷点款出来？对了，那电梯里、厕所门上老有那种什么'无抵押贷款'的广告，靠谱吗？"

陈青不假思索地摇摇头："不靠谱，那都是高利贷，我这钱也不是三五天就还得上的，借那种钱，把后半辈子就搭进去了。"

"哎呀，那咋整呢？"晓丹急得像热锅上的蚂蚁，可陈青的笃定，却让她突然觉得妹妹其实早就胸有成竹，"青儿，你是不是想到什么办法了，你快说啊！别让我干着急！"

"姐，你能不能……帮我问问江中亮，他那套棕榈泉的房，不是刚卖了小两千万吗？不知道你们最近有没有什么用钱的计划？要是没有，能借我 100 万吗？最多一年，我一定想办法还给你们。"

谢晓丹愣在陈青满眼的期待里，她本来还想等妹妹精神好了，跟她说说自己的苦衷，让她帮忙出出主意，到底要不要嫁给一个不爱自己、连自己这个族群都不爱的条件优越的男人。如果没有买房子借钱的事儿，她都可以想象，陈青一定会用那种淡淡的却坚定的语气对自己说：遵从你内心的感受，当代社会婚姻不是必需品，更不是交易。

谢晓丹的心一点点收紧，挤压出所有丰盈所有自由，干枯成一个炭块，一阵春风，便能将之吹成粉末。

她庆幸，自己还没来得及抛出问题，陈青就开了口，这样谁也不必尴尬，一切也都还有机会如常。她看着这个一贯清高要强的妹妹，一直是他们全家最引以为傲的妹妹，也是她羡慕却不妒忌、打心眼里欣赏喜欢的妹妹，如今躺在病床上，挺着大肚子，满面憔悴地红着眼睛跟自己借钱，骄傲和自信在现实面前被击得粉碎，谢晓丹的眼泪控制不住地流了下来。

还有什么可犹豫的呢？曾经的她认定江中亮是自己三十五

年的人生里最重要的机会，现在看来，他也是她们全家最后的希望。她感谢老天爷突然多给了一个变量，帮自己把这个复杂的问答题，变成了简单的选择题。晚上回家后，她毫不犹豫地和江中亮开了口，不去想自己是不是会被江家看不起。这个选择题很简单：借钱，就结婚；不借钱，就再见。其他的事，她一概不提，即便结婚，也保证后半生相安无事。

话虽然没有挑明，江中亮也听明白了这道选择题里的另外一个选项。他终于明白谢晓丹这段时间的犹豫和闪躲是为什么，原来是借钱啊，他松了口气，这个问题对自己来说太简单。江中亮很痛快地就答应了，本来，他也不是个多在乎钱财物质的人，更何况，中亮说了：救急不救穷，陈青和高畅都是留美回来的高材生，100万怎么会还不起，再说了，棕榈泉的房子卖给你同学，中介费就省了四五十万，这钱就当奖励你了，等他们什么时候攒够了，直接还给你就是。说到底，对于有钱人来说，100万也不是什么输不起的数。用没有风险的一笔借款，换来一份父母和自己都满意的婚姻，一个即便没有爱，至少也心怀感激的妻子，实在算得上漫长的婚姻道路上一个不错的开始了。

终于，一场充满黑色幽默的闹剧，在住别墅的准姐夫这儿画上了句号。一同画上句号的，还有谢晓丹自青春岁月起，所有对爱情和婚姻的梦想。

2017年春末，谢晓丹和江中亮领证了。找了个周末，请了两三桌客人在丽思卡尔顿酒店吃了顿饭，就算是婚宴。倒不是江中亮舍不得花钱或者嫌麻烦，竟然是谢晓丹不想操办。江家父母很满意这个儿媳妇，觉得她懂事，低调，不虚荣，会持家。从东北赶来的谢家父母，被安排住进了江中亮顺义的大别墅里，局促不安。谢晓丹她妈，放下行李，就跟保姆抢着做家务：洗菜，做饭，擦桌子，扫地，饭菜虽然并不对女婿的胃口，殷勤和小心却实实在在都写在脸上；谢晓丹她爸，更是一头扎进后院的花园里，女婿出门他才进屋，每日里翻土除草，还差点儿在一片颇有野趣的野花丛中开辟个菜园，给女儿女婿种点新鲜菜。

婚礼前一天晚上，谢晓丹遍寻不到母亲，却发现她独自坐在后院的石凳上抹眼泪，晓丹静静地坐在母亲身边，她日渐佝偻的背映在路灯的剪影里。妈妈拉起晓丹的手说："丹儿啊，之前小丁的事儿，妈一直觉得对不起你，我也没想到，你跟他一黄，都到这岁数了，也没再遇到个合适的人。妈那时候真是后悔，当初不该那样逼人家孩子，你说房子管啥用呢，有个知冷知热的男人才是过日子啊。你看，老天爷还是真的对你好啊，我都以为没希望了，居然还给咱安排了中亮这样的人家，条件这么好，人也好，你跟着他享福，妈也放心了。你们以后千万要好好过日子，不兴折腾，抓紧时间要个孩子，稳定下来。不管有啥事儿，家庭和睦都是第一位的，记住了吗？"看着母亲花白的头发和微驼的背，谢晓丹点点头，她再次确认，自己的选择是对的。

婚礼当天，周游世界的蔺达回到了春光灿烂的北京城，他约谢晓丹见面，晓丹不睬他，却把婚礼的照片发了过去。过了半日，蔺达回了一句话：那么多酒店，干吗挑这里，你是想恶心自己，还是想恶心我？谢晓丹鼻子一酸：他还记得。就是在这里，蔺达牵着她的手走进了她人生里的那场意外，那场没有意义，却让她心动的意外。

酒店休息室的电视上正在播放对埃隆·马斯克的采访，这个世界人民心目中的创业英雄，在镜头前几度哽咽落泪。在耗费了数十亿美金、经历了四次失败后，Space X 太空探索公司的火箭终于摇摇晃晃地降落在海面回收船上，没有像前几次那样轰然倒地燃起一片火海。画面里一片欢呼雀跃，镜头给了船身上的船名一个特写：Of course I still love you（毫无疑问，我依旧爱你）。穿着白色修身长裙的谢晓丹起身掸了掸裙上的褶皱，对着酒柜的茶色玻璃面无表情地拭去脸上的泪水，陈青结婚那晚的预感没有错，她终于等来了自己的 perfect wedding：豪华酒店，优雅的男人，闪光的大钻戒，气派的房子……可是，她究竟等到了什么。

很快，就到了当初约定好的交房时间，陈青一家要从北五环那套小两居里搬走了，全职太太谢晓丹去帮妹妹收拾行李。陈青兴奋不已，带着对两个孩子都上名校的憧憬，挺着大肚子指挥着搬家公司上上下下。高畅经过这一切之后变得有些沉默了，对媳妇的话更加言听计从，却会在没人注意的角落里，落寞地点起一根烟。生活就这样无情无义地在我们每个人身上烙下痕迹，那洪流裹挟着你我，去到任何我们并不想去的地方。

谢晓丹倒颇有几分恋恋不舍。她想起小姨上次来北京包的酸菜饺子，想起那天房间里的音乐和流光，楼下的梧桐树比刚搬来时粗壮了许多，高小骏也懂得吵着要妈妈给自己和妹妹买上下床了。晓丹再看一眼陈青家的照片墙，其中最大的一张，是陈青和高畅穿着硕士服，举着毕业证，在美国参加毕业典礼时的合影，谢晓丹总觉得那张照片似曾相识，那样灿烂的阳光，那样肆意的

241

大笑，那样张扬的青春……照片在晓丹的眼里慢慢泛黄、变旧，笑容也慢慢收敛沉稳，她心里"咯噔"一下，黎光和他太太的毕业合影竟然蒙太奇一般出现在眼前。

原来每一代人，都在重复着同样的故事，谁也引领不了时代，谁也改变不了世界，太阳底下，从来都没有新鲜事。

清明节假期，戴德梁行组织了一场"海外房产投资说明会"，Samantha 吴邀请江太太 Amy 谢一起去参加。临出门，田蓉打电话，说棕榈泉的那套房她准备租出去了，卧室墙上的那幅画，晓丹你一直没来取，我给你送过去吧。谢晓丹忙说自己正要出门参加活动，不着急，回头再说。田蓉一打听，是关于海外地产投资的会，立马来了精神，直奔嘉里中心去找谢晓丹。

整场活动，数田蓉听得最认真，在会场发的酒店便签纸上整页整页地做笔记。茶歇时，田蓉凑到谢晓丹身边说："你现在终于对投资地产感兴趣啦？明天要不要跟我去趟雄安？"

"雄安？什么地方？"谢晓丹听不懂她在说什么。

"晓丹你不看朋友圈啊，今天上午刚宣布的，河北的雄县、容城、安新，要做首都副中心了，这可是重大利好，房子肯定要涨，跟当年的深圳、浦东一样！这种机会，可是百年难遇，我们明天有十几台车一起过去，准备先抄它几十套。"田蓉满脸兴奋。

有那么一瞬间，谢晓丹真的冲动了，眼里都放出光来，回头看看 Samantha 似笑非笑的表情，又好似一盆冷水浇在头顶。她稳了稳情绪，笑着对田蓉说："你可真能折腾，我不懂房子，还是不去凑这个热闹了。"正好田蓉的手机响了，她走到会议室外去接电话。

"这是你大学同学？"Samantha 用下巴尖指指田蓉的背影，谢晓丹点点头，"你应该见过她的，当年我就是陪着她来所里面试的啊！"

Samantha 想想田蓉土豪金似的穿着打扮，很夸张地瞪大眼睛，不可思议的表情里有点不以为然的嘲讽。"家里很有钱？"Samantha 接着问。

谢晓丹笑着摇摇头："很普通的家庭，前几年炒房挣了不少钱，她老公家是北京的拆迁户，这几年也得了不少赔偿款吧。"

Samantha 翘起精致的下巴微微点头，似乎一眼便看透了田蓉的前世今生。"所以说啊，一个国家经济高速发展的时候，会产生许多一夜暴富的机会，但要想真正改变阶级，至少还要两三代人。"看着田蓉的背影，Samantha 意味深长地说。

对这个前任上司，谢晓丹习惯性地逢迎肯定，内心却陷入了更大的惶恐：到底什么可以改变阶级？是教育吗？是金钱吗？是婚姻吗？是户口或者国籍吗？坐拥多套房产，身家数千万，有北京户口，也有新西兰身份的田蓉仍然被 Samantha 看不起；受过最好的教育、从事最令人羡慕的职业、见过全世界最美风景的陈青一家，背着数百万的债，蜗居在海淀的小三居里，被现实压迫得抬不起头来；二十年前的小三儿 Samantha 吴，十五年前的北漂谢晓丹、田蓉，十年前的斯坦福高材生陈青，每个人都在自己的价值观里努力着、奋斗着。时至今日，比赛已过半程，你我手中的牌都所剩无多，到底，谁在食物链的顶端，谁在"阶级"的上流，谁才是这个城市的主人，谁又是自己的英雄。

七十年前，这个用战争、用热血、用理想、用生命，斩断文化根基，打乱社会阶级，重新分配社会财富的国度，如今，在这个惶乱不安而又生机勃勃的时代里，期待着这一批的青年人，过上怎样的生活？给出怎样的回响？是否，这也是时代心中的诘问？

像个轮回一般，她们再次站在命运的路口，谢晓丹却没有答案。谁也没有答案。

国贸大厦路边的玉兰都谢了，漫天的杨絮在仲春的和煦暖风下飘飞，谢晓丹走出嘉里中心，戴上墨镜沿着栽满梧桐树的金桐东路散步，这是她倾慕过，奋斗过，告别过，又重新回来的CBD。十二年前，她穿着廉价牛仔裤第一次走进这里时，梦想的无外乎就是今时今日自己所拥有的一切：名牌，钻戒，豪车，别墅。而十二年前的她并不清楚，到底要经过多少个路口，放弃多少梦想和风景，告别多少人，才能抵达这个曾经向往的终点。

路上的行人大都步履匆匆，没人顾得上享受这旖旎的春光，看着迎面而来一张张似曾相识的脸，她是谁？他们是谁？来自哪里，去向何处。时光，会给出所有的答案。

北京市二手房交易数据出来了，2017年全年，二手房共成交136237套，较2016年下跌超50%；截止到12月底，均价由3月顶峰时的63000元每平米，回落至58000元每平米。

屋檐下的中国人

——读姜立涵长篇小说《大城小室》有感

大地上的居所，乃是一种伟大的庇护。

人在屋檐下，王在宫殿里，佛在洞窟中，鸟兽也需要巢穴，我们更要从旷野回到家中。

曾经，我在纪录片《流动的盛宴》里写下了这样的句子，是想描述关于"我们的家"之存在的必要性，是想说明每个人都需要一个安身立命的所在。

没想到的是，我一厢情愿的诗意被姜立涵二话不说的现实迎头痛击。她以洋洋十几万字的长篇小说《大城小室》告诉我们一个基本事实：房子是商品，而我们是房奴。不用去想太多，我们的每一个梦想早都标好了价格，我们终其一生的命运就是为其买单。

读她这部长篇小说时，我一直奔波在路上：普陀山、那拉提草原、独库公路、龟兹、首尔、乌兰巴托、东京、曼谷、特拉维夫、耶路撒冷，等等。沿途所见，我经历了庙宇、宫殿、巢穴、酒店、民居、帐篷甚至难民营等等花样翻新的大地居所，我也穿越着从二十一世纪到二十世纪甚至十八世纪等等漏洞百出的生活方式，那些空间和时间里藏着人世间最隐秘的情感以及命运。

房事即人世，人世即苦熬。生活从来不仅仅在窗内，还在于窗外更辽阔的世界。

所以，我得多换几重视角来理解这本小说——

1. 我想要有个家

我想有个家＼一个不需要华丽的地方＼在我疲倦的时候＼我会想到它＼我想有个家＼一个不需要多大的地方＼在我受惊吓的时候＼我才不会害怕……

1989年，台湾歌手潘美辰一曲《我想有个家》唱出了众多中国人的心声。在中国人的心结里，安居方能乐业，有家才有天下，房子才是日常生活的终极梦想。

1990年，这首歌刚唱完，国务院颁布《中华人民共和国城镇土地使用权出让和转让暂行条例》的55号令，"为建立可流转的房地产和房地产市场奠定了基础"，被外界普遍认为其标志着中国房地产业的肇始。

那一年我刚读大学，八条荷尔蒙旺盛的精壮汉子挤住一间宿舍也没觉得小，八张床铺八个脸盆八只饭缸八把暖壶就是全部，对所谓的房子完全没有概念。从小到大，我家从平房到土楼、筒子楼再到板儿楼，就已经算是让很多人羡慕的城市生活了。我们班的同学一半儿来自农村，当年还有黄土塬上住窑洞的，也有贫困山区住窝棚的，每个人都对"家"的概念有着各自完全不同的理解，也因此限制了对未来"家"的想象力。

许多年之后，当年的一个女同学从西安飞到杭州来买房。她骄傲地告诉我，自己在西安已经拥有五套半房子，加上杭州这套就是六套半了。至于那半套房子，其实是自己和父母共同拥有的财产。事实上，正是这些水泥砖块让她心安：家外有产，产上增产，这种"富强起来"的感觉就是她不断买房的动力。

你看，这个女同学多么像姜立涵小说中那个来自甘肃天水的姑娘田蓉——大学毕业之后，没进到光鲜亮丽的北京国贸CBD上班，阴差阳错去了房地产中介谋个生计，却反而靠房产投资成了先富起来的人。这是时代带给田蓉和我们的幸运，让我们通过买房卖房而获得了从前根本不敢想象的财富；这也是时代带给田蓉和我们的不幸，让我们把几乎所有对美好生活的想象都集中在房产之上。我们终于有钱了，我们也彻底无趣了。

那么，在这个变动不居的时代，你理想中的家还在吗？

往从前看，家，源自甲骨文字形，上面是"宀"（mián），形同屋檐，取房屋屋顶及其两侧墙壁之象。最早的房子用途庄重，专用来祭祀祖先或家族开会。下面的"豕"，即野猪，比老虎、熊还危险。野猪是非常难得的祭品，所以最隆重的仪式才用野猪祭祀。

家，仅此一字构造，便可见出中国古人对其形式与内涵的看重。由家而引申出的房子，更是意义非凡，诠释了一代代中国人的世俗追求乃至生活价值。屋檐下的中国人，也由此而来，它关联着绝大多数中国人的生活根基。

往今天看，家，更意味着产，是一堆不断膨胀变形的钱，是一处随时可以出手转让的物业。房子因而成为当代中国人生活的关键词，房子也是我们绕不过去的种种问题。中国的房地产市场，忽而风生水起，忽而水深火热。光是近十年来的房地产调控政策就层出不穷，也喊出了"房子是住的不是炒的"的口号，却并不能真正遏制中国人的购房欲望。

为什么政府屡屡重手出击却打压不了中国人对房子的热情与信心？为什么从来保守稳健的中国人面对房子却如此勇猛激进？为什么房子让我们如此悲欣交集又欲罢不能？

察观表象，深究其里，以小说中的田蓉为例，就能提出这样几个根本问题——中国人为何以居为安？中国人为什么喜欢房子？中国人的价值体系如何建构？中国人又在房子上寄寓了怎样的财富观念？

答案基本如下：对于中国人而言，房子更应称之为"房产"，这个词蕴含着深义。因为房产既是世俗财富的象征，也是文化审美的对象，更是家族传承的载体。

纵观中国经济发展史，房子一直是中国人规避风险、寻求价值兑现最为有效的商品。尤其是在通货膨胀的今天，一切房产都是抵抗货币泡沫化最为有效的武器。

"房"与"防"通，从来没有财富安全感的中国人，其实一直试图用"房子"来"防止"生活中那些不确定性的可能。一处可以保值增值的家产，而不只是一个家，就是中国人防范外来风险的最基本堡垒。

"房"也通"妨"，因为它所牵动的巨大利益，已然妨碍了当今中国城市的整体生态，甚至妨碍了中国城市建设开发的整体布局。很多时候，我们住在华屋美宅之中，却也同时生活在一座糟糕的城市里。你有没有想过，这二者之间又有什么联系？

虽然有了家产，很多人却因为迁移始终没找到"家"的感觉，总像是住在别人的房子里。

新疆喀什一个维吾尔族老大爷说：能在自己故乡慢慢老去的人是幸福的。

我想有个家，却依然是很多屋檐下的中国人求之不得的梦想。

2. 我们还生活在农业社会

一直把房子当作头等大事，证明我们还生活在农业社会里。

这并非危言耸听，而是我们根本无法回避的现实窘境：似乎不管你从事什么行业，都没有房地产这么赚钱；似乎无论你胸怀怎样的理想，都必须直面买房这件俗事。

这里说的似乎就是小说主人公谢晓丹：不管她怎样瞧不上西北小城姑娘田蓉，可田蓉的身家随着房价上涨是铁板钉钉的事实。也不管她迷上的那个男人黎光多么潇洒出尘，最终也还是为了几套大房子被打回原形。

所以，小说正来源于现实：国贸写字楼城里的JACK和MARY，其实就是村里的二柱子和翠花；也别以为互联网公司真的是什么高科技公司，看工作场面那也是个不折不扣的劳动力密集型企业。无论你在哪个行业里赚取了再多的钱，几乎所有人的第一反应仍然还是买房置地，水泥显然比鼠标来得更现实更稳固也更踏实。

中国文字很神奇，一个"家"字，就足以看出内涵。一个"富"字，也足以说明那种"小富即安"的人生理想——上有一间房住，中有一口饭吃，下有一块田耕。

公元前1世纪，司马迁就在《史记·货殖列传》里讲到了中国人的财富观——天下财富分为三种，本富、末富和奸富。本富靠农田致富，末富以工商致富，"本富为上，末富次之，奸富最……用贫求富，农不如工，工不如商，刺绣文不如倚市门"。

这似乎是个奇怪的逻辑——农田虽为"本富"，赚钱却比不上"末富"。如果大家都追求"本富"，不是明摆着不划算吗？司马迁给出的解决方案是："去就与时俯仰，获其赢利，以末致财，用本守之"。用今天的话说，就是下海经商，与时俱进，使劲赚钱，然后转回头买房子买地，用房子和地把财富牢牢守住。

纵观两千多年中国历史，甚至一直到今天的社会，很多中国人都是以此种固有方式来产生并保全财富。原因无他，并且在中国由来以久——土地跟货币特征非常相似，只要长期持有就会增值。

横向看国外，欧洲在中世纪以前也有很多大地主，很多人也靠积聚土地来发家。自从17世纪工业革命以后，整个欧洲的财富积累方式不再以土地为本，人们也不再把赚来的钱全去买土地，而是去铺铁路，去造蒸汽机，去从事工商业，去远洋贸易，去进行技术创新。大量资本又回归产业，继续通过技术创新的方式发展。

纵向看中国，徽南农村地处偏僻，却有无数富丽堂皇的高檐大宅。大宅主人当年都是淮扬的大盐商和大茶商，盐茶因为专卖，在明清两代是最为暴利的产业。那为什么这些富商们不把钱拿去扩大再生产，却要把银子运回偏僻老家，盖这些好看却无用的大宅，买一大块产出效率很低的红壤贫地？有人说，这是中国人叶落归根的传统，是衣锦还乡的观念。

问题在于，逐利才是商人本性，其每种选择都是计算，传统与宗族并不是商人作出价值判断的第一要件。这跟中国两千多年来的工商制度有关。汉武帝时，就开始实行盐铁专卖，国家一直把能源和资源型产业垄断经营。盐铁之后，国家开始垄断了贸易，垄断了粮食，垄断了漕运，垄断了铁路，垄断了金融等等。

两千多年来，国有资本一直在控制着中国的能源和资源型行业。在中国，民间商人为了避免与国争利，保护自己财富安全，就宁愿离开大城市，回到家乡保有土地，去在土地上盖大房子。在中国，土地其实不是由泥巴构成的，它更是资产阶层的一种避险性工具。汉朝以后，中国任何城市都长期面临房产价格不断上涨、土地紧缺的问题。中国历次改朝换代最终都是因为土地。人们为了把赚到的钱随时固化和兑现，最有可能选用的商品就是土地。

在农业文明时期，这种情况并不是很大的问题，反倒给古代中国增添了些许"田园将芜胡不归"的闲适诗意。可是，到了全世界进入第三次浪潮，到了信息革命的晚期，中国有产者仍然把大量资金从产业资本中抽出，去到一些大中城市买房子炒房子，看起来就是一件非常可悲的事情。

中国房价为什么日见日高？除了城市化运动、地方财政被土地绑架等原因之外，还有一个重要因素，正是近年来大量工商业资本涌进地产业，企业家阶层对实业产生厌倦，投机心理大增。在这样的背景下，无论是房产税征收或是加大土地供应量，都不能解决问题。

屋檐下的中国人，带着两千多年的古老基因来到今天，却依旧生活在一个农业社会。

所以，《乡村爱情》才会被看作是中国版的《纸牌屋》，我们的生活原型都在其中。

理解了刘能、赵四和谢广坤，你就真正理解了中国。

3. 因房子获利也被房子绑架

中国老话讲：有恒产者有恒心。

此言非虚，我的主业是拍纪录片，这个圈子里找人干活儿，最愿意找那些已婚有按揭的七〇后或者八〇后。说是这样的人都被银行摁住了，他借的那些钱帮你逼他干活儿，拍摄中轻易不敢撂挑子。不像那些九〇后甚至〇〇后，家里通常都是好几套房子，根本不缺钱也没什么压力更没什么动力，工作说不想干就不想干了，什么事儿全凭兴趣和冲动，大事儿指望不上小事儿也没什么规矩。

或者，这是房子的一种"正能量"也未可知。总之，当一个人决定为了一套房子而奋斗终生的时候，他或她就成了社会主流人群，不会再去干那些不着四六的事儿。姜立涵的长篇小说，就是通过一系列的"事故"，把谢晓丹、田蓉等青涩少女都变成了

"故事"；也把陈青、高畅这样的"海归 STORY"，直接转换成了"海龟 SORRY"。

在中国人的观念里，"上无片瓦，下无立锥"乃是人生最悲惨的境界。中国农耕社会文明，建立在一家一户恒产恒业的基础上。这是一种巨大的历史稳定性。农业文明思维中，向来重实体轻虚拟，重元宝轻票据。比起钻石，中国人更愿意买一幢大宅。比起创新，中国人更愿意守业安居。父母如果不能为后代置房，将是一种家族耻辱。一个人能够置房，是有稳定社会地位的开始。

问题在于，中国的经济模式决定了房产在中国人生活中的地位，穷尽一生为房产的生活模式又限制了中国人的消费需求，小富即安的思维模式阻碍了中国人更加畅快自由的生活，更因为利益链的共沾模式而使中国今日城市面貌各自为政。

上世纪九十年代开始的"新住宅运动"，以及 2002 年开始的"居住改变中国"，从本质上说不过是一种商业策略，却对国民投机心理的调动和不合时宜的需求膨胀起到了重要作用。千百万原本应该有更高流动性的群体，从此被绑在一个地方"守株待兔"，成了期待未来房产增值的新型"房奴"。

与房产烈火烹油景象伴生的，是中国城市开发建设的严重危机：拥堵、雾霾、污染、沙尘……一场暴雨既可以让北京变成汪洋，也能让长沙女孩坠井身亡，更可以让杭州"水漫金山"。媒体上屡屡质问，为什么巴黎、柏林、伦敦、罗马都几百年历史了，今天还能保持处变不惊的优雅？为什么中国城市刚刚建设还不到三十年，就几乎不能适应新变化了，道路就要挖了填、填了再挖？

住的房子虽然越来越漂亮，可层出不穷的现实问题却总让中国人难堪：一个红黄蓝幼儿园事件，就足以让所有感觉良好的中产阶级家庭如遭重锤；一场大火之后，才发现我们的豪宅之侧居然也生活着如此之多的"低端人群"；一家号称"宇宙第一"的房地产集团，因为狂飙突进的速度造成半年之内工地连续崩塌工人不断死伤……

那么，我们的城市开发建设究竟出了什么问题？到底又和房子有什么关系呢？

现实的逻辑是这样的：城市开发建设，往往以开发商的单个开发项目为龙头，开发商从政府手里接过"熟地"，就直接盖成房子卖了。开发商只管小区内的规划和建设，房子建得美轮美奂，但周边配套却完全跟不上。地方政府以"卖地"作为主要收入来源，通常只忙于向开发商批地收出让金，却没有余暇和精力，对整个城市开发建设统筹规划。"卖地"收入本应纳入统一开发建设使用，可常常被挪用于时间短、见效快的业绩项目。对于地下基础设施乃至周边配套设施这样不能立竿见影的长线建设，任期制的城市政府少有动力问津。

屋檐下的中国人，因房子获利，也被房子绑架，那是新的斯德哥尔摩征候群。

姜立涵的整本小说，写的就是"趋利避害"四个字。很聪明，很直接粗暴，也很无奈悲伤，我们全都无处可逃。

万家灯火，除了房子，我们还有什么？

张海龙

诗人、纪录片撰稿人

十五年后的谢晓丹，

在人生路口回望起点，想看明白当初那懵懂青涩的希望，

是如何在大都市的滚滚红尘中滋长成了风姿绰约的欲望。

那时的她已经看不清起点，记不清初心，

只隐约嗅得到夏夜混着炭烤香气的晚风，

还有那晚风背后，漫长静谧的时光……

图书在版编目（CIP）数据

大城小室 / 姜立涵著 . -- 北京：作家出版社，2018.9
（2023.9重印）
ISBN 978 - 7 - 5212 - 0224 - 3

Ⅰ . ①大…　Ⅱ . ①姜…　Ⅲ . ①长篇小说 – 中国 – 当代
Ⅳ . ①I247.5

中国版本图书馆 CIP 数据核字（2018）第 213396 号

大城小室

作　　者：	姜立涵
责任编辑：	袁艺方
装帧设计：	天行云翼·宋晓亮
出版发行：	作家出版社
社　　址：	北京农展馆南里 10 号　　邮　　编：100125
电话传真：	86-10-65067186（发行中心及邮购部）
	86-10-65004079（总编室）
E-mail:zuojia@zuojia.net.cn	
http://www.zuojiachubanshe.com	
印　　刷：	中煤（北京）印务有限公司
成品尺寸：	145×210
字　　数：	200 千
印　　张：	8.5
版　　次：	2018 年 11 月第 1 版
印　　次：	2023 年 9 月第 3 次印刷
ISBN	978 - 7 - 5212 - 0224 - 3
定　　价：	48.00 元

作家版图书，版权所有，侵权必究。
作家版图书，印装错误可随时退换。